奧杜邦的祈禱。

A Prayer

伊坂幸太郎

張智淵——譯

目錄

總導讀

奇想・天才・傳說

張筱森

雖然是篇談論伊坂幸太郎的文章，不過請先讓我稍微離題談一下二〇〇六年的第一百三十四屆直木獎。這屆的大事當然是東野圭吾在五度鎩羽而歸之後，終於以《嫌疑犯X的獻身》獲獎；可說是了卻他一樁心願，也替其出道二十年錦上添花一番。東野連續五度提名五度落選的事蹟，讓日本大眾文壇和讀者之間開始悄悄地流傳著一個聽來有點辛酸的名詞「東野圭吾路線」，意指不斷被提名、不斷落選，然後過了該得直木獎年紀的作家。而東野總算在第六次的提名擺脫了這個看似不太名譽，不過差一步就會變成傳說的不幸陰影。但在東野終於獲獎的可喜可賀事實背後，其實也存在著一名極爲有力的「東野圭吾路線」候選人，那就是本文主角——伊坂幸太郎。

伊坂幸太郎，一九七一年出生於千葉，畢業於位在仙台的東北大學法學部。小學時和一般小孩一樣閱讀各式各樣的兒童讀物，年紀稍長之後開始看當時流行的國產娛樂小說，如：都築道夫、夢枕獏、平井正和等人的作品，高中時因為看了島田莊司的《北方夕鶴2／3殺人》後，成了島田書迷。而在高中時，因為一本名為《何謂繪畫》的美術評論集，啓發伊坂認為能使用想像力生存是件非常幸福的事情，而小說恰好可以一人獨立從頭開始，自己應該也辦得到；因此他決定在進入大學之後開始創作，再加上喜愛島田的作品，便選擇了寫推理小說。進入大學之後則開始閱讀純文學，尤其喜愛諾貝爾文學獎得主大江健三郎的作品。

也因為他將對運用想像力的憧憬著力於小說創作上，於是各項具有想像力的元素都漂浮在其作品中，如法國藝術電影、音樂、繪畫、建築設計等等，使得讀者在閱讀推理小說的同時，也彷彿看了一場交織著奇異幻境寓言、生命哲思與青春況味的文藝表演。

巧妙地融合脫離現實生活的特殊經歷以及不可思議的冒險活動，一向是伊坂作品的創作主軸，這種奇妙組合，正是伊坂風靡了無數熱愛文學藝術的青年讀者的重要原因。

這樣的他，在一九九六年曾經以《礙眼的壞蛋們》獲得山多利推理小說大獎佳作，不過一直要到二〇〇〇年以《奧杜邦的祈禱》獲得第五屆新潮推理小說俱樂部獎後，才正式踏上文壇。奇特的故事風格、明朗輕快的筆觸，讓他迅速獲得評論家和讀者的熱烈歡迎，不光是在年度推理小說排行榜上大有斬獲。二〇〇三年以《家鴨與野鴨的投幣式置物櫃》拿下吉川英治文學新人獎，二〇〇四年則以《死神的精確度》獲得日本推理作家協會短篇部門獎，更在二〇〇三到二〇〇六年間以《重力小丑》、《孩子們》、《死神的精確度》、《沙漠》四度獲得直木獎提名，可以看出日本文壇對他的期待和重視。

伊坂到二〇〇六年爲止總共發表了八部長篇、四部短篇連作集和一篇短篇愛情小說。因爲喜歡島田，而決定創作推理小說的伊坂，打從一出道就以推理小說新人獎得獎作《奧杜邦的祈禱》獲得各方注意；然而《奧杜邦的祈禱》卻長得一點都不像讀者們所熟悉的推理小說模樣。伊坂曾經說過，「寫作的時候，我並不喜歡描寫眞實的現實生活，而是想寫十分荒唐無稽的故事。」《奧杜邦的祈禱》正是這樣特殊，有著前所未有的奇特設定的一部作品。一個因爲一時無聊跑去搶便利商店的年輕人伊藤，意外來到一座和日本本土隔絕一百五十年的孤島，孤島上有個會說話、會預言未來的稻草人優午。優午告訴伊藤，自己已等了他一百五十年，而伊藤這個外來者將會帶來島上的人所欠缺的東西。留下這般謎樣話語之後，優午就死了，而且還是身首異處、死得相當悽慘。這短短幾句描寫，就能夠看出伊坂作品最顯而易見的特殊之處：「嶄新的發想」。我想很難有讀者在看了這樣奇異至極的開頭，而不繼續往下翻頁，畢竟「會講話的稻草人謀殺案」實在太過特殊。而這種異想天開、奇特的發想，就成了伊坂作品中一個非常重要而且難以模仿的特色，在他往後的作品當中都可以看到這樣的特色，以死神爲主角的《死神的精確度》便是個好例子。

然而空有奇特的發想，沒有優秀的寫作能力也無法讓伊坂獲得現在的地位。第二作《Lush Life》便是讓讀者更認識伊坂深厚筆力的作品，畫家、小偷、失業者、學生、神、諮商心理師等等眾多人物各自在五個故事線中登場、彼此的人生互相交錯。如何將這五條線各自寫得精采絕倫，而在彼此交錯時又不落入混亂龐雜的境地，最後將所有故事線收束於一個點上。伊坂在敘事文脈構成上展現了高超的操控能力，就像不斷在本作出現的艾雪的畫一般令人目眩神迷。複雜的敘事方式中包含精巧縝密的伏線，並且前後呼應，而此極為高明的寫作方式，在第四作《重力小丑》、第五作《家鴨與野鴨的投幣式置物櫃》也明顯可見。

筆者和大部分的台灣讀者一樣，對伊坂最早的認識來自《重力小丑》一作，對於幾乎只能以毫無章法來形容，或者可說是某種文字遊戲的章節名稱印象深刻。但在閱讀了伊坂的其他作品之後，便能夠理解日本文藝評論家吉野仁指出的伊坂作品的一種極為另類的魅力來源——「將毫無關聯的事物組合在一起」，像是「鴨子」和「投幣式置物櫃」明明是毫無關聯的東西，卻成了小說。或是書名為《蚱蜢》內容卻是殺手的故事，這樣的奇妙組合讓伊坂的作品乍看書名就能吸引讀者一探究竟。更引人注意的是，這樣看似胡鬧的作法，也散見於每部作品的內容和登場人物的言行之中。在《家鴨與野鴨的投幣式置物櫃》中，主角的鄰居甫一登場就邀他一起去搶書店，目標僅僅是一本《廣辭苑》字典!?在《重力小丑》中，春劈頭就叫哥哥泉水一起去揍人。然而在這些登場人物的異常行動，或是令人不由得笑出聲來的詞句背後，其實隱藏著各種人性的黑暗面。《奧杜邦的祈禱》中，仙台的惡劣警察城山毫無理由的殘虐行徑、《重力小丑》中的強暴事件、《魔王》中甚至讓這種黑暗面以法西斯主義的樣貌出現。伊坂總以十分明朗、輕快並且淡薄的筆觸，描寫人生很多時候總會碰上的毫無來由的暴力。如此高度的反差，點出了一個伊坂作品世界中的重要價值觀——面對突如其來的暴力時，該如何自處?該怎麼找出最不會令自己後悔的生存方式?

如果將毫無理由的暴力推到最極致，莫過於「死亡」了。只要是人，難免一死，那麼，人類該怎麼和終將來臨的死亡相處?從《奧杜邦的祈禱》中的稻草人謀殺案起，這個問題意識就一直在伊坂作品的底層流動，隨著此次伊坂作品集出版，讀者在全部讀過一遍之後，應該能得出屬於自己的答案。

而在熟讀伊坂作品之後，讀者會發現伊坂習慣讓筆下所有人物產生關聯，先出現的人物一定會在之後的作品登場。像是深受台灣讀者喜愛的《重力小丑》兩兄弟，也會在之後的某部作品中出現，這樣的驚喜也十足地展現了伊坂旺盛的服務精神。

在文章開頭提到伊坂是極有力的「東野圭吾路線」候選人，如實反應出日本讀者和評論家對於伊坂遲遲不能獲獎的難以理解。但筆者忍不住想，就這樣成爲直木獎史上的傳說，似乎無損於伊坂的成就。畢竟如同日本推理天后宮部美幸說的：「伊坂幸太郎是天才，他將會改變日本文學的面貌。」身爲一名讀者，能夠和一位不斷替我們帶來全新小說的天才作家相遇，就是一種十足的幸福。

作者介紹

張筱森，喜歡推理小說，偶爾也翻譯推理小說。

奥杜邦的祈禱

01

我作了一個夢。夢見自己在追逐一個乳溝裡夾著打火機的兔女郎，追著追著，就來到一個未知的國度。

那不算噩夢。至少，城山沒有出現在夢境中，光是這一點就值得慶幸。

我從枕頭上抬起頭，望向一旁，陽光從藏青色的窗簾縫隙射進來，在同樣是藏青色的地毯上拉出一道白光。我挺起上半身湊近床沿的木框，發出嘰嘰嘎嘎的聲響。

這裡不是我家，我家在晨曦映入的方位沒有窗戶，更何況我家根本沒有床。

我用右手摸摸臉頰，皮膚光滑卻有些腫脹，像是起蕁麻疹般腫腫的，那是被城山揍過的痕跡。我惶惶然地用指腹輕輕一按，還留著令人不舒服的痛楚，而那痕跡偏偏是出自警察之手。

我試著用不靈光的腦袋掌握目前的狀況。

不知道爲什麼，最先想起來的是辭職時的事，也就是向工作五年的軟體公司遞出辭呈時所發生的事。

我看著手表上的日期，今天是十二月一日，所以那已經是兩個月前的事了。當時，一頭灰髮的課長一臉錯愕，愼重其事地收下我的辭呈。在軟體世界中，技術與程式語言日新月異，系統工程師的身價隨著年資增長而水漲船高，小公司應該很歡迎狂妄員工和高取代性勞工辭職。

那位上司公事化地問我爲什麼要辭職。

「眼睛，」我想我是那麼回答的。「眼睛疲勞。這五年來，每天盯著電腦螢幕，我的眼睛已經壞了。」

「伊藤，你幾歲？」

「二十八。」

課長看著我，他的目光中夾雜著輕蔑與嘲笑，說我明明還很年輕嘛。

「年紀輕輕就弄壞眼睛，你不同情我嗎？」

當時，我的視力以驚人的速度衰退，繼眼睛疲勞之後，是慢性肩膀痠痛。此外，背部還會感到莫名的疼痛，光是盯著螢幕就覺得渾身發冷。

「都是因爲電磁波。」我說明原因，課長還是臭著一張臉。快三十歲的人了，連下一份工作也沒著落就辭職，在搞什麼鬼啊？課長一臉不悅，大概不能理解我爲什麼要辭職。我不知道爲什麼會想起那時的情景，當時的不愉快和這個陌生的房間毫無關聯。

玄關處發出敲門聲。我一想要起身，右腳就發疼，膝蓋一帶撞傷，大概是從警車上跳車時弄傷的吧。

敲門聲沒有停止的跡象，我只好摸摸鼻子往玄關走去。這裡究竟是哪裡？我應該逃出來了呀。

這是一間套房，四坪左右大小，地毯上沒有布滿灰塵的髮絲，感覺很乾淨。房間和廚房之間隔著一道門，廚房再過去才是玄關，泥地的玄關和房間之間幾乎沒有落差，如此不自然的玄關處（註）放著一雙鞋；我用最後一份薪水買的籃球鞋，鞋尖乖乖地朝著大門方向，但我不記得自己曾經將鞋擺好。

敲門聲仍舊不停歇。不得已，我只好伸手開門，我怕開門的那一瞬間城山會衝進來，但實際上門口出現的是一個陌生男子。我鬆了一口氣之後，感到詫異。

「嗨！」對方親暱地舉起手招呼。我不知該對他那親密的態度放鬆還是採取警戒，我眨眨眼觀察他的模樣。

我最先想到的是狗，他的臉很像一隻正在鬧彆扭的狗，一頭自然的髮型，體型與我相仿，年紀八成也相去不遠。他身後是一片萬里晴空，感覺有點寒冷，但是個晴天；天氣穩定的冬日晴空。

「請問……」我想開口說話，卻感覺嘴巴很乾。

「我是日比野。」他抬頭挺胸地報上姓名，我說我姓「伊藤」。「轟大叔拜託我帶你參觀這座島。」他一說起話來，更像黃金獵犬了。仔細看的話，說不定還有一副端正的五官哩。

我下意識地脫口而出：「黃金獵犬長得很帥呢。」

黃金？他訝異地歪著脖子。

「嗯……你剛才說的轟大叔是誰？」我對於一無所知的事也只好一一詢問。

「你不記得了嗎？」他說話的口吻彷彿是我相識十多年的老友，並不會讓人不悅。

「再說，你說的島是哪裡？」話一出口，疑問旋即接二連三地湧現。「話說回來，這屋子又是怎麼回事？」

「這屋子目前沒人住，很久以前住過一個木工，不過現在沒人。因爲沒有屋主，所以隨時都有人住進來。」

「也有床喔。」

「沒有保險套。」

「咦？」

「開玩笑啦。」他的表情依舊認眞。

「這裡是哪裡？」

「這裡是荻島，從仙台附近的牡鹿半島一直往南走的地方。你是搭轟大叔的船，一路搖搖晃晃過來的。」

註：日式房屋的玄關和屋內會有高低落差，所以請人進屋在日語是說「請上來」。

我瞇起眼睛，從來沒聽過這個島名。

「你不記得了嗎？也難怪啦，你一直昏睡，完全不醒人事。照過鏡子沒？哎呀，這裡沒鏡子啊。你待會兒找面鏡子照照，臉都腫了，你跟人打過架吧？轟大叔說見你有難，就直接把你帶回來了。」

確實看起來很像是打架。「我在逃難。」我老實說。

「逃什麼難？」

我爲之語塞。當時，超速行駛的警車衝出大馬路，差點撞上巷子裡的電線桿，警車爲了閃躲，讓車胎稍稍打滑才停下來。我趁身旁的城山慌忙衝出車外的那一瞬間，從後座逃走，我奮力狂奔並不是想要逃離警方，而是害怕城山。

不過話說回來，我完全想不起來，自己在逃走之後爲什麼會被帶到這裡。

*

你會逃跑喔！

前年因爲癌症去世的祖母，生前直截了當地指著我說。

祖母用一種宛如預言的說法。她說得對，我大概是屬於那種碰上困難時，會選擇逃避的人。

＊

「我想不起來耶。」我怯生生地開口。

「算了，想不起來就別想了。」他提高聲調，單手握拳，用力捶了另一隻手掌，說：「全盤理解所有事情的來龍去脈，和快樂生活是兩碼子事吧？」又說：「不知道魔術的祕密，還是可以享受看魔術表演的樂趣，不是嗎？」

我側著頭心想是這樣嗎？

「可以確定的是，你現在在這座島上，還有我得帶你四處參觀。」

日比野怎麼看都很可疑。別的不說，「這裡是座島」這句話本身就令人難以置信。不過，我想離開這個陌生的屋子，親眼確認目前的處境，於是一腳踩進籃球鞋，決定跟他出去瞧瞧。

「你有沒有帶什麼東西來？」一出玄關，日比野看著我的手說。他像盼望我拿出名產，害得我不知所措，不好意思地回答：「我沒想到會來這裡。」他顯得一臉失望。

「這座島很怪喔。」才剛邁開腳步，日比野劈頭就丟出這麼一句話。「我自己是不覺得啦，可是對於從島外來的你來說，這裡的感覺應該挺奇怪吧？」我很好奇從島外來的這種說法。

公寓前面有一條鋪上柏油的步道，就只有那麼一條路，四周是水田，現在是十二月份，或許應該說是收割後的水田。田裡只見乾燥的泥土，連收割後掉在地上的稻子一粒也沒有。

走著走著，步道微微出現坡度，抬頭一看，遠方可見大海般的景色。長長的緩坡，讓人光是散步都覺得心曠神怡，我聽不見任何喧囂，只有不時拂過耳畔的風聲。

「這裡眞的是島嗎？」

「一座名叫荻島的島。」

「可是我沒聽過這名字耶。」

「你當然不可能聽過，這裡是沒人知道的小島。」

「這裡到仙台的交通方便嗎？」我在想回去時該怎麼辦。

他露出驚愕的表情。我以爲他沒聽懂，但似乎不是如此，過了一會兒，他說：「這座島與世隔絕，怎麼可能與仙台等地互通呢？我在這座島上出生，一輩子都不會踏出這座島一步，然後死在這座島上，荻島上的幾千人都是這樣。」

「咦？」我驚呼一聲。「你說它是孤島？」

「很怪的島吧？但這裡眞的是孤島，與外界隔絕。」

「這太奇怪了。」

「所以我才說它怪呀。」

「我不是那個意思。畢竟，這裡只是普通的島啊，又不是採取鎖國政策的國家，但它居然不與外界交流，這太怪了。現在這個時代，就連非洲叢林也會與外界往來。」

「這裡不是非洲叢林。」他一臉認真，不像在開玩笑。這下子事情嚴重了。

我們繼續向前走。我無法接受日比野說的，這裡有柏油路，也有公寓和床鋪，甚至可以聽見遠方的汽車引擎聲。假如這是一座與外界隔絕的島，那它是如何發展到這種地步的呢？難不成這座島獨自開發土木技術、建築房屋、開採石油嗎？

「這一百五十年來……」日比野彷彿看穿我心中的疑惑，他說：「這座島在這一百五十年來，完全不與外界交流。以前往來過，所以不可能完全像原始時代那樣落後。」

「可是，如果日比野先生說得沒錯……」

「叫我日比野就行了。」

「如果是那樣的話，我從島外來到這裡，豈不是一件天大的新聞？」這個疑問雖然有一半是開玩笑，但另一半則是出自眞心。

「你是從島的對岸過來的。這一百五十年來，我們和外界不曾有過交流，你的出現肯定會引起一陣大騷動。」

「可是你看，並沒有引起大騷動啊。」

「那是因爲大家還不知道。知情的人只有轟大叔跟我，還有極少數人。要是大家都知道的話，一定會引起大騷動。」

「我在等你跟我說：『騙你的啦。』」

「曾根川一開始也不相信。」

「曾根川？」

日比野說到這裡，停下了腳步，一臉遺憾地眉毛下垂。「曾根川大概在三個星期前來到這座島。就我所知，這一百五十年來，島外來的人只有兩個。」

「其中一個就是我？」

「另一個是三個星期以前來的曾根川。」

我不知道該如何回應。可以確定的是，我完全沒有那種像是好不容易抵達南極點，卻讓其他男人搶先豎旗，被捷足先登的沮喪感。我所面臨的不是名譽、地位、一個世紀半或對待等問題，而是更單純且重大的問題，也就是眞實感和常識。

「他是個討厭的男人。」日比野接著說：「從未知世界過來的第一名造訪者，竟然是個不起眼的中年老頭。」

「他現在在哪？」

「山丘的另一頭吧。」他伸出食指，指著一個曲線渾圓，甚至帶點溫馨氣氛的小山丘。或許是冬天的緣故，草木並不茂盛。

「他怎麼來的？」

「那傢伙也是轟大叔帶來的。除了椅子、公車，甚至語言，只有那個熊老頭會從外面帶東西回來，最後連人也帶了過來。」

語言？我反問。聽他這麼一說，我才發現他講話的抑揚頓挫聽起來有點奇怪。「那個叫曾根川的人，也是偷渡上岸的嗎？」

他一副要吐口水的表情。「全島的人都知道那傢伙是從外地來的，因爲他是轟大叔公然帶來的，結果引起一場大騷動，鬧得沸沸揚揚。人群聚集，大家都是愛湊熱鬧的無聊分子。那也難怪啦，你說是吧？畢竟他是一個世紀半以來第一個出現的造訪者。」

「我問你，」我改變話題。「等一下你要帶我去哪裡參觀？」

「散散步，順便見轟大叔吧。他話不多，長得像頭熊，卻是你的救命恩人。」

他說得沒錯。要不是那個叫轟的男人，我現在說不定早就被公報私仇的城山揍得半死。不，如果只是被他痛毆還算好呢。

「然後再去見見優午。」日比野說。

「優午？」

「他早就知道你會來這座島了，去見見他吧。」

「像預言者那樣嗎？」我調侃道。

「他才不是預言，而是知道。」我從日比野的話中，感到新興宗教信徒的狂熱。

*

死去的祖母曾經說過，只有宗教不可隨意碰觸。

她喜愛教義深遠的宗教。沒有特定宗教信仰、討厭與人往來的她，非常喜歡將人以外的事物定位在人之上的手法。不過，突然出現的宗教團體及追求實際且實事求是的信徒卻讓她不知所措，所以她才會屢勸我，宗教不可隨意碰觸。

*

我們遇上了T字岔路，向左轉走進田埂。車前草在田埂正中央生成一落落，簡直像是劃分車道的分離島。在遙遠的彼方，可見一座小山，比剛才看到的山丘還高出許多。我指著那座山問日比野叫什麼名字，卻被他不屑地回了一句：「誰會給山取名字！」

他直盯著眼前，像是發現什麼似地看了一眼手表，我也跟著瞧了一眼，看到SEIKO幾個小字，低呼一聲。他是怎麼從封鎖了一百多年的島上得到SEIKO手表呢？

「前面來了一個男人吧？」日比野說。

一名中年男子迎面走來，身上穿著咖啡色高領毛衣，外頭套了一件灰色夾克；體型不算瘦，但也沒有鬆垮垮的贅肉；眉宇間有幾條深深的皺紋，約莫四十歲上下的年紀。

「他是個古怪的畫家。」

說他是一名畫家，我能夠接受，他的容貌與其說是衰老，反倒令人覺得深沉，那正是與自我靈魂對峙的藝術家應有的表情。

「這個畫家姓園山。正確地說，應該是前畫家。他是個怪人，與其說是怪人，應該說他這裡有問題。」日比野輕輕敲了敲頭。不知道爲什麼，他看起來有點高興。

日比野與園山錯身而過時，對他說：「有新作品嗎？」語調顯得毫不客氣，絲毫沒有對年長者的敬意。

「嗯。」園山的聲音很沉，沒有高低起伏。

我突然覺得很奇怪，前畫家還在作畫嗎？在我還來不及搞清楚時，園山對我說：

「常見到你呀！」

我……我們是第一次見面吧？我的困惑在臉上表露無遺，那種感覺就像走進一家陌生的餐廳，店員高喊「屢蒙關照」。

「他是我的朋友，姓伊藤，昨天剛到鎮上來。」

「我們有在哪裡見過面嗎？」我問道。

「見過。」園山嗓音低沉地說道。

「我們等會兒要去見轟大叔，你見到他了嗎？」日比野進一步問道。

「見了。」我發現園山說話惜字如金。

「那就好，改天見。」日比野聳聳肩，對話到此結束。

我心想，既然我們在找一個名叫轟的男人，至少該確定他在哪裡，但是日比野沒再多問，這眞是奇妙的對話。

園山就這樣朝前方走去。

「對了對了，」日比野對著他的背影說：「園山先生，尊夫人好嗎？」

畫家聽到他這麼一問，便停下腳步，緩緩回頭，然後像要瞧個仔細似地盯著我們。

「嗯，她很好。」那深沉的聲音彷彿發自海底，嚇了我一跳。話一說完，園山便向右轉，漸行漸遠。

「我問你，」我對日比野說：「他眞的和我見過面嗎？」

「我不是說過他腦袋有問題嗎？那個前畫家講的話都是不對的。」

「不對的？」

「他只會說反話。如果答案是YES，他就會回答NO。」

剛才他對我說：「常見到你呀。」

「因爲他第一次見到你啊。他剛才不是也說見過轟大叔了嗎，那就是說他沒見到轟大叔，只要把他說的話全部反向解讀就行了，如果他回答『見過了』，那就是『根本沒見過』的意思。」

「爲什麼要那麼麻煩？」

「聽說是生病，人的心和腦都會生病。」

「那你剛才說他是『前畫家』又是怎麼回事？」

「他已經不畫了。」

「可是，說不定他以後還會畫。」畢竟，畫家唯有死亡才能引退。

「園山他太太在五年前遭人殺害，在那之後，他就變得怪怪的。」日比野像是在報告插秧狀況似地訴說園山的事。

「他畫哪種畫？」

「莫名其妙的畫。那算是抽象畫嗎？樹看起來不像樹、馬不像馬。那樣對嗎？」

「像畢卡索那樣嗎？」

「那是誰？島外也有人賣園山的畫喔。」

我的心中閃過一個疑問。日比野剛才不是說，這座島與外界隔絕了一百五十年嗎？假如島外有人賣園山的畫，那麼這座島豈不是和外界有往來嗎？我盯著他的臉直瞧，但他看起來不像在說謊。

「那個園山以前比現在多話，不像現在這麼冷淡，哦不，他是眞的很冷淡，不過不會那麼沉默寡言。」

「他太太遭人殺害？」我反應不過來。對於只會在電腦螢幕前面寫程式語言的我而言，恬靜的田園風光就是和平樂園的象徵，完全無法想像會有殺人事件上演。

*

那天，園山盯著河流。他靜靜觀察白浪緩緩晃動，河川表面彷彿掀起了一層皮。

他想起轟說的話。「島外可不得了。都市裡呀，什麼都買得到。」轟忍著笑意說道。轟說，那裡的大廈櫛比鱗次，如山一般高；到處擠滿了打扮得光鮮亮麗的年輕人。或許是園山的心理作用，總覺得轟說這番話時，那張就算拍馬屁也不能說是文雅的臉顯得容光煥發。

園山坐在石頭上，心想，難道擁有一切就是幸福嗎？他試著想像一個什麼都能輕易到手的世界，接著皺起眉頭，因爲浮現在他腦海中的是永無止境的空虛寂寥。

優午總是說：「一定要待在這座島上，外面根本不能住人。」相較之下，園山覺得他的話比較值得相信。

妻子說，人肯定是以河川流動的速度逐漸老去。園山盯著優雅流動的河川，覺得她說得一點都沒錯。

園山一回到家，首先映入眼簾的是玄關半敞的大門，他有不好的預感，呼喚妻子但沒有回應。走廊顯得十分漫長。

打開客廳的門一看，發現一名女子俯臥，雙手微舉擺出投降的姿勢，呈一字形倒在地毯上，臉朝向一旁；那是自己的妻子。園山呼喊妻子的名，卻連自己也聽不見聲音。

妻子身上的連身洋裝被掀至腰部一帶。

*

「園山獨自將他太太埋葬，從此以後就變得怪怪的。」日比野輕聲說道。「自從他太太遭人殺害之後，園山就不再作畫了。大家親眼看見他折斷筆桿。」這件事並不好笑，但他一臉笑意。「他的腦袋也變得怪怪的，就像你剛才看到的一樣，變得只會說反話，而且每天都會在同一個時間走到同一個地點。」

「同一個時間，同一個地點？」

「好比說，凌晨五點去散步。五點不是天還沒亮嗎？他會在烏漆抹黑的五點出去散步，而且每天走相同路線。上午大部分是散步，下午就待在家裡，然後傍晚再去散步。

鎮上的每個人都知道這件事，幾乎可以當作時鐘。」

「爲什麼會變成那樣子？」

「腦袋壞掉啦」的他，認爲這麼做就能解決一切。「總而言之，他大概不願意接受妻子遇害的事實。事發之後，他把自己關在家裡好幾天，好不容易出來見人，開口的第一句話就是『我太太還活著』。從那之後，他就不說眞話了，一句眞話也不說。」

的確，逃避現實的最好方法或許就是顚倒一切是非，只要他說「我太太還活著」，那對他來說就是事實。

「眞可憐。」我情不自禁地說道。

「可憐嗎？」日比野不悅地啐了一句。「發瘋反倒落得輕鬆。」

「凶手是誰？殺死園山太太的凶手是誰？」

「酒店老闆，一個不起眼的中年胖子。園山太太是個美人兒，他那天喝醉了，大概老早就看上人家了吧。」

「他被捕了嗎？」

「他死了。」日比野爽快地說。「被人殺死了。」

「該不會是園山先生殺的吧？」

「不是。在這座島上，只要做壞事就會被殺。」日比野嘟著嘴說。

「被誰殺？」

「你馬上會見到。」他說。

我放棄進一步追問，因爲我想避免更混亂。每當遇上困難時，我就習慣逃避。我想起了和園山錯身而過的情景。當時，日比野對園山說：「尊夫人好嗎？」就算對方再怎麼精神失常，那種問話難道不會太殘酷嗎？

我看著日比野，他似乎沒有惡意，但沒有惡意和不懂別人的心情是兩碼子事，我回想他的態度，雖然心裡有些不舒服，但我還是繼續跟在他身後。

在日比野的帶領之下，我見到了優午。

優午是一個稻草人，優午會說話。換句話說，稻草人會說話。

四周是乾涸的水田，割稻作業早已結束，地面上只剩下短短的殘株。泥土乾了，鞋子也不會陷入地面。

我跟在日比野身後，走進水田。「可以穿鞋進去嗎？」

「這裡不屬於任何人，大家都是穿鞋進來的。」

水田中央插著一個稻草人，筆直站立的稻草人看起來非常挺拔。

日比野說：「這就是優午。」

一個稻草人。身材和我相去不遠，臉孔的位置與我的視線差不多高度。我知道，這是一個耗時費工做出來的稻草人，他的腳是粗壯的上好木頭；筆直修長，沒有多餘的曲線或節子；並非直接使用原木，表面經過加工。這可不是那種隨便一塊木頭都行、撿拾地上的朽木隨隨便便做成的東西。

他的手也是用相同材質的木頭製成，和腳呈垂直的角度固定。

他穿著一件潔白的長袖T恤，沒有一點污漬，感覺不太對勁。我總覺得稻草人應該是遭雨打日曬，衣衫襤褸地站在田裡，那才是稻草人原本應有的姿態。

他的頭部呈球形，緊密地蓋著一塊絲綢。我不知道球形物體是用什麼做的，看起來像是保齡球，但似乎沒有那麼重，著色的表面像是人體肌膚，臉部沒有畫上稻草人慣有的五官，素淨著一張臉，看起來反倒是一臉精幹。他戴了一頂帽子，形狀和我認識的稻草人頭上戴的帽子吻合，是一頂藏青色、大帽簷的帽子。

「這個稻草人很帥氣耶。」我明明對眼前的稻草人一無所知，卻出口誇讚。

「優午早就知道你會來這座島了。」

我不知道該對日比野的這句話做什麼回應，只能訝異地看著他。

「曾根川說過，」日比野說道。我在記憶中搜尋那個名字，那人和我一樣都是從島外來的。「他說島外也有稻草人，但是不會說話。」

一時之間，我啞口無言，眨眨眼。

「別用那種奇怪的眼神看人嘛。曾根川也是那樣。不，他和你不一樣，他高聲大笑，把人當傻瓜。」

「稻草人不會說話呀。」我忍不住說出心中的感想。

「是啊。」

突然聽見這句話，我渾身僵硬，那聲音並非出自日比野口中。我環顧四周，我們站在水田正中央，四下無人。

「優午只是說了句話。」

「我又不是故意要嚇他的。」

身邊同時傳來兩個人的聲音。第一句顯然出自於日比野之口，而另一句則不知從何而來。不，如果我願意承認的話，聲音是來自於稻草人。

「你總算來到這座島了。你聽日比野說過了嗎？這裡是一座名叫荻島的小島。」

我最先想到的是，對方會不會使用錄音機之類的機器。

「這可不是惡作劇。我是稻草人，並不是我愛說話，我只是一出生就會說話了。」

「出生？什麼時候？」

「一八五五年。」

對方毫不猶豫地回答，我怕了，因爲這具有眞實性，簡直就像小孩子毫不思索地順口說出生日一樣。「以日本年曆來算的話，是安政二年。」

我只要聽到明治或大正以前的年號，就會以爲對方在說故事。

「秘魯帶印度的艦隊過來是在一八五三年，對吧？也就是所謂的黑船事件（註）。」

「是培里。秘魯是國家。」稻草人出聲說道。

我仍舊半信半疑，但聽到他的糾正，不禁莞爾。我總覺得稻草人那張沒有五官的臉孔浮現表情，臉部彷彿隨著他說話而隆起。

「優午早就知道你會來了。」

「我早就知道在這個月內，會有兩個外人來。」他的語調平穩。我側耳傾聽，聽見輕風拂過的聲音，像壞掉的笛子發出破碎的笛音。「一個是曾根川，另一個是你。」

「這……這究竟是怎麼回事？」我的聲音八成在顫抖。

「優午等了一百多年。」日比野驕傲地說道。

「一百年？」要我相信，免談！

「我跟日比野說過這件事嗎？」名叫優午的稻草人說道。

「你說過啦，前一陣子跟我聊天時，你說你從秘魯時代就一直在等伊藤。」

「培里！」稻草人又提出糾正。

「等我？」

「請放心。那個警察不在這裡，那個叫城山的可怕男人不在這裡。」

我說不出話來。稻草人竟然知道逮捕我的那個城山。

＊

我回想起半天前在警車上發生的事。

「你是伊藤嗎？」城山問道。我這才發覺那名警察是我認識的人，明明已經十多年沒見了，他卻馬上認出我來。

我一驚之下，不知如何開口。我們坐在警車的後座，彼此對望著。

「你爲什麼要做出那種蠢事？」他非但不替我擔心，反而顯得幸災樂禍。

蠢事？或許那的確是件蠢事。

我打算到便利商店搶劫，而且只靠手上的一把菜刀，馬上就被人從身後制伏了。那確實是件蠢事。然而，我卻不認爲那有什麼大不了的，我反而想用那種脫線方法，讓自

註：「黑船事件」結束了日本的鎖國時代。當時的美國東印度艦隊司令培里率領四艘黑色軍艦抵達日本，帶著總統國書正式要求日本幕府開放門户，隨後其他歐洲列強亦迅速跟進，要求日本開放港口，給予片面最惠國待遇等。

己的人生從頭來過。

所以，我對自己的行爲並不後悔，只不過前來逮捕我的警察是城山這個事實令我感到愕然。要是我能在事前預測到，就算發神經也不會跑去搶劫。我對老天發誓，絕對不會那麼做。

「你住在這個地方，對吧？」城山從我的錢包裡拿出駕照，淡淡地說道。

光看他的眼神，就知道他一點也沒變，還是跟國中時期一樣，那種像蛇般纖細敏銳的眼神，眼珠的顏色有些黯淡。正在開車的另一名警察大概看不見這個角度，城山突然朝我的臉頰揍了一拳。「你、眞是個、大白痴啊！」他狀似愉快地說道。我們之間的關係和國中時代的明顯差異，在於我是個落魄的犯人，而城山站在警察的優越地位。

國中時代，城山從來不曾把我當作霸凌的對象。

我當時擔任足球社的中場球員，風光一時，與沒有參加任何社團、上補習班的城山幾乎沒有交集。他不是那種不顧別人感受，到處說八卦的人。但是他身邊總是聚集了幾個朋友。不，或許那不能稱爲朋友。他和一群閒閒沒事幹、老是蹺課的大塊頭廝混。在我短暫人生裡所遇見的人當中，城山算是最低級的那一種。

舉例來說，像是國中一年級的時候。在考試前學校裡沒有社團活動，我在回家路上遇到迎面而來的城山。好像是不期而遇，他也一臉訝異，然後笑得很自然，舉起手中的袋子。

「那是什麼？」

「肉啊。」他說，從裡面取出火腿，那是一大塊厚肉片。「這很貴唷。」

「晚餐嗎？」聽我這麼一說，他發出竊笑聲，彷彿我的蠢樣非常好笑似的。

「火腿上插著一把大剃刀，我正要把插著刀的肉塊丟進有狗的院子裡。」

「你在開玩笑吧？」

「狗是一種很聰明的動物吧？所以牠們不會吃囉！」

「你在開玩笑吧？」

「那些傢伙即使舌頭被割成兩半也會吃嗎？」

我不知道自己當時爲什麼沒揍他，我們的體格不相上下，比腕力的話，說不定我還略勝他一籌。可是，我當時卻逃走了。換句話說，我什麼也沒做。理由只有一個，大概是因爲害怕吧，我沒有勇氣面對同學身上散發的惡意。

城山至今應該沒有受到任何人的制裁，這正是他跟其他混混最大的不同處。他的幼稚行爲並不是想要嚇唬人或鞏固自己的地位，而是踐踏某人，並從中獲得樂趣。

國二時，同一個地區發生了一起命案，一對老夫婦的先生遭人殺害，新聞報導那是一樁臨時起意的強盜殺人案，結果凶手並沒有落網。

我曾經聽說城山四處吹噓人是他殺的，朋友用一種怯懦的語氣告訴我這件事，我聽了渾身不自在。城山好像這麼說：「反正老人活在這世上也沒什麼樂趣，不是嗎？如果兩人過得和睦融洽，殺掉其中一人，另一個人會不會因爲耐不住寂寞而發瘋呢？」

我知道他說的是眞的。幾個星期以後，我也聽見城山說：「那個老太婆沒死啊，說穿了這對老夫婦不過就是外人嘛。」

我當時也沒有揪起城山的領口好好痛扁他一頓，我選擇了逃跑，我怕與他扯上關係。城山的父親就算不是政治家，其地位也和政治家相去不遠。我告訴自己，「掌權者的兒子我們惹不起」，要忍氣呑聲，努力忘掉城山這個人。

「當警察挺不錯的喲。」他在我耳邊說。最不該進入警界的人竟然當上了警察。當時，在我腦海中迴響的聲音說不定不是挨揍聲，而是絕望的嘆息。

祖母只在我國中的教學參觀時，見過城山一面。因爲父母抽不出空，不得已只好請祖母代表。

城山的成績很優秀，長得一表人才，乍看之下是個完美的「模範生」。實際上，包含我父母在內，其他學生家長也對他青睞有加，都希望自己的小孩「向他看齊」或「與他保持良好關係」，可能也是受到他父親的社會地位影響。

縱然如此，祖母卻看穿了他的眞面目，當天夜裡對我說：「那個叫城山的孩子很可怕。那個小鬼在樓梯上接近我，突然伸出手對我說：『你是伊藤的祖母吧？』那是一雙曾經將人從樓梯上推落的手，他有一對殺人魔的眼睛，一雙強姦犯的手。」

「把人家的朋友講得眞難聽耶。」我笑著說。但祖母也看穿了我的這句話並非發自內心。「你們算哪門子朋友啊？要是有人引發戰爭，肇事者一定是那種小鬼。」

＊

我覺得很頭痛，要我接受稻草人會說話這個事實，簡直是強人所難，何況對方還說能預知未來，能接受這件事的大概只有天眞的孩童。

「你認識城山嗎？」

「他是個可怕的男人。」稻草人不帶感情地說道。

我差點一屁股跌坐在地。「令人無法置信的是，他居然當上了警察。」

不，更令人無法置信的是，我竟然和稻草人爭辯，但是對這個事實假裝視而不見。

「總而言之，優午能夠預見未來。」日比野焦躁不耐地說。

「有一種東西叫做天氣預報不是嗎？那也像是在猜測未來的事。幾個小時後、一天後、一個星期後。總之，我也和那一樣。」稻草人說。

「天氣預報有時也不準。」

「我也是啊。經常不準。」稻草人看起來像在微笑。仔細一看，他的臉上明明只有一塊質地細緻的布。

「最近的事情，我可以說得準確無誤，但幾個星期後、一年、幾年後的事情，就常說不準了。隨著那一天的接近，未來會愈來愈鮮明，就像鏡頭漸漸對焦一樣。」

「所以，你也知道我會來？」

「唯有這件事，我在一百多年以前就已經看到了它的可能性，雖然只是眾多可能性當中的一個，但在三個星期前左右，我很清楚你會來。所以，正確來說，我大概是在三個星期前知道的。」

「優午能夠完全預知一個星期以後的事，他知道這世上所有的事。」日比野望著山丘的方位，揚起下巴朝著天空，彷彿相信他們的未來是來自那個方向。

「是啊。如果是一個星期後的事應該沒問題，不過更久以後就沒辦法了。所以，就算你想問接下來會如何？什麼時候會離開這座島？回到仙台會怎樣？我也無法回答。」

我想問的正是這些，有一種被他先發制人的感覺。「你，無法預知嗎？」

「正確地說，是無法斷定。關於你的未來，我知道幾個選項。你未來的人生大致可以分成幾十種類型。眞要細分，或許會變成幾億種。可是，你實際會遇到的未來只有一種，你的未來究竟會怎樣，實在很難說，因爲未來會因爲少許變數而改變。」稻草人以緩慢平穩的聲調說話。「所以，目前還無法預知。或許說無法特別斷定比較正確吧。」

「所謂會依狀況而改變的，是指天氣或溫度嗎？」

「舉例來說，假設一對男女可能相遇。」稻草人的聲音異常溫柔。「頂多也不過是有可能。如果那天下雨的話，不，說得更極端一點，如果有一隻小蟲的屍體掉在人行道上，說不定男方就會因此改變路線，這麼一來，他就無法遇見女方。要斷定未來，必須知道許多細節，而愈是遙遠的未來，就愈難掌握細節。」

「所以你無法斷定。」我點點頭。「是嗎？」

「我是個不負責任的稻草人。」

「那是混沌理論（註）。」我低喃道。那應該是某國的氣象學家發現的科學理論。

「明明有規則卻無法預測。」

「這傢伙說的話眞難懂。」日比野發出調侃的聲音。

我尋找比喻，思索更簡單易懂的說明方式。「你知道果汁機嗎？」

「把水果塞進去，攪打成果汁的機器，對吧？」日比野立即回答。

註：Chaos theory，許多不可預測或看似無關的事件，對於大多數系統均能產生反饋和無法預測的影響。

「只要將水果放進果汁機，就能打成果汁。放進橘子，就能打成橘子汁。」

「有時候放的是香蕉。」

「那就會變成香蕉汁。總之，有那樣的規則存在，放什麼進去就會變成什麼，那是不變的道理。那麼，假設有一次想打出很好喝的果汁，只要混合各種材料，就眞能打出非常美味的果汁。」

「那很好啊。」

「對，太好了。但我要說的是，改天想要再打出相同口味的果汁，卻打不出來了。不是少了什麼材料，就是分量不夠。結果打出了完全不同的飲料。」

「味道完全不同嗎？」

「對，完全不同。只不過是因爲材料略有不同，就打出了完全不同的果汁。果汁機是一種非常敏銳的機器。這樣打出來的果汁，我們稱爲混沌。」

「這名字聽起來很難喝。」

「如果所有材料都和之前一樣，分量也分毫不差的話，就能產生相同的結果，打出相同的果汁。但相對地，只要調味料少一匙，就會變成完全不同的結果，甚至連室內的濕度和溫度也得調到相同才行。」

爲了獲得相同的結果，必須零誤差地備妥所有材料與環境。這等於是不可能的任務，雖然是決定論（註），卻完全無法預測，這也就是所謂的初期値敏銳性。

「說不定這和優午講的很像。」日比野搖搖頭。「總而言之，條件略有差異，就會導致完全不同的結果，對吧？反過來說，優午知道那些細微的條件，所以能預知未來。」

「一群鳥聚集在我身邊，十二月的北風，帶來人們的消息，我連非常細微末節的事情都聽得見。是啊，我想你剛才說的就非常接近。」說不定我不管打哪種比喻，稻草人都會這樣接納我。「想必我是以那種方式知道未來，我大概比人類知道更多正確的資訊吧。所以，將資訊放進果汁機，我就能預知未來。」

「神明的菜單。」日比野面不改色地說。「未來取決於神明的菜單。」

應該是我的錯覺，但我彷彿看見稻草人點頭。「神明的菜單上列出很多材料，眞是豪華。」

我覺得那句話聽起來非常悅耳。

請發問，優午說。

註：一種哲學理論，主張一切事件，包括人類的決定，完全受先前存在的因素決定。

「問什麼？」日比野一臉不服氣的樣子。「還需要解釋什麼？」

「不，伊藤先生一定滿腦子疑問。」

我不知道該從何問起。「譬如說啊，日比野現在戴的手表上頭有SEIKO的字樣。在這個封鎖了一百多年的地方，爲什麼會有SEIKO的手表？」

噢。日比野頻頻點頭，珍而重之地撫摸著自己的手表，彷彿多摸幾次，手表就會閃閃發亮。「是轟大叔啊，那個大叔是例外。」

「轟大叔是例外？」

「這是一座孤島，島民不會與外界往來，但只有轟大叔例外，他是商社員。在島外，買賣東西的人稱爲商社員，對吧？他自己是那麼說的。明明長得就像一頭熊……」

這座島上的商社員指的是什麼？

「轟大叔往來這座島與島外之間，將島上居民想要的東西、所需的東西帶回來。他有一艘巨大的船，那種有引擎的傢伙，他用那艘船把東西運回來。」

我不太能理解，就算他把東西帶回來，那些東西也不可能免費吧。買東西的錢哪裡來？話說回來，這裡用的是什麼貨幣？一介商人往來島與外界之間做生意，實在令人無法立即相信，但麻煩的是，日比野說明這件事的語調也不像在說謊。回想起來，自從見到日比野，我就沒有從他身上嗅出說謊的氣味，感覺一切都像眞的，也都像假的。

「語言呢?」我繼續發問。「這裡從江戶時代封鎖到現在,但你們與我溝通不是沒問題嗎?」

「和優午講話,大概鍛鍊了我的語言能力。再說,轟大叔也會教我不知道的單字。」

「不過,你的抑揚頓挫有點不太一樣。」

「抑揚?什麼東西?」日比野納悶地問道。

「剛才遇見那個叫園山的畫家,他的畫該不會也是轟先生拿去外面賣的吧?」

「除了轟大叔還會有誰?只有那個男人會出海啊。」

「島上的其他人不去外地嗎?」既然有交通工具,應該沒必要閉島不出。

「目前沒人出去。轟的父親或祖父,除了他們家的人以外,誰也不曾出去。」

「因爲沒有船嗎?」

「因爲我們相信。」日比野抬起視線。

「相信?」我想起了祖母的聲音,她要我別接近宗教。

「優午從以前就說過,不要離開這座島。」

「大家都遵守這個規定嗎?」

「守護路標需要理由嗎?」

對話中斷了。四周很安靜，悄然無聲，唯有樹葉搖晃，沙沙作響。靜得令人出神。

「你不相信嗎？」日比野擔心地看著我。

「很遺憾。」實際上，我眞的覺得非常遺憾。

「算了，至少你比曾根川好。那傢伙誤以爲我們是瘋子，差點就要用帶來的獵槍射殺我們。」

「獵槍？」

「那個名叫曾根川的禿老頭，帶了一支獵槍來。一支長得莫名其妙、適合白痴使用的槍。老古董一件。」

「他是來打獵的嗎？」這座島上丘陵遍布，殘留著許多大自然的風貌，說不定會有獵物，但眞正的大自然力量不容小覷。

「你還有疑問嗎？」名叫優午的稻草人似乎看穿了我所有的想法。

「這裡從一百五十年以前就不與外界往來了，是嗎？」

「除了轟以外。」

「日本在江戶時代採取鎖國政策。」我從腦中挖出日本史的知識。

「那種事情我們知道。」日比野嘟嘴說道。

「也就是說，這座島一直處於鎖國狀態。照理說現在路上不是應該還看得到挽髮髻的武士替藩主徵收年貢並遵守其家規嗎？可是，西方文化卻極其自然、不著痕跡地融入了這裡。日比野穿著牛仔褲，說的話也夾雜了外來語。」

原來是那麼回事啊，日比野點點頭。我等他解釋。如果優午就此不發一語，我將佇立原地，而他也會成爲一個不中用的稻草人。

＊

爲什麼呢？這時候，我又想起祖母說過的話。

「人生就像在搭電扶梯，即使自己佇足不動，不知不覺還是會前進。一搭上電扶梯就不斷向前，目的地早已決定，身體不由自主地朝終點邁進。不過，大家都沒注意到這一點，以爲只有自己不在電扶梯上。」接著，祖母還說，反正電扶梯會移動，與其氣喘如牛地工作，還不如好好享用美食。

「不工作的話，就不能吃飯；不工作的話，就沒辦法抵達終點。所以我要工作。」我反駁道。

「所謂的電扶梯，其實在哪裡下都不會有太大差異。」

「妳想說什麼？」我一發脾氣，祖母就一臉裝傻若無其事地說：「我們會爲趕時間的人騰出電扶梯右側，那是基於什麼常識？」

*

假如人正在搭電扶梯，說不定那個叫優午的稻草人知道目的地或抵達樓層的景色。

「這座島從一百五十年前起，就停止了與外界的交流。」

「所以才令人覺得不可思議。」我說道。

「在那之前，這座島曾經和歐洲交流。」

「在那之前？」我的聲音尖銳了起來。「這就怪了。在那之前，這個國家本身採取了鎖國政策。」

「這座島曾經和歐洲悄悄地往來。」稻草人如此斷言。「你知道一個名叫支倉常長的男人嗎？」

「哦，支倉常長。」日比野欣喜地高聲說，露出那種以當地職棒選手為傲的笑容。支倉常長，我鸚鵡學舌地複誦。他的詳細事跡我並不清楚，但我記得學校裡教過，在伊達政宗時代，他曾遠渡歐洲，他的船「San Juan Bautista」人稱慶長遣歐使節船，復原之後現今展示於石卷市。

「那個去西班牙和羅馬的人嗎？」我說。「他去拓展貿易？」

「是藩主下令要他去找傳教士的。」日比野似乎很清楚。

「可是，日本當時處於鎖國時期，那是一個讓人踐踏聖母瑪利亞、耶穌像的版畫以證明自己不是天主教徒的時代，那個時代爲什麼要找傳教士呢？」

「支倉常長出發時，這個國家還沒實施鎖國政策，也沒有人做出踐踏聖母瑪利亞、耶穌版畫的行爲。日本是在他出發之後，才改變政策的。」日比野似乎想說支倉常長沒有錯。

「當然，羅馬人也不相信。畢竟，一個採取鎖國政策的國家，居然還有鄉下藩鎮派使節前來請求傳教士傳教，對方會懷疑也是理所當然的。這太矛盾了。結果支倉常長便無功而返。」

不知道是不是刻意，優午的說話方式簡潔有力，彷彿要我「自己想像」這個遙遠的故事。一個男人身負使命，前往一塊陌生土地，卻鎩羽而歸。

「很少人知道支倉常長回日本之後的事。」

「還有後續嗎？」

＊

我和祖母一同看完電影《外星人2》之後，她說，續集大多會開始夾雜謊言，這是騙子的騙人手法。他們一開始會說實話讓人放心，然後誇大其辭，引起對方的興趣，意圖欺騙對方。你可千萬別被那種花言巧語給騙了喔。要提高警覺！提高警覺！從她當時的說法來看，說不定她反而相信外星人眞的存在。

＊

「支倉常長來過這座島。」日比野說。「他把這裡當作與歐洲交流的場所。」

「實際上，他是來與我們約定，讓西班牙人利用這座島。」優午說。「當時，包含殖民地墨西哥在內，歐洲人將這座島定位在旅途中養精蓄銳的地方。」

我心想，那會不會是我所不知道的世界歷史。

「你知道支倉常長是死刑犯的兒子嗎？」稻草人靜靜地訴說歷史。「他父親被判死刑，雖然他的罪名沒有留在歷史上，但這是事實。」

我想起十多年前引起話題的那件事。一本書提到，當時有人向伊達藩提出遣歐使節船的計畫，伊達藩不知道該派誰執行那趟危險的旅行，於是選了死不足惜的死刑犯兒子支倉常長。原以爲是英雄的人物現在成了罪人的兒子，這件事讓我心情有點複雜。

「這座島距離從前用來流放犯人的地區很近。江戶時代，會依罪名的輕重判處流刑。牡鹿半島靠近我們的這一側，田代島、網地島和江島都是仙台藩的流放地區。其實，這座荻島也離那些島嶼很近。」

「這裡不是流放地區嗎？」

「從江戶時代起，幕府和藩就一直沒有注意到這座島。」稻草人似乎對此感到高興。接著說：「支倉常長打算在這裡實現他長年思考的點子。」

優午說，那就是瞞著藩和幕府與歐洲交流。

「被流放到江島的支倉常長在前往歐洲之前，也就是他父親等待死刑期間，他已經知道這座荻島。」於是他靈機一動，想到接受遣歐使節的使命，利用這裡逃離藩的計畫。

「然後，那個男人成功地完成了計畫。」日比野驕傲地說道。說不定這座島的島民奉支倉常長爲英雄。

「說是交流場所，其實歐洲人好像也只是隨興造訪這裡，稍事休息就離開了。不過，從那時候起，外來文化逐漸滲透了這座島，那肯定是這座島的文明基礎。」

當時的我，需要觸手可及的「眞實感」。

「他該不會死在這座島上吧？」我問。

「島的另一頭有一座墳墓喔！」日比野回答。

支倉常長的身世籠罩在一團謎霧中，眾說紛紜，有人說他與歐洲交涉失敗之後，回到藩遭到處刑；也有人說他變成虔誠的基督徒，結果到底怎樣還是無人知曉。

還有人說，他是搭西班牙的船回來的。一般的說法是，他八成將「San Juan

Bautista」號賣給了哪個國家。不過，我認爲他或許將船開到這座島，然後再搭西班牙的船回到伊達藩。如果把自己最重要的一艘船送回藩，未免也太划不來了，索性把船藏在荻島。有沒有這種可能？而搭外國船回去，說穿了不過是個掩人耳目的手法。

雖然我心裡覺得這是一派胡言，不過一旦鬆懈下來，想像力便自行運作，腦中浮現支倉常長費時七年才完成的狂野計畫。

「這座島在那之後就與外界隔絕了。不過，之前吸收了西方文物。當然，島民現在也會透過轟到外地購物，獲得衣服和鞋子。如何？這樣有沒有稍微解除你的疑問？」

「啊，哪裡。」我開始不在意那些小事了。

接著，優午說：「我隨時都站在這裡。」他彷彿知道我還會再來。不，實際上他就是知道吧。即使感受不到「眞實感」，我還是開始接受這座島。

我和日比野一起離開了水田。我頻頻回首。

「很怪嗎？」日比野擔心地問。

「不會。」我回答。我是眞心那麼想。稻草人優午泰然自若地說著超乎常識範圍的事。事實上，稻草人會說話本身就已經非一般常識了，但那頂多只能算是我所知道的常識範圍。管他什麼鎖國、支倉常長的慶長遣歐使節船和混沌理論，我已經不在乎了。說到「眞實感」，我現在站在這座島上的感覺就是眞實，我開始放棄一般人所謂的眞實，或許應該順從這種感覺；瘋狂與包容；瘋狂近似於包容。

我想起了靜香，她是我半年前分手的女友，大我兩歲，今年應該三十了，我們交往了五年才分手。她在我之前任職的軟體公司總部工作，屬於站在工作伙伴中鶴立雞群的那種優秀員工。

交往之後沒多久，我就發現她有精神衰弱的問題。

「我從前是個乖寶寶。」

「我想也是。」

「我母親是學校老師，我小時候她幾乎不在家。」

這種情形很常見，但她似乎不曾做出要母親待在家裡陪她之類的無理要求。因爲她知道那麼說的話，母親會很困擾，而且她自己也不覺得特別寂寞。

「可是，我一上國中以後就理所當然地不去學校，甚至做出了類似出賣肉體的事。」她還說，我現在總算知道當初爲什麼要那麼做了。

她自我分析，我果然還在忍耐。每個孩子在小時候，都需要父母的關愛，就像喝牛奶一樣不可或缺。靜香已經習慣母親不在身邊了。儘管習慣了，心裡卻蓄積了不滿。那是一種失去情感的壓力，在無意識間蓄積了不滿的情緒。靜香的對應，就是在進入十

五、六歲的青少年期，一吐之前不斷地淤積在心底的不滿。

我認爲，荻島上的所有居民一心認爲「不能離開這座島」。他們對此不曾感到懷疑，不過他們的身體和內心深處說不定都存在著不滿。他們一定很想知道外面的世界，並且對於無法那麼做而感到不滿。

或許那一點一滴所累積的壓力，讓島上的年輕人感到焦躁不安。這種情況就像人被關在沒有時鐘的房間裡不與外界對話，最後都會發瘋一樣，毫無例外。

那個名叫轟的男子似乎是單身漢。而且似乎是年紀老大不小的中年男子，還長得像頭「笨熊」。

走在沒有岔路的柏油路上，沒有人與我們擦肩而過，也沒有一輛車從我們身後疾駛而去。我問日比野，這座島上有車嗎？他回答，大概十輛吧。他說是轟運進來的，我難以立即相信。

「應有盡有耶。」聽到我這麼佩服地一說，他的眼神有了明顯的變化，問我：「這座島還少了什麼？」我感覺好像被他用生鏽的小刀硬生生地捅了一刀。

不知道，我輕描淡寫地說道，聳聳肩。沒想到他竟然露出一臉沮喪的表情。

他彷彿想說，你別裝傻嘛。但我不懂他爲什麼失望。

這時候，我看見一名少女，她躺在地上，朝左側躺著，正在睡覺，看起來約莫十歲，躺在一棟平房前面。

「那裡就是轟的家。」日比野鼻尖朝上，簡直就像一隻狗正在用鼻子嗅聞。

「不過，有一個小女孩耶。」

「轟沒有小孩。那是若葉。」日比野指著前方的少女。

少女聽到有人提到自己的名字也不起身，只是嫌麻煩地一個翻身，將身體轉向我們。

「妳在做什麼？」

「我在玩呀。」長髮及肩的她，有一張可愛的臉蛋，一雙大眼睛骨碌碌地轉動。

「轟大叔呢？」

「噢，叔叔在河邊。」她說。依舊不打算起身，不過看起來也不像懶得起身，感覺好像躺在地上很重要。

「妳在做什麼？」日比野問。

「我在聽聲音。」她語焉不詳地回答。「聽撲通撲通的聲音。」

日比野一臉錯愕，一副在問「妳又在聽心跳聲啊」的模樣。

「我特別喜歡這裡。」

這個叫若葉的少女似乎經常玩這種遊戲。在這座沒有娛樂的島上，這些島民或許會有質樸卻古怪的習慣。

「那個小女孩在聽心跳聲嗎？」離開那裡之後，我問日比野。「還有那種遊戲啊？」

「只有若葉會幹那種蠢事。」

那個叫轟的男人果真長得像頭熊。他撿到了逃離警車的我，自作主張將我帶回這座島。誠如若葉說的，他在河邊。河的另一邊是大懸崖，不知道是不是自然崩塌，能夠清楚地看到地層的顏色。他頂著一個五分頭，體態圓壯，身高和我差不多，但他的體型看起來比較結實，臉上蓄著短鬍。

他在河邊撿拾水泥磚，右手拿著灰色水泥磚，左手還在找其他東西。河面波光粼粼，陽光就像光線照在銀紙上般產生漫反射（註），讓人誤以爲河川本身在發光。河川不深，清澈見底。

「你拿水泥磚要幹什麼？」日比野問。

轟說，這個可以用來當作那個，然後抓著水泥磚，正在想該怎麼解釋。他看起來四十開外，使勁拼湊詞彙的模樣，怎麼看都感覺不出威嚴。

「是優午要我拿去的。」轟花了相當長的時間才回答。

「優午？拿去哪裡？」

日比野一口氣問了兩個問題，轟又陷入沉默。他讓我想起了不管怎麼敲鍵盤就是沒反應的老舊電腦。

「我帶伊藤來囉。」等得不耐煩的日比野向他介紹我。

喔……他似乎這才回過神來，尾音拖得長長的，慢吞吞地走向我。

「你好。」我低頭行禮。

「喔。」轟舉起一隻手致意，但遲遲不說話，大概又在想怎麼開口。他那張嘴似乎比身體還要笨重，過好一陣子，他才發出低沉的嗓音說：「你那時走路搖搖晃晃的。」

我跟他解釋，其實是因爲我坐的車發生車禍。不過，我沒有說那是一輛警車，也沒有提到我是遭警方逮捕、坐在後座的搶犯。

「有沒有人追我？」我把心一橫，試探性地問道。我很擔心那個渾身充滿惡意的城山會不會追來。

「不，沒人追你。」轟緩緩地搖頭。他的聲音像在笑，好像是發自喉嚨以外的某個部位，他讓我想起在迪士尼樂園裡演奏樂器的熊。

接著，他做了一個奇怪的動作，頻頻望著身旁的日比野，向我一個人招手。我順著

註：當平行光束射在平面上時，光線會朝四方八面反射，這種反射稱爲漫反射。

他的手勢向前跨出一步，他湊近我問道：「你要回去嗎？」

剎那間，我無法回應。「我回得去嗎？」

「你如果要回去，我就帶你回去。」

原來是這麼回事，問題是他有船嗎？在這之前我一心以爲再也回不去了，聽到他這麼一說頓時像是吃了一顆定心丸，但同時也覺得胃抽痛了一下。回仙台被嚴陣以待的警察逮捕，也就是遭到城山逮捕的這件事與轟無關，純屬於我個人的問題。

「對了對了。」轟想要繼續說，但他只是茫然地看著我，似乎忘了自己要說什麼，他不發一語地喘著氣，過了好一會兒才小聲地說：「譬如說，對了，就說是撿到稀奇的貝殼好了？」

他緩慢的語調很可愛。我忍著笑意，點頭稱是。

「那種東西在伊藤住的地方可以輕鬆賣掉嗎？」

「稀奇的貝殼……嗎？」

他在說什麼？

「如果賣這座島上才有的東西會發財嗎？」

「像是怎樣的東西？」

「像是……鳥怎麼樣？」

「鳥，鳥嗎？」我勉強忍住想笑的情緒，只說：「鳥不怎麼稀奇喔。」

「也是。」轟皺起眉頭，看起來更像一頭熊了。「算了，你還是在這座島上待一些時日好了。」

「是，是啊。」

推延時間、不去解決問題，或許是人類才有的劣根性。

*

祖母曾說，人類不好的部分就是所有不同於動物的部分。

父母車禍雙亡之後，我那一陣子老是在聽音樂，或許是想感受無形的撫慰，或許是什麼都不想思考，總之當時我房裡的音響總是開著。

只有人類才會聽音樂。祖母像是責備我似地說道：「動物才不會聽那種玩意兒。」話雖如此，當她看見側耳傾聽留聲機音樂的狗兒圖樣時，卻又面帶笑容地說：「好可愛喔。」

「你見過優午了嗎？」轟問我。

「剛才見過了。」我雖然覺得困惑，還是回答。跟個稻草人哪有什麼見不見過的。

「優午很喜歡伊藤。」日比野不知爲何，驕傲地說。「他和大叔之前帶來的曾根川完全相反。」

「喔，他呀，他……」轟似乎總是話說到一半，在空中分解。

「曾根川甚至連話都不跟優午說，講來講去就只有一句胡說八道。」

我心想，外地人大概都是那樣吧。

「那個男人，喔，對喔，給人的感覺的確是那樣。」轟花了不少時間卻只講了這麼幾個字。

「話說回來，若葉在大叔家門前睡覺耶。」

轟的臉色沉了下來。

「她好像又在聽心跳聲。」日比野接著說。轟的臉色更是青一陣紅一陣。「那傢伙爲什麼會在……」他咂嘴，擔心地頻頻往自家方向望去。

我們簡單打聲招呼就離開了，兩人並肩走在河堤上時，日比野想起來似地說：「果汁機的比喻很有趣。」

「咦？」

「到目前爲止，沒有人會像你那樣解釋優午。」

「那是他自己先說的喔。我只是從中想起了混沌理論。」

「優午很少會那樣解釋自己，他一定認爲伊藤是那樣的人。不，他是知道。」

「哪樣的人？」

「託付訊息的人啊。」日比野若無其事地說。「優午知道伊藤接下來要做什麼。」

「他非常相信你喔。」

「稻草人非常相信我？」

說起來，稻草人是不會說話的。

一個名叫草薙的青年在我們身後喊著：「日比野先生。」

我回頭看見一輛藍色腳踏車，一字形的龍頭，配上纖細的車體，那和我看慣的腳踏車形狀有點不同，感覺不太對勁。仔細一看，前輪加了一個架子，模樣很怪異。

青年大概二十出頭，髮長及耳，蓄鬍也許是爲了掩飾他的年輕，但整理乾淨的落腮鬍反而更透露出他的年紀。他穿著格紋針織棉褲，上半身穿了一件灰色針織衫，外罩藏青色制服，感覺有點緊，就像是不良少年變成大人，個性磨去了稜角。日比野替我介紹。

草薙報上姓名，說自己是郵差。我再次看著他的腳踏車，後座的貨架上掛著黑色包包，或許是因爲郵件量不多，包包乾癟癟的。他的制服胸口上有一塊寫著「草薙」的小名牌。

「這座島上也有郵局嗎？」我讚嘆道。日比野說：「這世上哪裡沒有郵局？」我猜他沒有惡意，但那說法令人不舒服。他肯定是屬於那種沒有心眼，但不知不覺就傷到別人的人，這種人爲數不少，拜他們所賜，活著得經常面對痛苦的事。

日比野指著草薙說，這傢伙結婚了，妻子的年紀比他大，名叫百合。草薙沒有臉紅，反而顯得有些洋洋得意。

「你會寄信到島外嗎？」日比野對他說。

「島外？」草薙側首不解。

「伊藤是從島外來的。」我懷疑自己聽錯了。「被島上的居民知道的話會引起大騷動。」沒想到發出這句警告的他竟然洩漏了我的事情，而且還是當著我的面。

「你說島外？」草薙瞪大了眼睛。「他和曾根川先生一樣。」

「他跟那個不和氣、令人生氣的男人不一樣。」

「聽你這麼一說，我家百合也很討厭那個曾根川先生。」

「因爲那個曾根川一臉下流，你家夫人是個美女，他該不會對她起了歹念吧？」

草薙的表情霎時僵住了。「他說他不會那麼做。」草薙的眼神發出利刃般的閃光。

假如曾根川眞的對草薙的妻子起歹念，這名在郵局工作的青年或許會拿刀子之類的利器刺殺他。草薙的反應激烈，令人不禁這麼想。

「別告訴其他人伊藤是從外面來的喔。」日比野說道，卻不把自己洩密當作一回事。「除了百合之外，我不會對別人說。」草薙應道。原來如此，說不定到了明天，全島都知道我的事了。

「信也能寄到島外喔。」

「怎麼寄?」

「轟大叔。」日比野像是在說明考試重點似地說。「那個熊大叔會帶去島外。如果有回信的話，他再帶回來。」

「不過，受理信件的人是我。」草薙展現身爲郵差的自尊。「請先把信交給我。」

*

說要寄信，除了唯一一個不知道願不願意收我信的人之外，突然間我也不知道該寄給誰。我想和靜香聯絡，分手半年以來，我連一通電話也沒打過。

我和靜香在職場上相識，我只是個成天對著電腦工作的工程師，而她卻是個不折不扣的系統工程師，善於替分店遍布日本全國的公司設計系統程式。

早在ＩＴ革命這個詞彙普及化之前，她即開始爲使用網路工具的新事業擬定各項企劃，並陸續學會新的程式語言，同時埋首於好幾個企劃案，即使週末會放假休息，也絕不請年假，獲得客戶的讚許遠多於揶揄她的狂熱。

但對她而言，重要的並不是工作。

她的名字被列在許多企劃案上，功績的背後道出了她的努力付出，但靜香只是藉由那些確認自己的存在。

她想要聽周遭人說，「非她不可」、「有什麼問題的話，可以請教她」。她要的是經常實際感受到「自我認同」這個不確定的事物。

她說，母親在她小時候這麼教育她，而且似乎沒事就將「人們是健忘的，很容易就把一個人忘記了」這句話掛在嘴上。

總之，她母親從小就教育她，要在這個世界上證明自己的存在，若非讓自己的名字以鉛字形態印刷在紙上，那就要接下少不了自己的重責大任。

每次她說：「我希望有人記住我。」我就會回答：「我會記住妳。」但她想要的不是那樣的答案。

她唯一的興趣是吹低音薩克斯風。她說：「只有吹這個不用理由，所以我很喜歡。」她吹得很好。我在猜，恐怕那也是利用肺部產生的氣體吹響薩克斯風，藉以確認自己的存在。

「妳到底要怎樣才能接受自己?!」分手時，我第一次那麼粗聲粗氣地對她吼道。不過話說回來，那就是我們分手的原因。

「我要大家圍著我，拍手對我說『妳好棒、妳好棒』，哭著對我說『我們一直在等待妳的出現』。」她無理取鬧地說：「這樣的話，我就能接受自己，感到放心。」

「妳又不會名留青史，少自我陶醉了！」我責備她，想不通爲什麼她要那麼傻。她眼神哀怨地看著我，卻沒有回嘴。

在那之後不久，我就辭掉了工作。不過，我確實受到醫生的警告，視力惡化也不是騙人的，雖然我對辭職一事完全不後悔，但我還是不習慣賦閒在家。我無法享受毫無變化、乏味無趣的日子，或許是因爲對下一份工作沒有著落感到不安，我才會失控地跑去搶便利商店。

諷刺的是，來到這座荻島的我，雖然沒有受到眾人的熱烈鼓掌歡迎，卻受到特別待遇，有人對我說，「我們一直在等待你的出現」。如果換作是她的話，她會滿足嗎？

「你最好寫封信喔。」日比野話中夾雜著幾聲口哨對我說道。他臉上的表情依不同的角度看起來像少年、美少年，不過還是最像一隻天眞無邪的狗。

「可是，那個人已經不是朋友了。」

「收到別人寄來的信還是會開心吧。」他像是在解釋物理法則般地斷言。

我雖然認爲這是一個奇怪的意見，還是覺得是不是該寄一封信出去看看。我很擔心，我總覺得她的自尊心和對自己沒自信，很可能讓她成爲以全球人口爲目標的詐騙集團或宗教團體下手的對象。

*

靜香從玄關的信箱抽出報紙。

她拿著報紙，準備烤吐司。在吐司烤好之前，她回到客廳打開音響，查理派克（註）演奏的薩克斯風緩緩地流瀉出來。

快要中午了。反推回去，回到家是早上七點，所以好像才睡了三個小時。

手上的企劃案總算快做完一半了。年輕的工程師們總是日以繼夜地趕工，熬夜對他們而言，已經接近一種自我陶醉的感覺。

靜香也在公司裡待了很長的時間，但她卻不會對此感到驕傲。工作是爲了讓世界以自己爲中心而轉動，她不能被人瞧不起，這與工作時間長短等能力完全無關，她只是不想讓承包商和白痴上司看輕。

無論提出多好的提案、讀書會準備得再周全，誰會聽準時下班的人說話呢？他們只會說：「能夠早回家的人眞好命呢。」

突然間，她想起了伊藤說過的話。他們最後一次見面時，他說：「妳不在之所以造成大家的困擾，那是因爲重要的工作都抓在妳手上，妳試著放手看看！」

說不定他說得對，靜香也知道這一點，但是正確的事不見得會讓人幸福，這也是事實。對靜香而言，她渴望被需要。

脖子四周痠痛，她緩緩地轉動脖子，眼睛也累了。

「我要辭職。」當時，伊藤繼續說道。

「爲什麼？」她問道。「眼睛痛。」他回答。令人驚訝的是，他不像是開玩笑。

「你爲了那點小事辭職？」

「我們就像在搭電扶梯，難道就這樣一直工作下去嗎？算了，雖然我已經做好了心理準備，但我不打算連視力也賠上。」

靜香看著桌上的相框，裡面是她和伊藤的合照，那是兩人唯一的一張合照，是他們在殘障兒童機構當義工時拍的。

他去跟市公所要了機構的地址，打電話預約當義工，然後約了靜香，「妳去吹薩克斯風怎麼樣？」

她不情願地被拖去那間機構表演，這件事讓她印象深刻。她獨奏查理派克的曲子，

註：Charlie Parker，美國流行音樂時期最具代表性的薩克斯風大師。

得到了意想不到的好評。

「妳也可以來當義工呀。」伊藤依然沒看著她說話。「像這樣，大家也一直在等妳出現。」

靜香知道他想說什麼，就算不從工作中尋找存在的意義，還是有辦法取悅周遭人，這不也是一種自我認同嗎？他大概想那麼說吧。事實上，靜香當時也感到非常充實，孩子們臉上開心的表情的確讓人很舒服。

只不過，它的重量還是比不上工作。靜香當時正開始對工作感興趣，終究無法認同伊藤的說法。

「我要的不是這個，而是更重要、更有意義的事。」她覺得這話似乎太具攻擊性了，那並非她的原意。

她現在仍能想起伊藤以慣有表情聳肩的模樣。

他大概是爲了把我從不安的泥沼中拖出來才出現的吧，然而我卻放棄了這個大好機會。每當靜香看著那張捨不得丟的照片時，心裡總是這麼想。

門鈴響起。靜香檢查自己的服裝儀容，心想，運動服裡面沒穿內衣，不過應該看不出來。

她隔著玄關大門朝外面出聲詢問，對方以客氣的語氣說：「敝姓城山，想請問伊藤先生的事。」並說明自己是警察。

＊

我們站在山丘上，一座沒有名字的山丘上。

可以望見廣闊的水田與高山，棕色泥土占據了一整片視野，天空是淡藍色的，彷彿頭頂上也是一片海洋。

與轟告別以後，我們沿著河邊走，來到左邊有一片杉樹林的地方，許多杉木聳立著，景色美不勝收。

我們花了大約三十分鐘，沿著前人踏過的登山道爬至山頂。

汗水開始濡濕襯衫，氣喘吁吁，我正要說「不行了，我要休息一下」時，我們已經到了。穿越林間，我們抵達了光禿禿的山頂。在夏天，這裡或許會長滿草皮，但現在只是一片寸草不生的荒蕪土地。我俯瞰城鎮，水田規劃得井井有條，風景很美，我在那裡站了一會兒，被眼前的景致深深吸引，四周只聽得見風聲和鳥鳴，深吸一口氣，彷彿連那些聲音都能納入體內。

「那座像塔的建築物是什麼？」

我發現一大片水田的另一端有一座孤塔，看起來很細長。

「那是監視塔。」日比野回答。

「監視塔？」

「昭和初期，念作ㄓㄠ ㄏㄜˊ吧？好像是那時候蓋的，說不定當時還有人輪流站崗呢。那是小島上唯一的監視塔。」

「有梯子嗎？」

「只有梯子啊。大家都稱爲塔，其實只是一道巨大的梯子，就像勉強安上去似的，上面只有坐的地方，現在沒有人會想上去，從前有個小鬼半開玩笑地爬上去，結果摔了下來。」

「而且這座島似乎沒有必要監視。」

悄然而立的塔，看起來就像一個孤單的老人，令人聯想到一個老人低喃著「沒有人記得我」的身影。

「這座島上還少了什麼？」日比野突然問我。

「少了什麼？」

「少了什麼。希望你能告訴我。」

「我也說不上來。」我說出心裡的困惑。

「『這裡打從一開始，就失去了重要的東西，所以每個人都徒具形態。』」

「那……那是什麼意思？」日比野的話聽起來就像一首糟糕的短歌（註）。

「這句話是這座島上自古流傳下來的。」

「自古流傳」這種說法本身就很可疑，但日比野的表情出乎意外地認真，讓我連笑都笑不出來。

「這句話由父母傳給子女，島上的居民都知道這句話，所以說這座島上還少了某種重要的東西。」

「這座島上所缺少的東西？」

「島上所有人都察覺了。可是究竟少了什麼？既不是這個，也不是那個，只是不停地想像毫無意義的事。」

「一直都是這樣嗎？」

「一直都是，不過這是從前的事了，最近感覺這更像古老傳說。說穿了，如果那是一開始就不存在的東西，那麼島上的居民就算想了一千年也想不到，你不覺得嗎？」

「而且這個傳說的內容曖昧不清。」既非訓誡，也沒有具體內容。

我推測這或許是哪個受夠了島上無趣生活的人所講的話。

註：短歌爲日本古典詩歌的基本形態。西元八世紀，宮廷才女、貴族及僧侶之間開始流行一種以五、七、五、七、七形式表現的詩歌。九世紀初的《古今和歌集》堪稱日本古典短歌之集大成。

「它還有下文。『從島外來的人，將會留下這個東西。』」

「意思是說，有人會把那東西帶來這裡？」

沒錯，他緩緩地點頭，他的表情很慎重，彷彿正在仔細觀察我。

「啊！」我不禁低呼。「你該不會懷疑我就是那個人吧？」懷疑這個說法或許不適用於這個情形，但我還是說了。

日比野可能覺得尷尬，別開視線，望著眼前的水田。

這座島被封鎖了。而且如果那種傳說還存在，島民對於外來者應該更敏感。

我覺得自己像是辜負了期待土產的親友，空手而來。

「我是覺得不太可能啦……」日比野沒說清楚，但他接下來或許要說，這教人怎能不期待？「一天到晚聽身邊的人在說，這句話已經深植腦海。這裡打從一開始，就失去了重要的東西，所以每個人都徒具形態。從島外來的人，將會留下這個東西。」

「可惜，」我垂下眉。「不是我。我什麼也沒帶。」

我想也是，日比野搔搔鼻子。

「那個叫曾根川的人不是嗎？」我試圖打圓場。

「那個態度冷淡又露鼻毛的傢伙，不可能是傳說中的那個人吧？」他嗤之以鼻。

「那個老頭頂多帶了一把獵槍。」

不知不覺我們已經坐了下來。

「可是啊，這座島上到底少了什麼？」日比野問我。「從你的眼光來看，想到了什麼嗎？」

我扭動脖子，想到了很多種，但不知道是不是傳說中的答案。

「有電腦嗎？」我說出腦海中浮現的第一個東西。

「喔，一種叫電腦的玩意嗎？我聽優午說過。這座島上，是啊，的確沒有。」

話雖如此，但那就是「缺少的那樣東西」嗎？我很難那麼認爲。

「飛機呢？」

「島上沒有，不過我看過它。」

「巧克力。」

「那很好吃。」

「寶石。」

「有。」

「玩偶。」

「如果是狗和熊的話，有。」

「鏡子呢？」

「你在耍我嗎？剛才我不是說過了嗎？」
他說，那種東西隨處都有。
「裁員？」
「栗鼠老虎？（註）」
我也不認爲那是答案。
這時，我靈光一閃，想起了非常重要，而且容易忽略的「東西」。「那個呢？」
「哪個？」日比野將身體湊近我。
「時間。」這座島上會不會沒有時間概念？
「有趣。」日比野從容地笑了。「這是個有趣的想法。」但他馬上將身上的SEIKO手表對著我，臉皺成一團地說：「剛才你不是看過了嗎？」
「你這麼一說的確是。」我嘟起嘴巴說，我投降了。
老實說，還有一樣東西我沒講。
這座島上最欠缺的就是眞實感，這裡完全沒有一絲眞實感。
如果那是答案，我想知道帶著答案造訪這裡的，會是個什麼樣的人。我不可能看到一名勇者帶著寶物，將它輕輕放在山丘上的那種漫畫場景。
「優午不知道答案嗎？」

「說不定他知道。」日比野爽快地說。「可是，他什麼也不告訴我們，因爲他絕口不提未來的事。」

我心想，優午一定是不想剝奪這座島上從古至今的樂趣，才會保持沉默，他大概是想讓島民保持焦慮的心情，延伸想像，才不揭露祕密。

這時，日比野指著地面。「據說，那個人會來到這座山丘。」

「這個山丘？」

「對，那人會將荻島上缺少的東西帶到山丘上，交給我們。人們是那麼說的。」

我看著屁股底下的地面，屁股接觸的泥地冰涼涼的，除此之外毫無特別之處。

「我有點期待，我期待伊藤會從口袋裡拿出我從沒見過的東西。」日比野有點自我解嘲地說，所以我才會帶你來這裡。

我們下山時花了大約二十分鐘，緩坡連接著一條平坦的步道。

走了數十公尺，我們發現一隻貓坐在樹下，牠是一隻三色貓，身上有淺咖啡色和黑色的斑點，懶洋洋地瞇著眼睛，蜷著身子。

註：日文中「栽員」的發音與「栗鼠老虎」一樣。

「那裡，欅樹下有一隻貓，對吧？」日比野那麼說。

「是啊。」

「當牠待在那裡時，接下來幾天都是好天氣，也就是放晴。」

「咦？」

「當那隻貓爬到樹上時，就表示最近會下雨。」

「那……那是什麼意思？」我感到不安。

「那隻貓會預測天氣。」

「爲什麼？」

「你問我，我問誰啊？不過，只要看到那隻貓，就可以知道是下雨還是出太陽。」

「每隻貓都是那樣嗎？」

他以一種瞧不起人的語氣說，怎麼可能還有其他隻貓會預測天氣?!

「像是燕子低飛就會下雨、出現晚霞的隔天會放晴等，這就和那種迷信一樣吧。」

「那不是迷信吧，我聽說那是有根據的。」

「那隻貓有根據嗎？」

燕子之所以低飛，是因爲昆蟲在雨天出沒，方便捕抓牠們。而蜘蛛之所以結網，也是爲了捕捉昆蟲。有關天氣的成語應該有其道理，但我不認爲貓預測天氣是有根據的。

「總之，不會下雨。」日比野一口斷定。

那個男人有一副令人驚爲天人的端正五官，我第一次想用「美麗」來形容。他的髮長稍微過肩，雖然我不喜歡男人留長髮，但那的確非常適合他；鼻梁挺直，鼻子偏大卻不難看。

他大概三十歲左右吧，眼眶下有幾條深邃的皺紋，只有那個部位顯得老態。他坐在木椅上看書，蹺著一雙修長的腿。

「櫻。」日比野說。

「十二月不會開櫻花啊。」我驚慌失措地回應。

「是那個男人的名字啦。他叫『櫻』。」

日比野發「櫻」的音很奇怪，他的重音不是放在ＳＡ，而是平音，簡直像在念日本國花「櫻花」（註）。

「櫻是人名嗎？」

「劊子手。」

註：日語的詞彙依不同的意義有重音的區分。這裡指的「櫻」（SAKURA），當作人名的念法，重音放在SA，當作櫻花的念法是平音。

我沉默了，心想，別輕易使用那種嚇人的字眼嘛。

「否則就要靠法律。規範、規則、劊子手。倫理與道德。」

「我完全聽不懂你在說什麼。」

「總之，他就是那種男人。」

哪有人解釋得這麼不清不楚啊?!我大感光火，但日比野似乎沒有察覺我的不悅。

我們朝那個叫櫻的男人走去，越接近他越覺得他益發美麗，令人望之卻步。

「櫻。」日比野輕快地叫他。

男人闔上正在閱讀的書，緩緩地抬起頭。他那黯淡的眼神彷彿是一個深不見底的黑洞，他的臉頰清瘦。

「是日比野啊。」櫻的語氣冰冷。

他姓伊藤，日比野介紹我。

「喔。」他的反應彷彿我是誰並不重要。接著，他馬上又將視線移回書本。我知道那是一位名詩人的詩集，開本比文庫本（註）大一點。

「我也喜歡他的詩。」沒想到這座島上居然會出現我知道的書，下意識地說出口。

「我讀詩而活。」留著長髮的他，用沉靜的口吻說道。

他的聲音就像在緩慢流動的河面上，輕輕漾起了一個拇指般的波紋，風味別具。他只說了那麼一句，從此噤聲不語，於是我們離開了那裡。
「是剛才的那個櫻殺的。」走到稍遠處時，日比野說道。
「什麼？」從未想像過的事情接二連三地出現，我眞的開始感到厭倦了。
「凶手啊。」
「所以我問，什麼凶手啊？」
「殺死園山太太的凶手。」他一臉「你明知故問」的表情。
「咦？」我瞠目結舌。「你指的是剛才說的那起命案？」
「殺死那個凶手的人就是櫻。」
「你騙人吧？」
「爲什麼你一口咬定我在騙人？」
「因爲，劊子手並沒有被逮捕，還在讀什麼詩？」
「櫻是我們的規範。」
「規範？」
「人如果做了壞事就會遭到懲罰，這是基本的規範吧？如果不遵守這個規範，誰都

註：長約十五公分，寬約十．五公分的開本。

不會壓抑自己不做壞事。所以說，如果沒有懲罰，就無法消弭犯罪。」

「是。」我出聲應和，我的聲音接近嘆息。

「櫻會自行判斷，如果想殺誰就殺，沒有人會對他有意見。」

「我……我沒聽過世上有這種事。」我說。不過這句話本身就沒有意義，畢竟這座島上的事情都是我從來沒聽過的。

「地震殺人需要誰的許可嗎？有人會去制裁劈死人的雷嗎？」

「那和這是兩回事。」

「五年前，這座島上有一名少年，不知道他是沒事幹還是怎樣，殺了好幾隻鴿子，每天殺十隻，甚至二十隻，將牠們往牆上摔，弄死牠們。」日比野說完以後，「嗚——嗚——咕——咕——」地學鴿子叫。

我腦中立即浮現城山的身影。

「沒多久，那個少年就被人一槍打穿腦袋。」

「那該不會是……」

「是櫻殺的。他發現弄死鴿子的少年，砰！當場死亡。」

「怎麼可能有那種事。」

「很奇怪嗎？」

「因爲……」

「你要說，只不過是殺死鴿子嗎？」他並沒有動怒，一臉高深莫測的表情。「管他是少年還是天皇老子，只要爲非作歹，櫻就會開槍斃了他。之前還有一個小鬼老是痛毆弟弟，一個只會欺負親弟弟的無聊小鬼。」

「那個少年也被射死了？」

「那就是規範。」

我啞口無言。殘暴地摔死鴿子的少年需要付出的代價，還有虐待弟弟的少年應得的懲罰，究竟有多嚴重呢？我不知道是不是嚴重到要被射殺？

*

少年看著眼前的鐵桶舔嘴唇，勉強壓抑亢奮的情緒。

待在鐵桶裡的是他弟弟，他用繩索將弟弟的手腳捆起來，整個人塞進鐵桶裡。三歲的弟弟抬頭看著上方，「哥哥、哥哥」地叫喚著。

少年一個放鬆，笑意自然湧上心頭。他將接在附近水龍頭的水管拉過來，把水管頭垂入鐵桶內側。

「哥哥，你要幹麼？你要幹麼？」

少年沒有回答弟弟，逕自扭開水龍頭，水從水管中流過，水管宛如脈搏般跳動，然後發出了水注入桶中的聲響。

少年知道弟弟倒抽了一口氣。他從鐵桶上方窺視，看見弟弟的臉。弟弟似乎搞不清楚發生了什麼事，嘴巴張得大大的，茫然地看著灌進身邊的水。過了一會兒，弟弟發出尖叫，開始扭動身體，發出聲響。

他叫道：哥哥，好冷！

少年一想到水位漸漸升高，弟弟因爲逃不出去而感到絕望，就有一種接近性交的快感。腦袋的溫度逐漸上升，渾身發燙，呼吸變得急促。他聽到弟弟的叫喚，面露微笑。

心想，這個白痴。

少年心裡低喃，要怪就怪這傢伙太懦弱，老是「哥哥」地叫個不停，一天到晚黏在身邊，才會那麼沒用。連解開繩索的力氣都沒有，眞是個廢物。

少年用鞋底踢鐵桶，弟弟發出一聲慘叫，少年覺得很爽快，又補了一腳，他打算踢到水從鐵桶裡溢出來爲止。少年理所當然地認爲，沒有理由讓弟弟繼續活下去，他反而對弟弟什麼時候停止呼吸比較感興趣。

少年並未察覺有個人站在他後面，等到他用眼角餘光瞄到，猛然回頭時，那裡已經站了一個人。

是櫻。

少年渾身顫抖，站定腳步。櫻冷冷地盯著他，看看他身後的鐵桶，再沿著水管看了一眼水龍頭，櫻彷彿一直靜靜地聆聽弟弟的尖叫。

「啊，呃……我還是小孩。」這句話突然從少年口中冒出來。

不知不覺，槍口對準了少年。櫻不動聲色地架好了手槍。

「爲什麼？」少年哭了，他經常聽到父母提起櫻，但那彷彿是另一個世界的事。

櫻傾著頭，簡短地說了一句：「安靜一點。」然後指指耳朵說：「吵死了。」

看來是弟弟的尖叫聲和少年踢鐵桶的聲音惹得櫻不耐煩了。少年先哭了出來，看來他正在打如意算盤，心想就算是櫻，大概也不會射殺一個哭泣的少年吧，他知道大人都會讓小孩。

「我……還是……小孩子，所以不知道這樣做不對。」少年使出渾身解數，演技十足地說：「我不知道這樣做是不對的。」扮演一個不會分辨善惡的小孩。

弟弟還在叫喚他，但是聲音開始變得斷斷續續，大概水已經滿了吧。

櫻的回應很簡單。

「那不是理由。」他只說了那麼一句，便響起了一聲槍響。「吵死了。」他說道。

*

「警察不能逮捕櫻嗎？」我怯生生地問道。

「警察起不了什麼作用。」

「什麼意思？」

「再也沒有比那更沒用的職業了。」

他的口吻彷彿和警察有什麼深仇大恨。

「三年前還有一個罕見的案例。一個人稱好好先生的稅務代書被櫻擊斃。」

「好人卻被擊斃？」

「那人只是表面上看起來像好人。」

喔，我佯裝佩服貌，對於這座島導入納稅制度這件事感到驚訝。

*

回到家的代書解下領帶，低頭看著倒在眼前、一絲不掛的妻子。倒在棉被上的妻子與其說是人，那張臉的表情更接近某個物體，一張被揍慣的臉孔。她習慣了、受夠了，或者說是放棄了。

代書最喜歡這樣凌虐妻子，他喜歡這種建立在夫妻關係之間的暴力。如果襲擊陌生女子，可能會落得人盡皆知，但是毆打妻子，就可以叫對方閉嘴。

他照三餐毆妻、踹妻，三不五時在白天將赤裸的妻關進浴室，將她捆綁，泡進水裡。要是她因爲這樣而發燒的話，又會以此爲由揍她一頓。此外，他也經常燒燙妻的皮膚，如果妻手臂上的傷口發出惡臭，他就再揍她一頓。他會以起水泡嚴重爲藉口，將她關進浴室，反正藉口多得是。

他把倒在棉被上的妻子踹得四腳朝天，他知道妻子不會叫。因爲，妻以前尖叫時曾經咬到舌頭，滿嘴鮮血還要跪在地上向他道歉。

好，他依舊穿著西裝，往手上的紙袋裡探了探，取出一把鐵鎚，不自覺地吹起口哨。

太陽已經下山了，窗外一片漆黑。

代書一眼就看出妻子的臉色變了。他面露微笑。

這時，妻子突然站起來。代書一驚，往後退了一步。妻子或許是怕他手裡的那把鐵鎚，臉上露出不曾有過的驚恐神色，往玄關衝了出去。

然而，代書不慌不忙地穿上了鞋子，走出玄關。

赤裸的妻子跑到外面，不管再怎麼呼救，島民只是把她當成一個精神異常的女人。

代書在外面表現得一派紳士，到處述說自己的妻子精神不穩定。縱使有人同情他的妻子，也沒有人會指責他，所以他一點也不緊張，悠哉地出門尋找赤身裸體的妻子。

而櫻就站在大門外。

代書霎時以爲自己眼花了。櫻現身的時機，彷彿在等他從家裡出來。代書壓抑著騷動的心情，自信十足，就算櫻就站在眼前，也沒有什麼好怕的。

驚慌失措的妻子躲在櫻背後，彷彿躲在一塊突然出現的盾牌後面，她依然一絲不掛，惶惶然地望向代書。

「她的腦袋有點毛病，行爲有點怪異，有時候不穿衣服就跑出來。」櫻並沒有要他解釋，代書就開始自行辯白。「她是突然跑出來的。」

櫻瞇起眼睛。

「內人患有精神病。」他的話裡充滿了感情。

這時，櫻總算開口了。「那不是理由。」

手槍不知從哪兒出現的，槍口就在代書眼前，耳邊旋即響起了槍聲。

*

「一開始啊，我們完全搞不清楚那個代書爲什麼被櫻打死。」

「你們立刻就知道是櫻下的手嗎？」

「因爲這座島上只有櫻有手槍啊。再說，警察很快就可以從彈孔研判，子彈是不是從櫻的手槍射出的。」

照他這麼說，警察的工作僅止於此。

「當時鎮上一陣譁然，人們紛紛討論稅務代書爲什麼會被殺。甚至有人說，稅務代書的妻子精神狀況不穩定，說不定是她幹的好事。」

「結果怎麼樣？」

「稅務代書的妻子極力解釋，說她丈夫是如何向她施暴的，還有她過的是怎麼樣的生活。據說，那個代書還是個性虐待狂。」

「所以，櫻才一槍斃了他？」

「沒錯。既然櫻會殺他，那就證明了那個妻子說的八九不離十，所以大家都接受了櫻的作法。」

「爲什麼沒人責怪櫻？」

「因爲我們認同他。」日比野只用一句話回答我的問題。「我們認同櫻殺人。人們因爲地震而遇難，老年人會被洪水沖走，他殺人就和天災一樣。而且，櫻殺人是有理由、有規範的。光憑他不是胡亂殺人這一點，就比天災更讓人接受了，不是嗎？」

「做壞事就會被殺嗎？」

「或許只是我們那麼認為。最近，大約一年前吧，有人發現一名家庭主婦和她五歲大的女兒在賞花時雙雙遭人槍殺。是櫻幹的。原因至今還不明。只不過，櫻應該有他的理由吧，所以也沒人說話。」

「等……等一下。一對母女被殺，這不可能沒問題。她們不是在賞花嗎？究竟是什麼理由才能讓人接受呢？」

「因為是櫻幹的，那就夠了。管他是母女還是少年、醫生、政治家，或者在晴天、清晨，被櫻幹掉也只有認了。」

「我無法苟同。」

「我喜歡春天開的櫻花。伊藤你呢？還有哪種樹比那集優雅花色於一身的櫻花樹更吸引人呢？這座島上也有櫻花樹，我最喜歡櫻花了。如果能死在『櫻』的手上，我就心滿意足了。」

「櫻花跟那個劊子手『櫻』是兩碼子事。」

「那個男人還會讀詩，他肯定比詩人更接近櫻花。」

「島上的人都那麼認為嗎？」

「這是我個人的意見。」

我吐出一口氣。隨你高興！

「伊藤如果做壞事的話，也會被櫻幹掉喔！」

我嚇了一跳，想到之前搶便利商店，究竟會被判得多重呢？嚴重到必須被槍決嗎？

「我認識一個應該第一個被槍斃的男人。」我想起了城山。

「他是個惡貫滿盈的傢伙嗎？」我不知道日比野是否對這件事感興趣。

我們來到一個很像市場的地方，日比野說：「這裡是市場。」

小小的木造店家毗鄰而建，除了基本的肉鋪、蔬菜店之外，連釣具店都有。與其說是店家，其實更像是用堅固支柱搭起來的帳棚。

往店內一看，每家店裡都坐著一名中年女子，有的與客人閒聊，有的正在重新排列商品，我還看到一名叼菸的婦女。此外，還有賣雨傘的店、米行及堆滿服飾的花車。

這裡是一個不可思議的空間，既沒有鄉下沿街叫賣的攤販，也不是東南亞的菜市場，而是一條恬靜的商店街。

我逛了幾家店，正要繼續往前走時，停下了腳步，我眨了眨眼。

有一個胖女人坐在帳棚裡。不，她的身軀龐大，已經超越了「肥胖」的定義，整個人就像一顆特大號的棉花糖；一座從地面隆起的泥山。我從她隆起的胸部和白皙的肌膚研判她是女人。

「那是兔子。」日比野察覺我的視線，那麼告訴我。

「兔子？」兔子應該是更小型的可愛動物。

「聽說她的體重約三百公斤。」

「那她怎麼活動？」

日比野一副「你別傻了」的眼神，說：「怎麼可能動得了。」

不能動是一個單純卻令人驚訝的答案。我嘀咕著：「所以她一直待在那裡囉？」

「兔子住在那裡。」

「那……那裡是她家嗎？」

「她家在別的地方。」日比野該不會是想攪亂我的思緒吧？

「可是她不能動耶？」

「兔子她先生住家裡。不過，白天會到市場照顧她。你看那邊那個男人就是兔子她先生。」

我朝他說的方向望去，有一名體型瘦高的男子拿著一個像是深底臉盆的東西正在走著，他的身高跟我差不多。我再次將視線拉回兔子小姐身上，說不定她很年輕。仔細一看，她的五官端正，還有明顯的雙眼皮，身軀和頭部不成比例，那樣更討人喜愛。

我試著想像一個胖到動彈不得的女人和一個男人之間會擦出什麼火花？愛情？同

情？還是一顆奉獻的心和義務呢？

「日比野先生。」

我聽到有人在喊日比野，嚇得回頭一看，眼前站了一名身材高䠷的女子，髮長及腰，穿著優雅的灰色套裝。

「佳代子小姐！」日比野的回應很像短促的歡呼聲，臉上的線條變得柔和。

「你還在工作嗎？」她說話很有氣質，看起來比我年輕，不過應該不只十幾歲。

「是。」日比野像士兵般地回應。「妳有工作要給我嗎？」像是突然變成營業員似地顯得神采奕奕。

「哎喲，日比野。」另一名女子從後面湊了過來，這次是一個平易近人的女子，感覺和佳代子不同，她也是一頭長髮，不過髮色是棕色的。

她們倆看起來感情很好，擠眉弄眼地不知在交換什麼意見，然後噗哧笑成一團。日比野似乎無意向她們介紹我，我只能無聊地站在那邊好一陣子。

「日比野，我家牆壁這次就拜託你囉，已經又舊又髒了。」棕髮女子邊說邊發出尖銳的笑聲。「你如果沒有工作，那就正好！」

「吵死了！」日比野一臉不悅。

「可是，如果你手邊的工作不太忙，我想拜託你。」那個叫佳代子的女子說道。

「請務必找我。」他馬上改變語氣。

我就像被人遺忘的黑子，站在一旁聽著三人的對話，不過倒是掌握了幾件事。

第一，她們住在同一個屋簷下，我輪流看著兩人，她們的身高和五官相像，可能是姊妹，雖然個性截然不同，但說不定是雙胞胎。

還有，日比野好像有工作，我猜應該是與房屋牆壁有關，他可能是砌牆工人或是油漆工，反正就是這一類工作。

還有一點非常明顯，那就是日比野似乎對佳代子小姐有好感。相較之下，我也看得出來他對那個棕髮的活潑女子感到厭煩。

不管怎樣，日比野的反應讓人一目了然，他迷上了佳代子。

「那，我等妳聯絡。」

「掰掰，日比野。」

兩人幾乎同時說道，然後就離開了。這兩個不同類型卻同樣年輕貌美的女人，散發出一股柑橘香揚長而去。

日比野出神地目送她們離去，我看了他的側臉一眼，再看看那兩人的背影，然後望著數十公尺遠的地方。她們倆大概以爲我們看不到，面對面笑成一團，她們肯定是一對姊妹，連笑法都一樣，這一點我可以確定。

她們笑的方式讓我覺得很不舒服，與其說是健康的笑容，倒像是帶點惡意的笑法。總之，她們對日比野的親暱態度，有點像在嘲笑鄉下青年，感覺像是要伸手幫助懷才不遇的少年，卻只伸到一半，又像是在戲弄被遺棄的小狗。我再次看著日比野，他天眞無邪地望著佳代子的倩影，令我毫無插嘴的餘地。

我們邁開腳步正要離開市場時，日比野湊過來對我說：「喂，你看那個男人！」

他指著一名中年男子。男子的個頭矮小，瘸著一條腿。

他的腿瘸得非常嚴重，右腳從大腿開始彎曲，就像玩偶的腳故障般向前突出，走起路來宛如軸承歪掉的車輪正在滾動，就連走上一步，都要比別人消耗好幾倍的力氣，大概是關節出了毛病吧。他好像很習慣了，看在我眼裡卻相當費力。

「挺辛苦的樣子。」我回答。

「那個男人啊，」日比野慢吞吞地說，「你別看田中那個樣子，他才三十幾歲，看起來很老吧？」

日比野的語氣一副自以爲了不起，引發我內心的不滿。那男人走路不方便應該不是一天、兩天的事了，看他那麼辛苦，容貌當然會衰老，我對日比野調侃他的語調感到不以爲然。

奇怪的是，剛才那兩名年輕女子對日比野的態度，像極了他現在的態度。她們藐視日比野，日比野則瞧不起腳部有殘疾的田中。難道這世上是依此來決定強弱的嗎？

「聽說他一出生，股關節就有問題了，他走路的樣子很難看吧？」

「那又不是他願意的。」

「沒有人希望自己一生下來就是窮光蛋或醜八怪。肢體殘障讓他們輸在起跑點上。」日比野淡淡地解釋。殘障這種說法令我覺得不是滋味。

日比野彷彿看穿了我的心事，接著說：「拖著那條腿活下去就是殘障，他不就跟揹著重物奔跑的馬匹一樣嗎？」

「那倒是。」

「我啊，」日比野仍用目光追著那個姓田中的男人。「每次看到那傢伙，就覺得自己還算好的了。」

「這種說法也很奇怪吧？」我責難道。

不過，他接下來說的卻與我想像的有些出入。「不是嗎？你知道那個田中的願望是什麼嗎？假如神明送他一個願望，你知道他會許下什麼心願？我知道。那個叫田中的男人大概會說：『請讓我正常走路，就算是一次也好，我想要像其他人一樣筆直地向前走。』肯定是這樣。」

「大概是吧。」我準備罵他：講話留點口德！

但日比野這時卻說：「我的願望已經實現了。」

「咦？」

「我能像正常人一樣走路。那個男人祈求的奇蹟已經在我身上實現了。如何？我比他好太多了吧？你不那麼認爲嗎？」

我邊聽邊覺得自己重新認識了日比野，他似乎不是那種會體會別人心情的人，但也不是單純的笨蛋，他擁有想像力，懂得感恩。

有一名婦人正在水果攤上排放水果，她對我說：「草莓很甜喔。」日比野一語不發地從褲子後面的口袋裡掏出一個盒子，跟婦人交換了兩盒草莓，還說「草莓很好吃」，然後把草莓遞給了我。

我問：這是以物易物嗎？他回答：也可以用轟帶回來的貨幣購買。

「這個，要給我嗎？」

「一期一會（註）。」日比野面無表情地說了一句雙關語。

「好冷的笑話。」

註：日語發音爲ichigo ichie，與「草莓一會」的念法相同，喻爲一生一次的意思。

「我也這麼覺得。」

然後，我回到了公寓，沒有什麼特別的事情要做，覺得很疲倦，太陽還沒下山就睡著了。我無法判斷那種疲憊是來自於逃命的恐懼，還是在陌生的島上經歷奇妙的體驗。一陣敲門聲吵醒了我。

說到會造訪我的人，除了日比野之外應該沒有其他人，然而此刻站在門口的人不是他，是那個年輕郵差草薙。夜幕已低垂。

「我問日比野先生你住哪裡，他告訴我是這間公寓。這裡一直都沒人住喔。」

「你是來送信的嗎？」我大概還沒睡醒。

「吃過晚飯了沒？」

「啊，被你這麼一說……」我才發現自己還沒吃飯。疲累與混亂讓我沒有閒工夫意識到飢餓，我從早上就滴水未進。

「要不要來我家？一起吃飯怎麼樣？」

我不知道該怎麼回答，我不太相信交情不深的男人邀我會有什麼好事，而且這座荻島有太多令人費解的事，我怕一走出這屋子，又會遇到令人頭痛的事情。

「百合好像也有很多話想說。」他愉快地笑了。

結果，我一腳踩進Converse球鞋，跟著草薙走出去。問我爲什麼？我肚子餓了。

草薙家是一棟紅色屋頂、雅致舒適的平房，裡面只有兩個房間，或許是整理得有條不紊，所以看起來並不覺得狹窄。一名女子來到玄關處迎接我們，草薙向我介紹她就是百合。她個子不高，一頭短髮，不同於白天我在市場裡遇到的佳代子小姐，態度非常自然。佳代子小姐身上散發一股極度優雅的氣質，令人難以親近，而百合小姐給人的感覺則完全相反。

「幸會。」百合小姐的咬字清晰。白皙的臉龐上有一對烏黑的柳眉格外顯眼。看起來意志堅定。

草薙怎麼看都是個二十歲出頭的小伙子，感覺還像是新婚狀態，不過百合小姐看起來就不像在開玩笑，她是一位穩重的女性。

他們帶我到客廳，那裡放了一張小圓桌。

草薙消失在廚房裡，或許是幫不上忙，馬上又被趕出廚房。

我看著他們小倆口的應對進退，心想，靜香和我的感情就沒有這麼好，我們雖然有過歡樂的日子，但總有冰冷帶刺的玩意兒橫亙在我們之間。我知道是什麼原因，她承認我在感情上是她男友，其他部分則是敵人；一個她絕對不能輸的敵人，因爲我不夠堅強，我很軟弱。遇到事情，我只會傻笑敷衍了事，無需生存的理由。對她而言，我肯定是她必須先擊敗的人。

「這是炸雞塊。」草薙說道。

我下意識趨身向前，聞一聞味道，找不出與一般炸雞塊不同的地方。接著，端上桌的菜餚也沒有特別奇怪。碗裡盛的是白飯，茶杯裡裝的也是茶水。

百合小姐從廚房回到飯桌，脫下擦過手的圍裙，仔細摺好，坐在我正對面。三人到齊，開飯了。

「我好像成了電燈泡。」我低頭賠罪。

「有什麼關係啊。」她看著草薙的臉。「沒關係。」草薙挺起胸膛，清晰地回答。

「我說伊藤先生是從外面來的，百合一開始還露出厭惡的表情呢。」

我不知如何回應。

草薙說：「因爲那個曾根川先生也是從外面來的。」

「喔。」我含糊地應了一聲。白天談話時，他說他太太很討厭曾根川。那似乎不是假話，她光是聽到那個名字，臉色就變了。

「那個曾根川先生和伊藤先生沒有關係吧？」草薙愉快地用筷子指著我問。

「我又沒見過他。」聽我這麼回答，他明顯地鬆了一口氣。

「你見過優午先生了嗎？」百合小姐試探性地問我。

「我跟他說過話了，嚇我一大跳。在我們的世界裡，沒人相信稻草人會說話。」

「是喔。」草薙喝了一口奶油濃湯。

我懷疑他們會不會相信我。

「他對你說了什麼？」她似乎很感興趣。

「優午知道我會來，跟我打了聲招呼，就那樣。」

他們是一對很親切的夫妻，並不覺得來自島外的我很稀奇，也不把我當成怪人。我覺得表裡如一、爲人爽快的草薙和冷靜沉著的百合小姐眞是一對璧人。

「爲什麼找我吃飯？」

「我提到伊藤先生的事情，百合很擔心。」

「擔心什麼？」

「擔心你會不會餓肚子。」草薙說完，咧嘴一笑。「百合很體貼。」他彷彿在說自己的優點。

原來如此，我點頭稱是。眼前的百合小姐一臉尷尬地捧著碗，她身上散發出溫柔婉約的氣質。該說是奉獻自我嗎？很少人會這麼關心別人吧。這樣的女性是美麗的。

不知不覺，話題轉到那個叫園山的畫家。

「百合以前就和園山先生很熟。」

「因爲小時候，我們是鄰居。」她似乎不太想提這件事。

不過我表示感興趣，她還是說起了她與園山先生之間的回憶。「我小時候曾經跑進園山先生的家。」

當時百合才八歲，因爲想看園山的畫室，所以從他家的後窗爬進去。百合曾經吃過園山夫人做的蘋果派和水果塔，卻沒看過園山作畫的地方，所以很亢奮，心想今天正是瞧個過癮的好機會。

園山家裡一片寂靜。百合站在走廊上，不知道該往哪走，隨便左轉走到底，就看到陌生的門。她怯生生地一拉，門似乎原本就半敞著，不費吹灰之力便進入房間。

顏料的氣味刺鼻，百合用袖子摀住口鼻。

室內並排著好幾塊畫布，其中多半畫了圖，四周五彩繽紛，宛如一座兒童遊樂場。潑灑在地上的藍色顏料和塗抹在牆上的黃色顏料，讓這個房間感覺更像兒童遊戲室。

不可以把房間弄成這樣吧。百合感覺猛一回神，已經置身於遊戲場。當她大步走向畫布時，不小心踢到了顏料罐，她嚇了一跳，看了看腳底，容器差點被踢倒。她一想到地板被染成一片腥紅，就嚇得臉色發白，趕緊抓起那個顏料罐。

她放心地吐了一口氣。這時，心情鬆懈了下來。

百合知道眼前的畫作正畫到一半，畫布放在房間的中央，空白處還剩下一半。她側著頭想，這是什麼畫？走近一看，這是馬嗎？如果是馬，是一匹寶藍色的馬，一匹體型很瘦小、頭部很大的馬。

接下來，她做了一件錯事。她想移動畫布的位置，於是伸手摸了畫布下面。她的手沾到剛才那個顏料罐裡的紅漆，畫布上理所當然地留下了紅色痕跡。

她倒抽一口涼氣，但已經太遲了。年紀還小的百合也知道自己做了一件難以挽回的事。她望著畫布，紅色在寶藍色的畫上顯得格外突兀。

百合下意識地哭了，她不是害怕被罵，而是怕自己毀了一幅畫。

園山夫婦聽見哭聲，衝了進來。兩人站在門口盯著百合，然後分別哀叫道「唉呀」、「啊」。他們看到偷溜進來的百合，以及她手上的紅漆，還有畫作上慘不忍睹的紅色痕跡，立刻知道發生了什麼事。

當時，園山氣得簡直快噴火，他衝到自己的作品旁邊，定定地盯著被弄髒的部分，然後瞪著百合，雙唇發顫。

這時候，夫人先說話了，「老公，這塊紅色是你畫的嗎？很漂亮嘛。」

園山摸不著頭緒地回頭，夫人的眼神閃爍著光芒。「紅色很美。」

百合畏懼地看著夫人，並且偷瞄了園山一眼。

「別胡說八道了！」園山氣得說道。不過，他罵到一半便住了嘴，盯著畫布看，自言自語地說：「原來如此。」

「棒透了！」夫人點點頭。

園山再次望著畫布。「原來如此，這幅畫眞不賴。」

＊

「聽說園山太太是被殺死的？」我不想避開這個話題，於是說了出來。

草薙的表情顯得很痛苦。「之後，園山先生就有點……該怎麼說，變得怪怪的。」

「他的腦袋出了點問題。」百合小姐意外地答得很爽快。「眞可憐。」

「具體來說，是怎麼個怪法？」

「他變得只會說反話。」草薙聳聳肩。「就像機器人，每天只會做同樣的事情。」

這跟日比野告訴我的一模一樣。

「那人失去了妻子，整個人完全變了樣。」我知道這麼說很沒禮貌，不過百合小姐的語氣像是在說自己的情人。「伊藤先生見過園山先生了嗎？」

「我只跟他聊了幾句。」

「那人說『是』就是代表『不是』，他只會說反話。」

「好像是那樣。」

「他說的話都是相反的，他的腦袋肯定左右顛倒了。」

「他大概是不想承認妻子已經死了吧。」我說。「反過來說，他太太還活著。」

在盡情享用過晚餐之後，草薙開始收拾碗筷。「交給我，包在我身上。」他開朗地說道。

百合小姐消失在裡頭的房間，旋即拿著一幅裱框的畫回來，放在桌上。「這是園山先生的畫。」

「他現在已經不畫了吧？」我想起日比野的話，試探性地問道。

我看著畫，一幅藍色的畫。我不知道那是什麼畫，看不出任何輪廓，那應該稱為抽象畫嗎？既不是富士山的寫眞，也不是仔細描繪的菖蒲。說不定是花瓣。

那不是藍色的花。若眞要說的話，是一片像花的藍。

「怎麼樣？」百合小姐問我對這幅畫的意見。

「其實，我不太懂畫的好壞。」聽到我這麼一答，她露出遺憾的表情。

「不過，我喜歡這幅畫。」我立刻補上一句。這句話不是基於禮貌，也不是想要討她歡心，而是出自眞心，我非常中意那幅畫。

畫中用了好幾層深淺不一的藍色。喔，原來是這樣啊，我想通了。或許就像廚師講究味道、短跑健將在意時間，或許畫家思考的正是用色問題，或許這正是他們的使命。

不同深淺的藍色躍然畫布上。

「這是很久以前，園山先生送我的生日禮物。」

「很棒的一幅畫耶。」

畫工不精細，不過不是庸俗的風景畫。畫本身可以是一朵花、一片藍、一種感覺，說穿了就是一幅畫。不過，它卻帶來什麼，至少刺激了我。它就是那樣的一幅畫。

仔細想一想，這座島沒有與外界交流。換句話說，園山完全沒有受到國外畫家的作品或評價的影響而畫出了這幅畫。

這是一幅不折不扣的原創作品。

這幅畫能不能送我？我壓抑著很想脫口而出的念頭。

我又瞧了那幅畫一眼，整片的藍令我著迷，藍色引發了我的想像力，對於深受感動的自己，我感覺很新鮮。

「我也喜歡這幅畫。」我總覺得百合小姐那個時候才對我敞開了心扉。

「咦？什麼、什麼？我也……我也喜歡喔。」突然現身的草薙想必不知道我們在聊什麼，慌慌張張地插嘴道。對他而言，所謂的眞實就等於認同妻子百合。

＊

半夜醒來，我是在幾點離開草薙家的呢？不過話說回來，我不禁懷疑手上戴的錶是否運作正常，時針指著半夜兩點。對於現代人來說，手表或許就是指南針。即使沒得選擇，大家都在電扶梯上，人們還是會在意時間。

意識比較清醒了。我從床上起身，左右扭動脖子。然後，我寫了一封信。日比野在臨別時交給我一張明信片，明信片的背後印著荻島風景，一望無際的田園，與日比野一起去過的山丘就在遠方。「要是有優午的明信片就好了。」聽到我這麼一說，他嘲諷地說：「稻草人的照片有什麼意思？」我心想，要你管。

我將明信片放在床頭，開始寫信。

好久不見。

尚可的開頭。話雖如此，我的筆卻在這裡停了下來。

收信人是靜香。寫信給舊情人肯定是世界上最窩囊的事之一。但要寫給誰，我只想到她跟我祖母。寫信給死去的祖母是不太可能，基於消去法，只好寫信給她。

我決定老老實實地寫下目前的處境，我以流水帳的方式，寫下了突然造訪童話世界，以及在這裡遇到奇怪的人。為了方便讓她瞭解，我將優午解釋成詩人，而不是稻草人。縱然寫的是事實，不過寫到一半卻感覺自己像在捏造故事。她大概以為我瘋了吧，說不定會把明信片撕碎丟掉。或者，在她的生活中不需要一名瘋子。

我正在煩惱最後要寫句什麼貼心的話，不過還是想不出來。反覆思量的結果，便添了這一段。

我去過明信片上的那座山丘，實際上很美，視野良好。我問這裡的朋友這座山丘叫什麼名字，對方說沒有名字。我這才知道名字並沒有多大的意義，妳覺得呢？

對了，我想聽妳吹低音薩克斯風。

名滿天下或籍籍無名，受到特別禮遇或名留青史有多重要？我一面思考這個問題，一面寫信給她。她一定會皺起眉頭，無視已經分手還在挖苦她的我。

我撒了個謊。我說日比野是朋友。

＊

站在靜香面前的男人，亮出的警察手冊似乎是真的，對方看起來約莫三十歲，感覺是一個認眞的警察。

「我想要請教伊藤先生的事。」

靜香正好想起伊藤的事，驚訝於時機的作弄，不過一聽到伊藤的名字從警察口中說出，更讓她大吃一驚。

「你指的伊藤是……」她先行確認。仔細一想，公司裡的系統工程師有好幾個人都姓伊藤。

「我想是從前跟妳交往過的男人。」城山以公式化的口吻說道，沒有一絲不正經。

靜香心想，果然是他。她沒有理由否認，點點頭說：「他怎麼了？」

城山接下來說明的內容委實令人難以置信。

伊藤行搶便利商店未遂，遭到警方逮捕，卻趁著警車發生車禍之際逃逸。

靜香認識的伊藤絕不會搶劫，這倒不是因爲常識或沒有膽量，而是伊藤不會浪費力氣去搶劫，更何況是無預謀的單純搶劫，她認識的伊藤是個正直樸實，沒犯過錯的人。

他雖然不是聖人，卻有豐富的知識，那不是生活上的知識，而是老練的處世之道。早年失去雙親的他，眼神總是充滿了世故。

「他沒來我這兒。」她隱藏內心的騷動回答，並說與他分手之後就再也沒聯絡了。

「我是警察，我的工作就是辦案。」城山一臉歉然地笑了。他有一口整齊的白牙。

他和靜香事先打聲招呼，說可能還會再來打擾。

「啊，這件事情雖然無關，」城山臨走前說：「妳有沒有聽他說過以前的事？像是小時候的朋友之類的。」

靜香不禁皺起眉頭，看著城山。

「沒事，我只是有點興趣。」他一臉乾脆地繼續說道：「如果沒有的話就算了。」

伊藤不太喜歡提過去的事。因爲一旦提起，就得觸及他父母車禍身亡的往事，進一步追溯的話，就會說到他雙親還在世的事情。靜香關上大門時，發現城山正看著她身上的運動服，城山的視線彷彿能透視她沒穿內衣的胸部。

*

「我就知道你會來。」我一站在優午面前，他劈頭就說，不過我並不覺得不愉快。

「我睡不著。」我走進乾涸的水田，與稻草人面對面。十二月的大半夜，我彷彿置身深海中，四周寧靜而幽暗，我的感覺與其說是毛骨悚然，不如說是神清氣爽。

「解除疑惑了嗎？」優午說道。

我心想，說不定錄好音的錄音帶就藏在稻草人背後。不過，我遍尋不著那樣的機關，要配合半夜突然跑來的我，事先準備錄音帶倒是挺困難的把戲。

我在稻草人四周摸了一圈，尋找騙小孩的機關，不知道是不是因為身體被摸得發癢，我總覺得稻草人的嘴邊發出了笑聲。

如果要徹底搜查，我應該抱住稻草人的身體，將他從地面上拔起。我是不是應該分解他的頭部，檢查他為什麼會發出說話聲？裡面是否藏了小型麥克風？但是我沒那麼做。不管怎麼想，稻草人講話的聲音發自於臉部，而且我不想變成狂妄自大的學者，聲稱這世上沒有非科學性的事物存在。

「你在這裡站了超過一百年嗎？」

「因為我是稻草人，」他大概是看穿了我想知道未來，在我發問之前就說：「我不是神。」

「知道未來和你是神明明就沒兩樣。」

「我救不了任何人，我不像神那麼厲害。大家都誤會了。」

「可……可是，你能夠預測未來吧！」我還是緊咬著不放。就算不說未來的全貌，即使是片段也好，我想請他讓我看看未來的模樣。

「你那麼想知道？」

「我可是拚死逃離警車的。」

「當時如果轟沒有經過那裡，你應該馬上會被抓走吧？」

「如果那樣，我的下場會怎樣？」

「你很清楚那個城山是個怎樣的人吧？」

我慘叫了一聲。「可是，我認識的頂多只是國中時期的他，他現在已經是個獨當一面的警察了。」

「那男人現在也是壞人。」優午淡淡地對我說。「他比伊藤先生認識他的時候變得更狡猾、更殘酷。」

「比當時更變本加厲嗎？」我的腦海浮現乘客硬擠上再也載不了人的沙丁魚電車。

「這座島上也有類似的年輕人，不過比起他算是小巫見大巫。」

「你說話挺直接的耶。」

「因爲他不是這座島上的人。」

我這才知道，原來稻草人會袒護自己人。

「你能不能告訴我，那個男人今後會過著怎樣的人生？」

「我不說未來的事。」

這句話說得強而有力，甚至可以說是頑固，我知道不管再怎麼交涉都是白費工夫。不過話說回來，我也不明白自己爲什麼會問那種問題。或許我希望他一口咬定城山那種壞人會受到天譴。

「不過，」稻草人補上一句。「就我所知，像那種天性聰明、不打算體會對方痛苦的人會很長壽。」

「我想也是。」我仰望天空。烏漆抹黑的夜空彷彿在計算時機，要將我包進去。

「轟當時如果沒去仙台的話，你的人生就結束了。相反的，來這座島等於是救了你一命。」

「大概吧。」

「總而言之，你欠了一份人情。」

「欠那個叫轟的男人嗎？」

「不，是欠這座島。」

我不懂他的言下之意，只是默默地嚥了一口口水。

「你後悔之前跑去搶便利商店嗎？」優午突然問我。

「我很後悔。」我沒有佯裝瀟灑，馬上承認。「我想嘗試一次自我放縱的滋味。」

「但你放縱的方式有問題。」稻草人說。「你對你祖母的事情感到後悔嗎？」

「你連那樣的事都知道？」

「我連那樣的事都知道喔。」看來，他從鳥呀風呀人呀的交談中得知消息大概是真的。他充滿自信的口吻也不會令人感到不快。

「這件事我也很後悔，如果我沒逃跑的話就好了。」

我想起祖母去世前住的醫院。當我趕到醫院時，她已經走了，靜香在醫院的停車場等我，所以只有我一個人進入病房。病房裡的白色牆壁看起來更潔白。那種白，宛如一切又回到初始，就像白紙般潔淨。我後悔沒能和祖母說上最後一句話。「你祖母臨終時說……」告訴我那句遺言的護士露出一種匪夷所思的表情，要是親耳聽祖母說那句話，我大概就不會搶便利商店了吧。

「你很後悔吧。」優午的嘆息彷彿不是爲了我一個人，而是爲了全天下的人。「你後悔了，然後打算怎麼辦？」

「忘了。」我雖然裝傻，其實對於當時的心情記得一清二楚。「我想乾脆被車輾死算了。」

「你想死嗎？」

「應該說是死了也好，我無法判斷自己做的事是對還是錯，我想乾脆一死百了。如果當時附近有高樓大廈，搞不好我就爬到屋頂上去了，但是能不能從那裡跳下去又是另一回事。」我想用自己的生命逃避難以應付的現實，並爲自己犯下的罪行贖罪。

「假如有人想跟伊藤先生一樣，從屋頂上跳下來的話，你會怎樣？」優午彷彿在出謎題似地突然問。「假如有人無法判斷自己做得對不對，想要跳樓，你會怎麼做？」

「不知道。」除非真的遇上了，不然誰會知道。

「要救他喔！」優午的語調聽起來像在命令我。「遇到那種情況，一定要救他。」

「是。」

我不知所措地回應。優午接著問我被警察逮捕的心情。「當你知道那個警察剛好就是城山時，你心裡在想什麼？」

「能夠預見未來的稻草人也有不知道的事？」

也許稻草人嘆了一口氣。「我只能預測未來的事情，並不能瞭解人類的心情。所以，我對人類的心情非常感興趣。」

原來如此，說不定他很想一窺人類的內心。所以，我老實告訴他。「我覺得自己毀了，我覺得一切都完了。」

接著，我明知就算請他告訴我眼前的事也是枉然，但還是提出了要求。「就你現在知道的範圍也好，能不能告訴我什麼時候可以離開這座島。還有，我若回到仙台會怎麼樣。我該怎麼做才好？」我在懇求他的同時，察覺到這一百多年來一定有許多人重複問他這種問題。「請你告訴我，我會怎麼樣。」大家一定反覆逼問他、懇求他，甚至跪下來哀求他。

四周果真一片寂靜；藍色的景致；風，吹拂我的髮；低矮的雜草晃動，寧靜讓我聽得出神。就算月亮從天隕落，大概也只會發出硬幣滾落的聲音吧。

稻草人久久不發一語，最後還是回答：「我不知道。」

我感覺得出來他在撒謊，稻草人在瞞我，他不可能不知道。

「要是回仙台的話，我應該會被抓吧？」我改用具體的方式發問，於是優午開口說：「一定會吧。」

「謝謝你誠實告知。」我並沒有受到太大的打擊。犯罪的人會被逮捕，這是理所當然的。足球選手用手碰球會被判犯規、教練毆打裁判會被趕出球場。就是這麼回事。

「你還不能回仙台。」優午突然那麼說。「你暫時得待在這座島上。」

「咦？要待到什麼時候？」

「時候到了，伊藤先生自己就會『想回去』了。在那之前，你必須待在這裡。」

「這麼一來，就會平安無事嗎？」

稻草人沒回答，彷彿回答我也沒好處。雖然我對他隨口說說的語氣略感光火，但還是懷疑，有一天我會想回到有城山在等我的仙台嗎？

「你寫明信片給她了嗎？」

「你連這種事也知道？」

「你的未來分成寫明信片和不寫明信片兩種。未來分成許多叉路。」

這時，我感覺稻草人彷彿微微一笑。我和優午之間的空氣輕柔地流動。「請寄出明信片。請不斷地寄給她。」

「她會回信嗎？」

「就可能性而言，未來也分成會與不會兩種。」我愕然地想，他簡直就像個標準的政客，總是避免正面回答。

「靜香過得好嗎？」

優午好像要讓我安心地說：「應該跟平常一樣。」旋即說了一句令人擔心的話。

「至少目前很好。」

「你覺得日比野這個人怎麼樣？」優午接著問道。

稻草人稱呼我時還加了敬稱，對荻島的居民卻是直呼姓名。我察覺到一種肉眼看不見的同伴意識，令我有一種疏離感。

「他，」我頓了一下，思考後說。「他很好。」

「good的意思嗎？」

「他很像狗。與其說是good，不如說是dog。」

稻草人有點高興。「他的確長得有點像狗。」

「他是個值得信任的人嗎？」

「這一點請你自己確認。」

我纏著他詢問日比野的事。「白天我見到了一個叫佳代子的人。」

「噢，那對雙胞胎姊妹啊。」優午彷彿也是島上所有居民的監護人。「還有一個吧，她叫希世子。」

果然不出我所料，她們是一對雙胞胎。「日比野似乎對那個佳代子小姐有意思。可是，那對姊妹好像在耍他。」

稻草人稍微想了一下，說：「日比野其實滿可憐的。」

「可憐？」

「那對姊妹看起來很漂亮，不過，人們往往是殘酷的。」

在我的印象中，日比野看起來沒那麼可憐。說起來，他甚至給人一種隨性的感覺。儘管如此，我聽到優午說這句話的一瞬間，卻覺得日比野很悲哀，眞是奇怪。

我開始理解日比野的孤獨了，或許「共鳴」是最貼切的詞彙，孤獨肯定是從藍色夜空降臨在我身上。

我問道，這裡有非做不可的事嗎？成爲無業遊民之後，我還是在意自己的職責，我並不期待優午回答，不過他馬上說：「腳踏車。」我聽了頗爲驚訝。「騎腳踏車。」

「咦？」

「你去騎腳踏車吧。」

「什……什麼意思？騎腳踏車？什麼時候？」

「知道未來並不太有趣。」優午顧左右而言他，不回答我的問題。相對地，他問：「你見過田中了嗎？」

「大概見過。」應該是我在市場裡看到的那個體型瘦小、腳有殘疾的男人。

「他告訴過你奧杜邦的故事嗎？」

我皺起眉頭。我連那是國名還是人名都搞不清楚。

「奧杜邦是美國人，全名是約翰．詹姆斯．奧杜邦（註）。一百多年前，他出版了一本自己畫的鳥類圖鑑，書名是《美洲鳥類》（Birds of America）。」

我是見到了那個叫田中的男人，但是連聲招呼都沒打。「這件事跟我有關嗎？」

稻草人陷入了沉思，彷彿腳底下有一塊地方會把語言吸走。「或許無關，我只是希望你也聽聽。奧杜邦的故事很有意思，我喜歡和鳥類有關的故事。」

「鳥的故事？因爲你是稻草人？」

註：John James Audubon，一七八五年～一八五一年，美國著名的畫家、博物學家，他所繪製的鳥類圖鑑被譽爲「美國國寶」。

「你眞會說話。」優午嘲諷地說。

最後，我提出了心裡的疑問。「我聽說這座島上少了什麼。」

優午似乎就此沉默。

「你知道是什麼嗎？」我怯懦地繼續發問。

「我知道那是什麼，但又不能確定那是什麼。」隔了一會兒，優午非常沉穩地回答，一個如同謎題般的簡短答案。不過，我隱約能夠理解。好比說，水果的形狀和顏色，就算優午知道原產地，也不知道水果的味道，因爲他沒辦法吃東西，即使他問我好不好吃，他自己也無法用舌頭品嘗。一知半解指的就是這個意思吧。

優午的語氣聽起來很遺憾，我無法再追問下去。

一路上幾乎沒有路燈，我迎著冷風踏上歸途，回去的路不難走，只不過我天生就是個路痴，完全搞不清東西南北。頭頂上的夜空宛如大海般深邃。眼前不見路標或標識，我徹底迷路了。有好幾次，我一腳踩空，踏進泥土中。我的視力不佳，一到晚上視線就變得模糊，我應該問優午回去的路線。

我在黑暗中瞇著眼睛，隱約看著遠方山丘的輪廓，我數度停下腳步，心想乾脆就地過夜，但還是下不了決心。我看見一座尖塔，好像一隻在夜色中悄然佇立的長頸鹿，那是「監視塔」。我好不容易掌握了前進的方向，與其說那是一座塔，倒不如說像守衛。爲什麼那座塔到現在都還好好的呢？這一點也令人匪夷所思。

我走進岔路，環顧四周，看見遠處有個人影，一個弓身前進的身影，我瞇起眼睛仔細一看，馬上就認出對方是我白天見過的人，他是園山先生。

大半夜的，他在做什麼？日比野說，園山每天會在同一個時間做同樣的事情。我看了一眼手表，凌晨三點，我目不轉睛地盯著園山遠去。

回到公寓之後，我無法立刻入睡。

廚房裡有冰箱，裡面放了白天日比野送我的草莓。但是，我突然很好奇這座島的電力究竟是從哪兒來的，很難想像這座被遺忘的小島，在某處還有一座發電廠，電力沿著電線分送到每戶人家。這裡就算不像霞島和千鳥島那麼偏僻，應該也相去不遠。冰箱後面的插座形狀，和我平常看慣的略有差異。

我突然想到一事，於是從玄關走出去，繞到公寓後面一看，發現那裡設置一個電箱，看起來像黑色骰子也像鐵箱，形狀就像放大的汽車電池，箱子上面嵌入曬衣夾般的電線端，那讓我想起自己還在當系統工程師時使用的那具頻頻故障的伺服器。

我回到房間，把冰箱裡的草莓拿到床上吃。

我望向窗外，看得到月亮，月亮發出朦朧的光芒，幸好那跟我知道的月亮形狀一樣。我側眼確認枕邊的明信片，思考優午的事，身邊淨是一堆令人無法置信的事情，但是我已經習慣那個會說話的稻草人了。人是一種習慣性的動物，也是令人討厭的動物。人們無所事事地活著。年輕人閒來沒事會呻吟：「好無聊喔。」諸惡的根源不就是人們太閒了嗎？

*

原本以爲總算開始習慣這座島，沒想到島上的情況卻在一夜之間有了重大改變，事情似乎發生在萬籟俱寂的夜裡，我睡到不省人事之際。

優午被殺了。

再沒有比被吵醒更令人火大了。所以那天早上，當有人粗魯地敲門吵醒我時，最先湧上心頭的就是滿腔怒火。陽光從窗戶照射進來，藏青色的窗簾沒拉上，白色的光線照到床鋪。

我起床開門，衝進來的是日比野，他大口喘著氣，肩膀劇烈起伏。這裡的確不是我家，但毫不客氣闖進來的他還是很惹人厭。

「伊藤。」他向前傾倒在玄關口，氣喘如牛地說：「優午被殺了。」我的睡意頓時消失得無影無蹤，趕忙穿上床邊的鞋子。

走出屋外，日比野拚命奔跑，我也跟在他身後。

水田裡形成半圓形的人牆，大概有二、三十人，每個人不是驚訝得合不攏嘴，就是垮著一張臉茫然佇立。

彷彿四周只剩下燦爛的白色陽光。

人群中有幾張見過的面孔，郵差草薙帶著妻子百合小姐站在一旁。

日比野彷彿在說自己有那個權利似的，撥開人群前進，我雖然覺得這種行為很厚臉皮，不過現場並沒有人生氣，大家都認為現在不是動怒的時候，此外，還有不少人從田埂望向這裡。我逐漸感染了圍觀島民們身上散發的凝重氣氛，他們簡直就像失去了活下去的指標，說不定這就跟在森林裡失去指南針的情況一樣。

日比野所言不假，優午倒在那裡，我無法判斷倒在那裡的說法恰不恰當，但是優午就是倒在那裡。

這眞是淒慘的景況。優午，或者該說是原本構成優午身軀的材料，說不定也算是稻草人的腳、脊髓，那根粗大細滑的木頭被人拔出地面，丟在一旁。原本好像深深地埋在土裡，木頭上有一段頗長的泥土痕跡。

手臂部分被粗魯地扔在遠處，連用來固定的繩索也被隨意割斷了。不，與其說是隨意，反倒有仔細切割的痕跡。繩索本來就綁得很緊，而那些超過一百年的繩索好像被鋸子之類的工具割斷了。

原本穿在優午身上的T恤被揉成一團，沾滿了泥土，就像一塊髒抹布。

我走到滾落的木頭旁蹲下，沒有人有意見，也沒有人來阻止我。日比野在我身邊彎下腰，模糊不清地說：「優午被分屍了。」

我從頭到腳凝視著稻草人的木頭，原本蓋在他頭上的布巾掉在附近，卻遍尋不著布巾裡的球形物。

我看著那根木頭，那原本是一個可以預測未來的稻草人。我發現在優午頭部的位置有一些奇怪的傷痕，那是無數個細長的洞，在木頭表面布滿了綿密的割痕，精細到令人無法想像的地步，我原以爲那是自然形成的倒刺，仔細一看卻發現那些美麗的傷痕是人工所爲。

我湊近一看，撫摸木頭表面。驚人的是，原本以爲的傷痕竟然是小小的瓣膜，我試著輕輕翻動，裡面是空洞，好像是氣孔，氣孔上還黏著瓣膜。

這是怎麼鑿開的洞？木頭本身頗有厚度，這是用錐子耐心雕出來的嗎？還是用刀子不斷地削出一個個洞呢？不論是何者，肯定都是一項曠日費時的工程。

「這個洞是什麼？」我問，日比野沒有回答。

定定地看了好一陣子，我才發現木頭表面的傷痕，也就是樹皮的瓣膜隨風輕輕晃動。我瞇起眼睛，心想這是嘴巴嗎？就跟笛子的原理相同。風一通過洞，瓣膜振動發出聲音。細微的振動造成顫動，瓣膜一顫動，就會發出聲音。稻草人會不會分別用這些聲音講話呢？我想到連自己都傻掉了，不會吧？

接著看頭頂，也就是木頭頂端，那個年輪也很奇怪。

不，與其說是年輪，還比較像是溝槽，一些錯綜複雜的溝槽。到底是年輪發生了變化，還是根本就不是那麼一回事？我將食指伸向溝槽，摸到許多細小的紋路，粗糙的觸感類似曬乾的葡萄柚切口。溝槽裡附著泥沙，還有小果實及幾片稻殼，泥沙斷斷續續地從溝槽裡掉落。

幾隻小蟲陸續從那個年輪裡爬了出來，我慌張地「啊」了一聲，縮回手指。大約有二十隻長得像金龜子的昆蟲，一面撥動溝槽裡的皺褶，一面探出頭來。我原本以爲裡面只有果實，沒想到還夾雜了蟲子。

「這蟲是怎麼回事？」日比野也發現了小蟲，不快地說道，然後撥掉牠們。有些蟲子鑽進褶縫裡，有些則飛走了。

「這是頭。」我如此低喃。

「什麼？」

「就像人的腦袋。腦子有很多皺褶，對吧？這個溝槽就像那個。」

「這是腦子的皺褶？」日比野嗤之以鼻。

「這個溝槽挺複雜的。我原本以爲是年輪，但肯定不是，因爲遍布整根木頭，就像是布滿人體的神經。」

「蟲子幹麼住在神經裡面？」

「人類的腦子有神經的電流和腦內物質在流動，藉以進行思考。小蟲說不定就是負責那項工作。」我邊說邊覺得自己的話很愚蠢。

「你說蟲子是什麼？」

「電流的替代物。到處竄動的蟲子刺激腦部，讓大腦運轉。」

我又想起混沌理論。所謂的混沌，基本上是由「單純物質」的組合所引起的。優午的頭部位於脊髓頂端，聚集了許多「單純物質」，泥土、果實、蟲子，還有日照，或許剩下來的就是組合。

「簡直亂七八糟。」日比野說道。

我腦中浮現另一個想法。蟲子的動作應該是基於反射動作，而且相當敏捷，不正符合大腦的運作嗎？

「對了，放在上面的那顆頭跑去哪裡了？」脊髓上面原本有個球形物，那塊沾滿泥土的布巾掉在地上，但是沒看到裡面的東西。

「不見了。幹下這件事的傢伙帶走了。」他的說法是「幹下這件事」。凶手將稻草人拔出地面，分屍後棄置不管就走了。

優午是否發出了慘叫聲？當他逃不掉，站在這塊水田裡任由凶手宰割時，究竟在想什麼？

當時，我驚呼了一聲，我有一個單純的疑問。我和日比野面面相覷，他似乎也想到了同一件事。

「優午爲什麼沒辦法預測自己會被殺呢？」

日比野如此說道。

*

日比野從優午原本站立的位置往下俯瞰，那裡有一個直徑十五公分的洞，一根木頭插在那裡長達一個半世紀之久。

我學日比野站著看那個洞，一想到優午一直站在這裡，眺望比遠方山丘更遙遠的未來，我就有一種不可思議的感覺。

我回過頭去，大夥兒趕緊回到原本站立的地方。

「喂，小山田。」日比野突然朝著一名身穿墨綠色夾克的男子叫喊。

「是你啊？」對方回應。他看起來跟我們差不多年紀，但是站得比我們直挺。

「這下子怎麼辦，該輪到你們出場了吧？」日比野一副高高在上的語氣。

「這是器物毀損。」鼻梁筆挺、五官深邃的男子板起臉孔答道。

器物毀損眞是說得一點也沒錯。一個稻草人被拆得四分五裂，不過是物品被弄壞罷了。不過，那是就法律上而言，在情感上又是另一回事。

「警察眞是不知變通。」日比野皺起眉頭。

「不是不知變通，我也很難過，但法律上就是那麼規定的。」他看起來比實際年齡穩重，胸膛厚實、背脊直挺。或許是那眼神令人感覺誠實，我覺得他像個武士。

我聽到警察兩個字，心頭一驚，馬上想起城山。

他說，法律上就是這麼規定的。我覺得這句話說得言不由衷，恐怕他也無法承受優午死去的打擊吧。

「剛才那個人是警察？」那男人離去後，我問道。

「是啊。」

「這座島上也會發生案件？」

「很多啊。」日比野坐在圓木長椅上，上半身前傾，彎身撿起腳邊的石子把玩。

「竊盜、搶劫、強姦、殺人、車禍，這些事一定到處都有吧。」

「是啊。說不定到處都有。」就連我也曾經以搶劫未遂的罪名遭到逮捕。

「警察的工作頂多到處巡邏。」

「到處巡邏？」

「一旦發生命案，警察首先跑到優午跟前詢問嫌犯的名字，接著只要揪出那傢伙就行了，不是嗎？他們的工作頂多在案發時掌握誰在哪裡而已，也就是到處巡邏。」

這跟我知道的警察辦案完全不同，簡直就像是演話劇或鬧劇。不過他說得沒錯，只要優午在，就可以知道凶手是誰。

「就像名偵探一樣。」我低喃。

身旁的日比野湊了過來。

我還是上班族時，經常在通勤的公車上閱讀推理小說，因爲推理小說比程式設計指南更能讓我轉換心情。在小說裡出現的偵探角色，並不是爲了防止命案發生，而是爲了解開案情所設計的。案情雖然會水落石出，但終究救不了任何人。靜香曾經搶走我看到一半的小說，然後發表高論。

「你知道這位名偵探爲什麼會出現嗎？是爲了我們啦，他是爲了拯救故事以外的我們才出現的。好蠢！」

我也認為這個見解很有意思，名偵探總是站在比故事高一級的位置。這麼一來，優午肯定也是站在相同的地位，或許他不是為了拯救我們的故事，而是為了處於更高層次的某個人而存在。

所以，他才會在命案發生前絕口不提未來，他不要阻止命案。

「還有一個叫櫻的人吧？」我試探性地問道。

「是啊，如果櫻先發現的話，就會斃了凶手。」他接著說，「但不知道櫻是以什麼標準槍決人的。」

「剛才那個姓小山田的刑警是你朋友嗎？」

日比野露出不悅的表情。「從小認識的。」

「你們是兒時玩伴啊？」

「怎麼可能。」日比野臉上絲毫不帶客氣或害羞的表情。

「警察不調查這件事嗎？」

「不知道。警察現在大概也慌了吧，以前只要四處看看就好，現在卻失去了優午這個依靠，這就跟失去一家之主的家庭成員一樣，大家必須討論接下來的生活方式，像是母親負責顧店、長男處理農務。哎，應該要調查誰對優午下毒手，但就連凶手是誰都不知道啊。」

「喂，日比野。」背後有人出聲，我回頭一看，是小山田。「你覺得怎樣？你覺得優午是被誰殺的？」

他那端正的五官，我愈看愈覺得像武士。他的口氣是在向朋友尋求建議，雖然日比野覺得他很煩，不過他好像沒有對日比野敬而遠之。

「警察幹麼問我意見。」

「日比野，你覺得怎樣？」

「你去問優午啊！」日比野冷淡地說道。「你不是一直在看轟大叔帶回來的那些很難懂的書嗎？這時候就動動腦吧！」

「我不喜歡看書，我只想獲得資訊。」小山田如此回答。

他這麼一說，那張刑警的臉也帶著知識分子的氣質。「知識分子」和「武士」不會相互矛盾嗎？

「伊藤，你知道人類到死亡之前的脈搏會跳幾下嗎？」日比野問我。

「天曉得。」

「是吧，就算不知道，還是可以活得好好的。但是這個小山田竟然告訴我書上有寫，還嘲笑我沒知識。」

「是二十億次。」小山田說道。「而且不只是人類，聽說哺乳類都一樣。」

「知道那種無聊的事有什麼用？」

「有時候有用。」

小山田離開了現場。我定定地看著日比野，他臉上帶著落寞的表情走向別處。

離開水田時，我在人群的最後面發現一個肥胖男子，一個挺著大肚腩的男子，他的頭髮稀疏、眉毛濃密，大約四十歲左右。他的模樣跟其他人不同，因而引起我的注意。他拿著一台很大的銀色相機在拍照，不同於其他茫然佇立的人們，他渾身散發出湊熱鬧的氛圍。說起來，那個男人更適合待在龍蛇雜處的都市裡，我確信他就是曾根川先生。

在那之後，我和日比野爬上了山丘，那座他昨天帶我來過的無名山丘，傳說中總有一天會有人帶著禮物來的山丘。

天氣也不錯，若從崖邊探出頭，還看得到水田裡的島民們，我們一邊望著他們，一邊坐了下來。

「今年不太冷耶。」日比野說。「都已經十二月了，坐在這裡也不會冷到發抖。」

「優午為什麼對我們隻字不提呢？」我說出憋在心裡的話。「昨天不是見到他嗎？他不是說他可以預知隔天會發生的事，那為什麼不說呢？為什麼不說自己會被殺呢？」

日比野沉默了好一陣子，彷彿一開口，心裡所想的就會從喉嚨裡溢出來，一發不可收拾。

「我們用簡單的方式思考吧。」我主動提議。「優午知不知道自己會死？」

「當然知道啊。」日比野嘟著嘴說道。

「優午知道的話，爲什麼不說呢？」

「若不是不信任我們，那就是打算默默死去吧。」

我發出低吟，不懂。明知自己會被殺害，卻還是不肯告訴我們？

我又想起了混沌理論。混沌理論認爲，初期值的些微差異所造成的影響超乎想像。這麼說來，說不定是某種資訊在某個環節出了差錯。或許是稻草人獲得的資訊有點誤差，結果在一個半世紀裡逐漸擴大，最後讓他誤判自己會死亡的資訊。會不會是那樣？

混沌具有那樣的性質，極小的偏差會導出完全無法預測的結論，是什麼在哪裡出了錯？那究竟是什麼？

「會燒掉他吧。」日比野嘟囔了一句。

「咦？」

「他終歸是個稻草人，最後會在哪裡被燒掉吧。」

「不替他蓋一座墳墓嗎？」

「伊藤你覺得蓋墳墓比較好嗎？」

「我昨天才來的，連島上居民的習慣和想法都不知道哩。」

「打個比方，如果在伊藤居住的鎮上，大家會怎麼做？」

「稻草人原本就不被當作一回事。不過，要是稻草人眞會說話，那些電視上的八卦節目肯定會爭相報導。」

「八卦節目？」

「一種電視節目。」

我試著想像，那些不負責任卻身負使命感的電視媒體人，必然會成天圍在那個會講話又能預知未來的稻草人身邊，用麥克風指著他，並錄下他的聲音，比對聲紋，討論哪位藝人的聲音像他，或悄悄地割傷稻草人的木頭手臂，測試他是否有痛覺，最後再割下他的頭，拿到大學的實驗室裡化驗，研究其中的構造。他們想要將一切攤在世人眼前。

假如優午遭到毀壞，他們將會擺出一副「怎麼這麼殘忍」的表情來告訴觀眾這件事，他們會很認眞地說：「那個稻草人原本是人。」

「究竟是誰做出那個稻草人？又是爲了什麼？」我問日比野。

「大概是江戶時代的農夫吧。」

「是嗎？」

「稻草人是用來防止鳥類破壞農田的道具吧？曾根川曾經笑著那麼說過。」

我也想說同樣的話。稻草人本來就不會說話或預測未來，只是用來防止鳥類偷吃稻米的人偶。

「那是誰幹的好事？」日比野看著前方說道。

「對了，我剛才看到一個奇怪的男人。」我邊回想邊道。「優午身邊不是聚集很多人嗎？最後面有一個拿著照相機的中年男子，看起來好像很了不起，表現得很冷靜。」

「穿著咖啡色夾克的男人嗎？」

「大概。」

「禿頭、矮個兒、鷹勾鼻的男人？」

「嗯，應該是。」

「那就是曾根川。」日比野的嘴巴扭曲，彷彿在嚼咬著苦澀的東西。「他和伊藤一樣都是從島外來的人。這一百五十年來，他是第一個來這座島的外人。」

「果然。」我無力地回應。一直以為曾根川是我在陌生國度遇見的同胞，然而在田裡看到的那個男人竟是那副德性，頓時大感失望。腦滿腸肥、無責任感、狂妄自大，我只是瞥了一眼，卻覺得他已具備了所有我討厭的特性。現實是殘酷的，隔了一百五十年才出現的人居然是那個男人，島民們也覺得自己得不到救贖了。

「老實說，我有點失望。」我同情地說道。

「第一眼看到他時，我馬上就知道了，那個曾根川是個落第生。」

「什麼是落第生？」

「路上的啊。」

「路上？」

「人生是一條道路吧。」

我佩服地說，這話很有趣耶。他不悅地搓搓鼻子，彷彿要說，沒想到你會說那種話。

我想起了曾經在晚上看過園山。「園山先生晚上也會散步嗎？」

「那個瘋子向來早起。」

「他會在凌晨三點散步嗎？」我記得我看到他的時間。

日比野狐疑地看了我一眼。「那段時間他在家。那男人通常都在早上五點外出。」

我忍住追問下去的衝動。我確實在凌晨三點看到園山。「可是，他會不會偶爾也在凌晨三點外出？」

「絕對不可能。」日比野斷言。「正因爲不可能，所以才奇怪。那個園山就像一座走路的時鐘，會在相同的時間出現在同一個地方。」

「太莫名其妙了。」我半帶著笑容說。

「那男人就是那麼莫名其妙。」

我不是那個意思。話說了一半，但我沒有繼續說下去，就算針對園山先生的散步行程爭論，也得不到任何好處。

「優午從什麼時候開始站在那裡的呢？」

在下山的半路上，我問日比野。

「江戶時代結束、進入鎖國結束時。」他配合我的步伐，激動地回答我。

據說這座島正好從那時候與世隔絕，也就是一八五五年。

稻草人、開國與封島之間一定有某種關聯。

那是很久以前的事。我會在不知情的狀況下死去，只有這一點是肯定的。這世上淨是一些想知道卻不瞭解的事情。

＊

一八五五年是安政二年。德之助狂奔，他在荻島上唯一的一條寬廣柏油路上奔跑，從港口一路往西跑。他氣喘如牛，鞋底磨破，斜眼看到了繡球花，路旁依舊是新綠。他穿越綠色與茶色的風景。

遠方可見一座鐘塔，在塗上白漆的十字架柱上，有一個很大的圓形鐘面。德之助已經二十歲，也娶了老婆。即使如此，一旦踢踢地面，又成了一個童心未泯的大孩子。

港口位於島的最南端，高聳的杉樹猶如森林般圍繞著港口。

他目送最後一艘西班牙船離去，踏上歸途。初夏的太陽正要發揮熱辣的本領，下午一點多，經過細長的田埂，他看到祿二郎坐在田邊，俯瞰著海邊。

「你果然在這裡。」德之助一邊調整呼吸一邊說道。

祿二郎回頭。「你去了嗎？」

祿二郎是個臉頰瘦削、髮質細軟的美男子，外型比起造訪島上的西班牙人毫不遜色。最近島上挽髮髻的人愈來愈少了，但是祿二郎不想改變髮型。相較於身穿短袖上衣的德之助，他則是穿著和服。

「去了，剛去。」德之助說。「貝拉魯克醫生也在船上。」

貝拉魯克是十年前在荻島定居的開業醫生，縱使全聾，卻是個全年無休的好醫生。德之助知道祿二郎和他交情甚篤，聽說祿二郎曾經偷看過他動手術。

「這下子連最後一個西班牙人也走了。」

「封島啊。」祿二郎眺望著大海。

「Close my island。」德之助用彆腳的發音說道。

「別說南蠻話。」

「小祿落伍了，這是英語，現在英語比南蠻話更流行。」

兩百多年以前，這座島開放爲西歐的補給站，來訪者多半是西班牙人和羅馬人，其他國家的人也愈來愈多。

「幕府大概會解除鎖國政策吧，去年的和親條約就是前兆。」這並不是德之助的想法，而是荻島居民一般的看法，荻島人從來到島上的外國人口中得知，美國黑船會前來日本。相對於此，荻島與幕府之間完全沒有資訊上的交流。

「開國的同時，這座島反而要封鎖，這是個好政策嗎？」祿二郎嘟囔了一句。

「沒辦法，這裡屬於仙台藩，但又不歸仙台藩管轄；屬於幕府政權，卻又不歸幕府政權治理；很像流放區，可是又不是眞正的流放區。」

「這裡是支倉大人的領土。」祿二郎說，這裡是支倉大人開拓的世界。「我愈來愈不懂了，所有人都忘了這座島。既然如此，還有必要封島嗎？」

「這是白石大人的命令，命令永遠是正確的。」

「我看到了。」

「小祿明明跟我同年紀，看起來卻很老成，因爲你把很多事情想得太複雜了。」

「這是遺傳自我父親。」祿二郎板起臉說道。

德之助露齒而笑，因爲他非常清楚祿二郎的父親是個怎樣的人。「你那固執的個性是怎麼來的？簡直比扭曲的瓶蓋還要硬。」

「我從沒看過我父親的笑容，那是乍看似笑非笑，忽而又一臉正經的表情。」

「他那張臉根本不會笑，牛還比他親切咧。」

祿二郎聽到這句話，臉上的表情一變。

「你說你看到什麼？」德之助回到原來的話題。

「你聽好了。就像大家所認爲的，幕府近期就會取消鎖國政策，日本被迫簽定不平等條約，疲於應付。」

「那不就像白石大人說的嗎？白石大人說，這個國家會因爲開放政策變成一條破抹布。如此一來，唯有荻島與外界斷絕往來一途。」

「這只是重蹈日本鎖國至今的覆轍，拒絕與外界往來，一切都將停止進步，這座島會落後。你等著看數百年以後，恐怕幕府不再是幕府，而內陸卻會變得朝氣蓬勃。到時候，這座島依舊是現在的模樣，跟不上時代。」

那個時代，即使沒有攘夷派，還是有不少年輕人預言幕府會滅亡。

德之助撇了撇嘴。「眞了不起，小祿居然看得到那麼久以後的事。」

「NO FUTURE。」祿二郎突然無意識地冒出一句英語。

德之助沒聽清楚，反問：「你說什麼？」

「沒什麼。」祿二郎板起臉孔回答。他望著大海，海面上反射著陽光。

德之助也在他身旁坐下。「你在看什麼？」

「船。」

德之助曾經聽說，當支倉常長來到這座島時，這裡除了水田以外別無他物，人與人之間甚至沒有交集。島的四周全是流放區，島上死氣沉沉。是支倉常長改變了現況，他陸續帶著西歐人來到這座島。「島上應該保持寧靜，居民們不能離開。」相傳他臨死前還這麼說著。

祿二郎常說：「那是因爲支倉大人的遭遇，他不想讓內陸的人知道他在這座島上，所以才想要維持島上的寧靜。」

「那些船隻怎麼處理？」德之助窺探祿二郎的表情。

「白石大人好像說那也要燒掉。」

「說是要徹底斷絕與外界的交流，如果還留著船就沒有意義了。」

「我不懂白石大人在想什麼。」祿二郎在嘆息中冒出這句話。

「但你不是討厭異國文化嗎？」德之助彷彿在提出不滿。「既然如此，封島不是正合你意？」

「我並不討厭，我只是害怕人們沉迷於西歐文化，忘了這座島的本質。我是怕櫻花、優雅的語言、美麗的水田等等被破壞。」

「怎麼可能被破壞！就算是現在，來到這裡的西歐人也是因爲喜歡這座島原本的風貌，他們不會帶來多餘的東西，也不會破壞什麼。」確實，西方旅客除了衣服之外，幾乎可說是空手而來。

「這座島或者說這個國家的人民常常過度推崇西洋文化，我對那樣的事情很不以爲然，可是徹底封島又是另一回事。這完全是兩回事。這麼一來，這裡將會成爲一座孤島，導致無法挽回的結果。水桶裡的水若是不流動就會腐臭，道理是一樣的。」

德之助聽著祿二郎如漣漪般靜靜地訴說，深感佩服，但還是不忘叮嚀：「總之，你千萬別忤逆白石大人。」

統治這座島的白石家族，獲得與西歐交流所衍生的大部分利益，至今不曾威脅過農民的自由。

不過，目前的情況開始有了改變。

白石身邊開始聚集危險人物，懷有國粹主義（註）或者國族主義思想的人們在白石身邊聚集。實際上，也有謠言指出，這些極右派的思想家對於年老的白石鼓吹一些有的沒的。

「小祿也知道吧？一群可疑的人聚集在白石大人身邊。要是誰敢唱反調，搞不好會惹來殺身之禍。」

祿二郎卻一副事不關己的模樣。在回家的路上，他問道：「這座島上少了什麼？」

那是自古以來的傳說。德之助從小就絞盡腦汁地思索那個「缺少的東西」，並引以爲樂。「根本沒有那種東西啦！」

「總有一天，會有人把那東西帶來。」

「沒有人會帶來的。」

「如果是眞的。」祿二郎說道。

「那只是傳說。」

「就算這座島眞的少了什麼，也用不著刻意隱瞞吧。」

「小祿，你喜歡這座島嗎？」德之助突然不安地問道。

「嗯，喜歡。」祿二郎回答。

在那之後過了幾天，德之助和祿二郎未再碰面，沒有祿二郎的消息，德之助倒也不擔心。

這時候，祿二郎的父親銀藏突然跑來找德之助。當時，德之助正站在自己的田裡，拔除稻苗四周的雜草。據說，祿二郎從昨天起就下落不明了。

註：即一國的國民認爲自己國家的文化與傳統比其他國家優秀，具有排外性。

銀藏嘴裡正罵著，雙眼卻紅了。德之助知道他是擔心得睡不著覺。

然而，德之助的心頭湧上一股不祥的預感，他只是輕言安慰了銀藏幾句，回家以後旋即飛奔出去。

他老婆小雅望著連晚飯也沒吃的他，挖苦地問道：「這麼晚了你要去哪兒？」總之，他顯得極度不安，而那不安以最糟的形式發生了。

德之助的耳邊不斷地傳來削東西的聲音。

太陽一晃眼就下山了。當德之助抵達San Juan Bautista號時，不仔細看根本分不出碼頭與水面的交界，他揮舞著手電筒，好不容易才找到那艘船。

他憑直覺攀上繩梯，爬到一半跳到另一條繩子上，終於爬上甲板。他想起小時候爲了逃避健康檢查，和祿二郎躲在船上的往事。兩人在甲板上躺成大字形睡午覺，曬得一身黑才回家，結果是時鐘響起吵醒了爸媽，還挨了一頓罵。感覺那是好久以前的事了。

他側耳傾聽，發現聲音來自船尾一帶。他看到一個背影，立刻認出那是祿二郎，但不清楚對方在做什麼。他用手電筒照著腳邊，發現甲板髒了，是血，斑斑血跡一直延續到蹲著的祿二郎身邊。

「啊，你被那些傢伙揍了嗎？」德之助對他說道。

「你說得沒錯，那些傢伙很可疑。」祿二郎似乎想笑卻笑不出來，不住地咳嗽。

「我一到白石大人的宅院就被他們包圍了，我站在大門前，連門都進不去。」

「你要直接上訴嗎？」

「我只是想講道理。」

「沒有人愛聽大道理。」

「我能做的不過如此。這座島至今就像個被人遺忘的孩子，忍氣吞聲地活著。如同支倉大人的忠告一樣，從外國來的黑船要求幕府解開鎖國政策，我們只要乖乖順從就好。這座島不就不會有任何改變嗎？還是像以前一樣，有西班牙人，也有英國人造訪，和內陸的仙台藩及江戶幕府持續淡淡的交流，那樣不就好了嗎？我只想告訴白石大人這些。」祿二郎滔滔不絕地說著，但德之助的不安依舊沒有消失。

「你流血了。喂，回家囉！」德之助蹲下來靠近祿二郎，從背後抓著他的肩膀，但祿二郎隨即發出慘叫。德之助發現碰到他肩膀的右手全是鮮血，祿二郎的肩膀被人狠狠地砍了一刀。

「目光短淺的國族主義。」祿二郎迅速說道。「封鎖整座島，灌輸島民優越性的觀念，企圖引發一場大騷動。白石大人的身邊開始聚集這種瘋狂的思想家。」

「你是被那些傢伙揍的吧？」

德之助發現祿二郎好像在做什麼，用手電筒照著他的身影。祿二郎砍下一根木頭，正在刨削，他跨坐在粗大的圓木上，拿著小刀削木頭。德之助剛才聽到的聲音就是這個，祿二郎每動一下，手就流出血來，拿著小刀的那隻手發黑，已經失去了形狀。

「讓我看你的手。」德之助面對著祿二郎說道。

祿二郎滿手鮮血，十根手指頭的指甲不是被剝掉，就是裂成只剩半截。「喂，喂！」德之助喊道。「喂，這……」

「那些傢伙是渾蛋。改變人的意志，幹麼剝指甲，我的意志不在指甲裡，也不在他們毆打的腦袋上。」

「喂，去看醫生！」

「貝拉魯克醫生又不在。」祿二郎淡淡一笑。「這點小傷我還能刻木頭。」

「這跟刻木頭無關。」

祿二郎沉默了，從德之助的手中抽回自己的雙手，繼續刻木頭。

「這根木頭是從船上砍下來的嗎？」德之助發現祿二郎在刻的木頭看起來像是船體的某部分，好像是砍下了龍骨的木頭或是掌舵的木棍？

「我喜歡櫸木。反正這艘船遲早要燒掉，既然如此，廢物利用也不會遭天譴。」

「我不懂你在說什麼。」

「去年吧，我不是去過內陸嗎？」

「好像吧。」

「當時，我遇到一個長州藩的男人，他叫松陰吉田寅次郎。」

德之助聽過這個名字。不久之前，此人還企圖搭上美國船卻沒成功，他的罪名還傳到了荻島。

「他學過西洋兵法，相當勤奮好學，而且充滿好奇心。他偶然遇見我，我們一起生活了好幾天，我知道他很優秀。他最後告訴我：『祿二郎先生很聰明，但不是一個身體力行的人。我則是行動派。』」

「自以爲了不起嘛。」

「其實他說得對，他是個言行一致的人，而我卻光說不練，只會出一張嘴，頂多只會自吹自擂。」

「喂，走了啦。」

「我想做稻草人。」渾身是血的祿二郎說道。

德之助因爲這句突如其來的話而沉默了。

「我想做稻草人，我想用這艘具有兩百多年歷史、載過支倉常長的船；用它船身的櫸木製作稻草人。」

「稻草人？」

「那些傢伙是渾蛋，他們不該剝我的指甲，除非把我的眼睛挖出來，不然都是白費工夫。」

「祿二郎！」

德之助發現他的膝蓋四周也在流血，於是用手電筒照著他的膝蓋，看到被切開皮膚的傷口，以及皮膚底下的白色脂肪。「他們好狠。」

「我聽說戰爭時男人的性慾會高漲，明明沒有性需求卻會勃起，眞是有趣。」

「你在說什麼？」

「一旦死亡的可能性提高，生理上的繁殖機能就會增強，感覺不再是自己的身體。在可能會戰死的情況下，內心就會發出某種聲音，要自己留下後代。那很可怕，自己的身體裡居然有另一個主人。」

德之助覺得祿二郎講的話支離破碎，急忙撐起他的身體。此時，一陣野獸般的叫聲傳來，是祿二郎發出來的，就像被活體剖腹的貓所發出的淒厲叫聲。德之助嚇得兩腿發軟，一屁股跌坐在地。那聲音不可能是人發出來的，但確實是來自祿二郎的喉嚨。

「等一下。」這時，祿二郎平穩地說。「我要做稻草人，等我做好再說。」

「爲……爲什麼要做稻草人？」德之助已經放棄勸他的念頭了，倒不是想要實現朋友的願望，只是震懾於他的氣勢。德之助只是害怕那種動物在斷氣前爲了留下活過的證據所發出的吼叫聲罷了。

「你聽好了。」祿二郎用冷靜的口吻說道。「你聽好了，人類的聲音透過震動產生，因爲空氣震動產生聲音。所以，在櫸木上刻下無數條細小的紋絡，就能打開風穴，風穿過風穴並震動空氣。換句話說，稻草人就可以說話。」

「你在說什麼？」

「不過只是會說話，就跟鸚鵡一樣，不會思考就沒有意義。」祿二郎說完又問道：「你知道人類思考的原理嗎？」

「人類本來就會思考，沒有原理可言。」

「你曾經想過人類是基於什麼結構思考的嗎？」

「這個問題未免太奇怪了。」

「貝拉魯克醫生還在的時候，經常提到大腦。人類用大腦思考，只不過大腦裡不可能有人。儘管如此，還是能思考事情。貝拉魯克醫生認爲答案一定是『電』。電在大腦中流動，產生的刺激就是思考的『起源』。人類的大腦中充滿了像網孔般的線路。」

「所以呢？」

「貝拉魯克醫生曾經讓我看過死人的腦部，黏乎乎的，完全看不出個所以然來。等我冷靜一想，那只不過是幾個單純的要素糾結在一起，藉由刺激腦部，產生複雜的事物，那就是思考。如果稻草人會思考就好了。單純的要素是什麼？就是泥土、水、空氣、花和小蟲等生命的組合，然後衍生了思考。」

祿二郎的話聽起來很虛幻，缺乏眞實感。不過，他默默地將繩索綁在木頭上，然後把沒有作用的雙腳纏在木頭上，摁住再捲起來。

「你說蟲子是做什麼用的？」

「大腦的代替品。」祿二郎自然地說：「小生命一旦交錯，就會產生無限多的組合。」

「無限多？什麼意思？」

「會思考的稻草人。」祿二郎並不是在回答德之助的問題。「稻草人會一直站著，透過鳥類和雨水獲得資訊。」

祿二郎再次將小刀抵在櫸木最頂端，開始刻劃更細緻的紋路。粗大的木頭只有那個部分被削切、削薄，凹陷處開了一個洞。他的血液流進洞裡，宛如養分。

我在做稻草人的嘴巴。

祿二郎如此說道。看在德之助眼裡，他彷彿在祈禱。祿二郎甚至以教諭的口吻，叨絮地對著木頭上的洞說：你是嘴巴喔，開口說話！

「快好了。」他說。

「你做稻草人幹麼?」

「稻草人要站在田裡。」祿二郎的語氣堅定。「我救不了這座島，阻止不了封島政策。我被人剝掉指甲、用木槌痛擊小腿，只能像個廢物般在地上翻滾。」他咳嗽。「稻草人不會拋棄這座島，我的稻草人不會讓這座島跟不上時代。」

祿二郎爆出一陣劇烈的咳嗽，整個人突然趴倒。

德之助呆了半晌，旋即從身後架住他，撐起他的上半身。德之助聞到一股酸味，原來是祿二郎吐了。流了那麼多血，吃了那麼多苦頭，不吐反而奇怪。

「小祿，小祿。」德之助喊道。祿二郎快死了。德之助心想：搞什麼!我就這麼無力，只能喊他的名字嗎?

祿二郎奇蹟似地睜開雙眼。「有你在眞好。」

「怎麼了?」

「我要做稻草人。」

「你從剛才就在做這件事。」德之助不解自己爲什麼哭了。「你不是一直在做嗎?」

「我做好了，但沒有力氣搬動他。我在這塊甲板上耗盡所有力氣，所以我要你隨便找一塊田，把我做好的稻草人插進田裡。」

如果是平常的情況，德之助一定會嗤之以鼻，但他現在辦不到。「別說得一副你要死的樣子！」

祿二郎又吐了，地面濺起黃色液體，不知道是不是胃液。過了好一陣子，祿二郎默默地伸出手指，手臂正在顫抖。德之助朝他指的方向看去，看到一顆從沒見過的球。

「那是頭嗎？」

球體上開了洞。德之助不清楚那是用什麼材料做成的。

「是啊。」祿二郎點點頭。「用這個包起來。」祿二郎邊說邊指著掉在旁邊的一塊布。德之助拿起手電筒湊近一照，光圈中浮現一塊白布，一塊在夜裡發光的純白絲綢。

「那是我用僅剩的一點點錢買的絲綢，用來包在那顆頭的最外層，那是皮膚。」

德之助感到不安，祿二郎是從什麼時候開始計畫製作稻草人的呢？

「我的手髒了，最後還是請你幫我拿那塊絲綢包住他的頭！」

「好，我知道了。」與其說是答應他的要求，倒不如說是受不了他斷斷續續的說話方式，德之助點點頭，撿起了絲綢。那果然是一塊上等貨，觸感柔細、潔白輕盈，彷彿要飛上夜空。祿二郎是用什麼換到這塊質地輕盈的上等絲綢呢？

「這座島少了什麼。」祿二郎不平地說。

「你說過就算少了什麼也不用隱瞞，對嗎？」

「我在想……」他的話到此打住了，似乎是因爲傷勢嚴重，又像在猶豫什麼。

你在想什麼？德之助催促他繼續說下去。

「該不會是支倉大人讓這座島少了什麼吧？」

「什麼？」

「沒什麼，我想想罷了。我在想，支倉大人是不是想排除這座島上多餘的事物。」

「多餘的事物是什麼？」

「我的腦袋變得怪怪的。」

「哪有人這樣說自己的。」德之助想用開朗的語調說話卻沒辦法，心中充滿焦躁不安。

「你要我怎麼做？」德之助朝著背對他的祿二郎拚命喊。「你要我怎麼做？」

「把我的稻草人搬到田裡，然後把我的事告訴我父親。你別看他那樣，其實他很愛小孩。」

「我知道。」

「他一定很傷心，你要想辦法逗他笑。」

「那太困難了。」德之助泣不成聲。

「還有，你要跟小雅好好相處。」

「那個稻草人會怎麼做？」

「他會拯救這座島。」祿二郎從此不再說話，接著不斷地嘔吐、雙手抽搐。

德之助哭著仰望天空，心想索性天要塌了！

第一個趕來的是小雅，原本鐵青的臉突然脹紅，在田埂上質問田裡的德之助。「你跑哪兒去了？我很擔心耶！」

「做稻草人。」德之助答道。他正在水田裡豎立那個稻草人。削得很漂亮的木頭尖端因爲重量的關係，馬上陷入地面。德之助小心翼翼地將稻草人筆直插入地面。不可思議的是，即使沒有特別費勁，稻草人還是沉甸甸地沒入地裡，在適當的高度停住，然後靜止。

「如何？這裡是個好地方吧。」德之助將沾滿泥巴的手抵在臉上，轉身對小雅說。

「什麼好地方？」她顯得非常生氣，肯定很擔心。

「可以看到山丘，還看得到從對面高山升起的日出，離森林也近，還有鳥。」

一直板著臉孔的小雅說：「很棒的稻草人耶。」她赤腳走進田裡，撩起裙襬，走到德之助身旁。「這是你做的嗎？」

「不是，是祿二郎做的。」

「對了，你找到祿二郎了嗎？」

霎那間，氣氛變得有些尷尬。德之助拍了拍稻草人說：「小祿變成這傢伙了。」

小雅不明白，愣了一下。

她緩緩地撫摸稻草人身上的櫸木，又說了一次：「做得眞棒啊，我沒看過腳這麼粗壯的稻草人，手臂也很結實。」

「沒穿衣服卻很漂亮。」

「要嗎？」

「替他穿上衣服吧。」小雅望著德之助微微一笑。

「光溜溜的好可憐，一點尊嚴都沒有。」

「家裡有什麼衣服嗎？」

「那個好。」

「貝拉魯克先生留下來的衣服，全白的。」

「那，我馬上回去拿，啊，你也要回家吧？」

「是啊。」說完，德之助離開了水田。

兩人走到田埂上，並肩而立。從外面再次眺望，稻草人抬頭挺胸地站在田裡，站得眞挺直，令人賞心悅目。

「你在哭嗎？」小雅說。

「沒有。」德之助回答，他試圖掩飾地說：「既然要讓他穿衣服，我想在衣服上寫點字，家裡應該有筆吧。」

「你要寫什麼？」

「FOTURE吧。英文的『未來』。」

「英文的未來是FUTURE啦。」

「小雅妳寫。」

德之助和妻子一起走在清晨的路上，往家的方向走去。

＊

「我早就知道那個曾根川不是！」身旁的日比野繼續說道。

「不是？」

「不是傳說中的男人。我是不知道島民們從多久以前就開始期盼這位造訪者。結果大家一看，居然是那種短腿老頭子，再怎麼樣也說不過去吧！」

他那充滿著熱切的語氣十分可疑，令我無法釋懷，說不定他真的相信那個傳說，那聽起來是個意圖不軌的期望，就像一個走進死胡同的男人，將期望寄託在從天而降的直升機上，祈禱著「放我出去」。他看起來像是悠閒地漫步在這座自由島上，但實際上說不定被關在某個地方。

「櫻。」我說。

「現在不是春天。」

「不是那個櫻花，你不是介紹一個叫櫻的男人給我認識嗎？」

「你想見他嗎？」

「不，我現在想到了，你說那個叫櫻的男人會收拾壞人，既然如此，殺害優午的凶手不就是他制裁的對象嗎？」

總之，我想說的是，如果什麼都不做地靜靜等待，櫻會不會槍斃殺害優午的凶手？日比野或許有一張狗臉，但理解力很差，反應慢半拍，腦袋也不太靈光。

「櫻和優午是截然不同的人。」他說。

我心想，這話怎麼說？

「優午知道凶手是誰，但是櫻不知道，他不知道犯罪者是誰，你懂嗎？」

「既然如此，爲什麼那些犯罪者會被櫻殺死呢？」

「大概是瞎貓碰上死耗子。」日比野若無其事地說道。「不論是將鴿子摔到水泥牆上的少年、對髮妻施暴的稅務代書，還是襲擊路過女子、用剪刀剪開對方的鼻間隔，插入陰莖的變態中年男子，都是櫻偶然得知再擊斃的，櫻只是碰巧知道，不會主動緝凶。」

我整理思緒。優午說得出凶手的名字，但是櫻什麼都不知道，他偶然遇見某人，覺得有必要動手就開槍殺人，難道就這麼簡單？我之前直接把櫻歸類爲正義使者，或許我的想法錯了。

「我想要一邊看著櫻一邊死去，你不那麼想嗎？」

「這是兩回事吧。」

「是啊。」日比野是個怪人。「櫻沒槍斃的犯人還有好幾個。」

「是嗎？」

「沒有人會在胸前掛著一塊寫上『我是壞人』的板子，無論哪種人，大家都在亦正亦邪的灰色地帶。」

「灰色地帶，嗯，是啊。」

「一定還有幾個漏網之魚，明明殺了人卻沒被櫻槍斃。總之，那男人開槍還有其他標準。」

他的話聽起來有些許惡意，就像對聖人抱怨爲什麼不替我做點什麼般的愚蠢。

「優午死了。」隔了一會兒，日比野像是確認似地說道。

「我們再從頭思考一次吧。」當時，我的心情或許像在測試程式，這是釐清程式的所有分歧，試著彙整規則的作法。「優午知不知道自己會死？」

「知道啊。」日比野說道。

「他明明知道卻不告訴我們，爲什麼？他究竟想不想告訴我們呢？」

「想吧。」或許日比野只是想那麼相信。

「既然如此，爲什麼我們毫不知情？這表示優午想告訴我們，卻沒辦法做到嗎？還是……」

「還是？」

「如果不是這樣，說不定他已經告訴我們了。」我說。

日比野睜大眼睛，面目猙獰地說：這話是什麼意思？

「優午知道自己會被殺，可是自己無法預防。」我說。

「爲什麼？」

「因爲他是稻草人。」我抱著遺憾的心情說：「因爲他不能走路，無法抵抗。」

「有那麼慘嗎！」

「可是，他應該可以找人幫忙，好比說我們倆。」

他的眼神閃現一絲光采，說：「我們嗎？」如果眞是那樣，日比野或許會感到驕傲吧。

「可是，我們毫不知情。」

「有沒有可能，優午把自己的死訊通知了我們，但我們沒有察覺。」

「可能嗎？」

「或許他是用暗示。」我的腦中頓時閃現另一個念頭，脫口說出：「奧杜邦！」

「什麼？」

我決定據實以告，我坦誠昨晚睡不著跑去找優午。不過，沒有提到跟優午之間的對話細節，我只說優午在對話結束時說：「你去聽聽田中說奧杜邦的故事！」

「噢，搞什麼，原來是奧杜邦的故事啊。」日比野出乎意料地冷靜，表情顯得有些失望。

「怎樣，你知道啊？」

「我聽田中說過。」

「不喜歡那故事嗎？」

「倒是不會，很有趣。」

「可是，這會不會跟優午的死有關呢？」

「誰知道。」他傾著頭，斜眼瞟了我一眼，那眼神不同以往。搞不好他想說，你是最後見到優午的人。

＊

田中在家。我按了按門鈴，走廊上旋即傳來拖曳的腳步聲，過了半晌才開門。

日比野沒說「午安」或「好久不見」，只是舉起右手打招呼。

「眞是難得啊！」出聲回應的田中不像在挖苦人。他有黑眼圈，眼窩深陷的青黑色眼圈，看起來不像睡眠不足或疲勞，而是日積月累，不容易消失的「大黑輪」。

「伊藤是我的朋友。」日比野向他介紹我。

日比野在路上告訴過我，田中無法外出工作，在家裡接接代書業務。田中家是一棟兩層樓建築，蓋在一塊像是由善心人士捐給他的土地上，房屋後面有一片樹林，屋裡的榻榻米因爲濕氣而發霉，這種環境住起來應該不舒服。

「找我有什麼事？」田中板著臉說道，右腳朝向外側。

「伊藤想聽奧杜邦的故事。」

我看見田中的臉色刷地變白。「幹麼突然要聽？」他皺起眉頭。

「聽說是優午跟他提的。」

「優午？」田中一臉見鬼的模樣。說起來，優午已經死了，跟鬼也沒兩樣。田中的表情痛苦，呻吟地說：「優午死了吧？」看起來像是失去了朋友，痛苦地咬著下唇；也像是一個為了掩飾罪行，死命防衛的犯人。

「是啊，優午死了。」日比野嘟著嘴說道。

「這座島會變成什麼樣子？」田中嘟囔道。

「會變得更坎坷吧。」日比野聳了聳肩。「撇開這件事情不講，優午昨天晚上對伊藤說，奧杜邦的故事值得一聽。」

田中不打算請我們進屋，說是家裡被鳥弄得髒兮兮的。這個說法很詭異。「被鳥？」我一問，日比野比對方更先開口。「田中是鳥痴。」

此時，屋裡傳來鴿叫聲，彷彿正在證實這句話似的。

田中點點頭。「我家養了十隻鴿子、十隻鸚鵡，沒有地方讓人容身。」他板著臉說道。他的嘴邊布滿皺紋，看起來很蒼老。

「十隻鴿子，那麼多啊？」

「屋子裡都是鳥，根本不是人待的地方。」

這時候，屋內傳出振翅聲，正當我感覺聲音就在不遠處時，日比野發出「啊」的一聲。有一隻鴿子從田中背後的走廊朝向玄關處筆直低飛而來，速度不快，卻嚇了我一跳，一屁股跌坐在地上。

「關上大門！」田中叫道。日比野像個聽話的家臣，火速關上大門。大概是因為出口被堵住，鴿子開始往上飛，停在玄關旁的窗簾桿上，田中趕緊抓住牠，小心翼翼地把牠帶進屋內。

「鴿子。」我爬起來拍拍屁股說道。「嗚——嗚——咕——咕——」日比野古裡古怪地學起鴿子叫。

過了一會兒，田中再度出現在玄關處。「你們也看到了，我家到處都是鳥，占據了整個房間。」

我是不知道捉鴿子多費力，但是田中滿頭大汗，一臉疲態。

「這樣的話，我們到外面去吧。」日比野指著玄關。「不過你最好還是別走動，拖著一條腿也不好看。」

這種說法再度讓一旁的我感到不快。

然而田中不以爲意。「就我看來，筆直走路的你更難看，我最喜歡自己的走路方式了。」

「吵死人的老頭！」

「奧杜邦是一名動物學家。」田中打開話匣子。「生於法國，後來移居美國，致力研究鳥類與哺乳類動物。」

「他是近代的學者嗎？」日比野明明說自己聽過奧杜邦的故事，居然還提出這種問題，或許他從來就沒有仔細聽。

「我之前告訴過你吧？」田中露出不悅的表情，然後說：「十九世紀啦！很久以前，他還留下了《美洲鳥類》和《美洲的四足動物》（Viviparous Quadrupeds of North America）等畫集。」

「江戶時代吧？」我一說，田中笑逐顏開。「是啊，他在那個時代繪製了精美的圖鑑。」

「聽你講得口沫橫飛，但你看過嗎？之前聽你說的時候我也在想，不就是鳥類圖鑑嘛！」日比野噘起下唇。

「你之前也這麼說過。」田中好像覺得很麻煩。「你給我聽好了，一百多年前，沒有人想過描繪精細的鳥類圖，而且是實體大小的素描。他喜歡鳥，也喜歡大自然吧。光是欣賞那些畫集，就讓人感到溫暖。」田中說得入神。「啊，好美的畫集啊。」

我們在柏油路旁有頂棚的公車站裡，大紅色的長椅頗具現代感。

「奧杜邦發現了旅鴿，對吧？」日比野炫耀地插嘴，宛如一名比老師搶先說出答案，得意洋洋的少年。

「是啊。」田中點點頭。

「旅行的鴿子？」我不假思索地複誦。

「旅鴿。一群二十億隻，遮天蓋地的飛鳥。」

「二……二十億隻？」我瞪大了眼。

「在一九一四年絕種了。」田中的表情依舊認眞。「據說是這樣。」

「二十億不是比喻嗎？」

「牠們眞的是以億爲單位，一大群在天空飛翔。」

多達二十億隻的鳥群。我試著想像那個畫面，但是難以想像，那應該是一片鴿灰色的天空。

田中繼續說明。約翰．詹姆斯．奥杜邦在肯塔基州發現旅鴿飛過天際。他在書中提到，一八一三年，一大群鴿子黑壓壓地遮蔽天空，彷彿日蝕般陰暗，振翅聲不絕於耳，讓人聽著聽著就想睡覺。

牠們邊飛邊排泄大量糞便。奥杜邦看到宛如地毯般的大群鴿子而深受感動，旅鴿在他頭頂上整整飛了三天。

「幾十億、幾百億的鳥會絕種嗎！」日比野似乎打從一開頭就懷疑那種鳥的存在。

據說旅鴿的肉質甜美。田中繼續說道。那就是絕種的原因之一。

「人人荷槍實彈。」奥杜邦似乎也在書上如此記載。

三天之內，滿天飛舞的鴿群底下必然會出現無數獵人，鴿群數量這麼多，獵殺牠們易如反掌，只要朝空中開槍就行了。當時，美國的人口急速增加，出現了糧食短缺的危機，旅鴿因此成為重要的食物來源，牠們被視為單純的獵物，陸續遭到獵殺。

人們不斷地獵捕鴿子，擊落之後拿去餵豬。

「就算是這樣，幾十億隻也不可能絕種吧？」我也想認同日比野的看法。

「所有人都那麼認為。」田中伸出食指。「數量太多了，多到讓人們變得遲鈍，認為反正再怎麼獵捕也不可能絕種，就連奧杜邦也沒想到旅鴿會從這世上消失。」

「破億的數量，幾乎算是無限大了。」我說。

「奧杜邦去世後的第六年，一八五七年，俄亥俄州提出保護旅鴿的法案，結果卻遭到駁回，你們知道為什麼嗎？」田中淡淡地說道，吞口水停頓了一下。「因為旅鴿的數量實在太多了，好像有人在報告中提到，一般的獵殺方式根本不會造成威脅。奧杜邦在那之前也提出類似的看法。」

田中一沉默，四周突然變得安靜。我想像幾十億隻鳥因人類的獵殺而滅絕，恐怕沒有人思考過這件事吧。人們遲遲未察覺旅鴿逐漸減少，獵人湧至鴿子的棲身之處趕盡殺絕，還自鳴得意。這種行為一再地重複，任誰也沒想到，隨處可見的鳥竟然在一夕之間消失了。

「獵人先擊瞎一隻旅鴿的眼睛。」田中挑起眉毛。「那隻鴿子不就飛不起來，只能在地上慌忙振翅吧？這麼一來，其他鴿子誤以爲有餌食，一窩蜂湊了過來，然後獵人再趁機一網打盡。」

於是旅鴿開始失去了蹤影，滅絕之日不遠矣，牠們急遽減少，再也無法恢復昔日龐大的數量。

「結果就絕種了嗎？」日比野搶先問道。

「帕托斯基的大屠殺。」田中用這句話代替回答。

那句話鑽進我的耳膜，不可思議地在我心中迴盪。帕托斯基的大屠殺。我聽過這件事，這是人類犯下的罪行，我們一錯再錯。

「一八七八年，在密西根州帕托斯基的森林區裡發現了十億隻旅鴿。現在想想，當時還存在著那麼龐大的數量，簡直是奇蹟。牠們是殘存的珍貴旅鴿，有一群人發現了牠們。或許那些人當時認爲，應該先捉幾億隻鴿子予以保護。」

「他們沒那麼做吧？」我也預料得到結果。

「一大群珍貴的旅鴿。你們覺得人類若發現的話會怎麼做？」

開槍射殺！不用說我也知道。

「獵人們蜂擁而至，展開史上最大規模的旅鴿獵殺行動。在一個月內製造了三百噸屍骸。」

在獵鴿的男人當中時而夾雜著女人，我不覺得他們有什麼可非議的，也不認爲他們特別不同，那種人到處都是。說不定如果與他們個別見面，還會覺得他們很親切。

「旅鴿的繁殖力低。」田中自言自語地低喃。牠們會絕種有兩個原因。「旅鴿大量地群聚，才能繁衍後代，所以一旦人們展開屠殺，牠們下一代的數量就會急遽減少。」

公車在眼前停了下來。那是一輛嶄新的公車，車身漆著深海的藍色，與鄉下的田園風光極不協調，司機誤以爲我們是乘客而打開車門，等了一會兒才發現我們不是，就直接開走了。但司機也沒罵我們，「別坐在這裡讓人誤會！」

我心想，優午到底想問我什麼？話說回來，奧杜邦的故事和優午的死有關嗎？

「除了旅鴿的屠殺，大部分的動物目前正瀕臨絕種。」田中說道。「我不曾踏出這座島一步，完全不知道外面的情況，但是轟帶回來的書上說，動物正在陸續絕種。」

「你究竟想說什麼？」日比野不高興地說道。

「誰也阻止不了。」

「阻止不了什麼？」

「邁向悲哀的結果。」

我和日比野面面相覷。

田中的話聽起來像詩，但不如詩詞般詩情畫意，感覺像是一把揣在懷裡用來防身的舊匕首。他說，誰也阻止不了旅鴿從世上消失的悲劇。

因爲，這是大時代的潮流。無論好壞，世上總有一股洪流，任誰都無法與之抗衡。這道洪流的力道宛如雪崩或洪水般巨大，以嚴冬入春的緩慢速度向人類襲來。旅鴿絕種是如此，大部分的戰爭也是如此，在所有人尚未察覺之際，一切事物都已被捲入那股洪流之中。

「人類一旦失去，才會意識到事情的嚴重性。」

「大概。」我一邊回應，想起祖母說過，如果不是得了癌症，我也不會反省。

「失去以後不會再回來了。」

「如果回來怎麼辦？」日比野傻不隆咚地反問，像個想用歪理反駁老師的孩子。

「什麼怎麼辦？」

「如果失去的東西回來了怎麼辦啊？怎麼辦才好？」

「接下來不管發生什麼，也只有努力不要再失去吧。」田中聳聳肩，他的身上充滿了一股不可思議的力量。「就跟你父母回來一樣。」

日比野的表情僵了一秒，旋即又和緩了下來。

「奧杜邦只能束手旁觀。」田中又說，「就算察覺旅鴿會絕種，他也束手無策。」

「虧他還是大名鼎鼎的鳥類學家，到底在幹什麼？」

「畫圖。」

「畫圖？」

「還有製作標本。他是學者，將畫作集結成冊流傳於世。」說到這裡，田中窸窸窣窣地從口袋裡摸出一張紙。

大概是平時隨身攜帶吧。紙張有點變色，但摺得很工整。

「正版是實體大小，這是縮印的影本。」他在我們面前攤開那張紙，上面畫著一對鴿子。

那是一幅美麗的畫作；兩隻鴿子停在枝頭上，伸長脖子以喙交啄。雖然是黑白的，卻比照片更漂亮。「這是奧杜邦的畫作，好像是旅鴿的求愛圖。」

「這只是普通鴿子吧？」日比野似乎有所不滿，但我老實說出內心的感想。「很可愛耶。」

田中似乎對於我們的反應都很滿意，舉起手說：「故事講完了。」

「優午爲什麼會叫你來聽這種故事？」要回去時，日比野忽然問我。

田中發出「噢」的一聲，歪著脖子，仰望天空，悲傷地瞇起雙眼。彷彿對天空的存在感到痛苦、嘆息。「假使這座島和旅鴿有著相同的命運，我大概也只能像奧杜邦一樣看著它毀滅吧。」

「幹麼突然那麼說？」日比野不悅地看著田中。

「優午從前說過。」田中的聲音逐漸哽咽。

「幹麼啦？荻島要毀滅了嗎？」

田中大概是吞了一口口水，稍微頓了一下。「具體來說，應該是不會有那麼一天，說不定只是個比喻。優午說，就算這座島向下沉淪，變得無可救藥，他也不會自責，只會為這座島祈禱。」

「祈禱」這兩個字立刻鑽入我的腦海中。

「當優午那麼說時，我覺得奧杜邦的鳥類畫作是在『祈禱』，蘊含了對旅鴿的愛。」

「可是，奧杜邦應該料得到旅鴿會絕種吧？難道他也是愚蠢無知的傢伙嗎？」日比野毫不客氣地說道。

「就算是，奧杜邦還是會向上蒼祈求。」田中加強語氣。「他曾說一大群旅鴿的『壯麗景觀難以用言語形容』，他一定在祈禱這壯麗的景色永世留存。」

「你和優午的感情好嗎？」

「我的談話對象只有鳥和優午。」隨著陽光照射的角度，田中看起來時而年輕時而衰老。「優午問我：『你有養鳥吧，鳥也是我唯一的朋友。這麼一來，你就是我朋友的朋友。』如何？他很貼心吧？」

聽起來有點悲哀。我的腦海中突然浮現田中和優午對話的情景。一個腿部有殘疾的男人，坐在田埂上和立在田中央的稻草人究竟多久聊一次，聊的內容又是什麼呢？

「哼！」日比野沉著一張臉，從長椅上起身，拍拍褲子後面的口袋。

田中敏捷地雙手一撐，也站起來接著說：「一九一四年，最後一隻旅鴿馬莎在俄亥俄州的動物園裡死了。」

「那是最後一隻旅鴿嗎？」日比野問道。

「馬莎出生就一直待在籠子裡。億萬隻鋪天蓋地的旅鴿早在牠之前就消失了。」

「剛才那張鴿子圖是轟弄到手的嗎？」

「是啊，我拜託轟的。」只有在提到這一點時，田中顯得彆扭。「那傢伙果然知道這幅畫，這件事從一開始就錯了。」他低聲說道。

我們站起來往回走，瘸腿的田中自然落後，日比野卻不理他，自顧自地往前走。

「你不覺得他是因爲肢體殘障，自然而然就會喜歡鳥嗎？他以爲鳥兒會飛就不需要雙腳了。」日比野說道。

「是啊。」我不得已搭了腔，但不知道爲什麼，總覺得日比野很像在聊自己的朋友。而田中不知何時失去了蹤影。

日比野大概有點懷疑我，他追問說：「伊藤，你昨晚跟優午聊了什麼？」

「我只是睡不著，明明累得很，卻一點睡意也沒有。這種事情很平常吧？」

「我不是在責怪你。」

「我問過優午。」我說。

「問什麼？」

「問我的未來。我想知道，如果回仙台的話，能不能平安無事。」

「是喔，伊藤也拜託優午啦？」他高興地說道。「曾根川根本對這種事不屑一顧，認爲這世上沒有會說話的稻草人。眞有趣啊。同樣是外面世界的人，有的笨蛋相信，有的白痴卻懷疑。」這麼說的話，兩者不都是笨蛋?!

「優午什麼都沒說嗎？」

「沒有，他說我還不能回仙台。」

日比野瞪大了眼。「眞的嗎？」

「很奇怪嗎？」

「優午很少會提到未來的事。」

我只好側著頭，原來你要說的是這個啊。

這時，背後傳來一個女人聲音，叫道：「日比野先生。」

我和日比野同時回頭。日比野提高音調回應：「佳代子小姐。」

沒看到希世子小姐。

「你聽說優午先生的事了嗎？」她的聲音打從心底充滿了恐懼。但是這種優雅又有氣質的說話方式，很難讓人覺得確實發自內心。

「眞是糟糕透頂，妳說是嗎？」日比野如此回應，語氣跟平常完全不同，他還裝出深思熟慮、風度翩翩的模樣，那彆扭的樣子害我差點笑了出來。

「這座島會變成什麼樣子呢？」

「警察一定會抓到凶手。」日比野慌張地回答。剛才還說警察沒用，現在又馬上改口。很明顯地，他可是高興得不得了。

兩人接著聊起了優午的事，我又被晾在一旁，他們聊到一半，佳代子才注意到我，日比野只是勉強答了一句：「他只是普通朋友。」

「對了，佳代子小姐家的牆壁一定要粉刷吧？」日比野說。

「你還記得呀？」

「當然。對了對了，我要收錢喔。」日比野彷彿在說一句很瀟灑的話，他微微一笑，我別開視線，因爲實在看不下去了。佳代子小姐也禮貌地笑了。

「沒關係，發生了優午先生的事，過一陣子也沒關係。等平靜下來再麻煩你，好嗎？」

「樂意之至。」

他熱切地對佳代子說：那我們現在就去府上估價吧。就這樣把我扔到了一旁。

這時，佳代子小姐突然說：「我被選中了。」

到底是什麼事呢？我皺起眉頭。日比野立刻高聲說：「當然囉。佳代子小姐是老天選中的美女。」

我猛然回神，不知何時，日比野和佳代子小姐已經丟下我走了，我獨自站在兩旁都是乾涸水田的馬路上。他們倆的背影就在不遠處，但跟著他們未免太不識相，或許他們那樣也有約會的樂趣。我決定朝反方向離開，我想一個人探索這座島。

在那之後過了五分鐘左右，我遇見了草薙，他就在我前面幾公尺遠的地方，邊走邊推著腳踏車，我追上去跟他打招呼，爲昨天的晚餐向他道謝。「昨天眞是謝謝你。」

「百合做的菜很好吃吧？」他毫不謙虛，馬上挺起胸膛說，感覺不是在挖苦。

「非常好吃。」我沒有特別客氣地回答。

「百合放心了。」

「放心？」

「因爲伊藤先生給人的感覺和曾根川先生不一樣。」

原來如此，這個說法我能接受。也許她是想確認這一點才請我去她家的。「她爲什麼討厭曾根川？」

「啊，百合不會沒理由討厭一個人。」

「會不會像日比野說的，曾根川眞的對她做了什麼？」

我說這話並沒有假設什麼嚴重的事情。然而，草薙的表情僵住了，嚇了我一跳。

我心想，對於草薙來說，或許百合小姐是他抬頭挺胸的重要原因，她的地位舉足輕重，是他保持平衡的生活重心。所以，別說是受到傷害，就算被摸一把他也不願意。

「日比野先生沒跟你在一起嗎？」草薙問我時，臉上表情和緩了下來。

「他丟下我不知去哪裡了。」說完，我抬了抬下巴指著草薙的腳踏車。「拋錨了嗎？」

「你們那邊的腳踏車也會拋錨嗎？」

我一時沒有會意過來，你們那邊指荻島外面。

「是啊，腳踏車會拋錨。」

「搞什麼，原來都一樣嘛。」

我一陣愕然，你要為那種事情失望，我也沒辦法。

「你覺得爲什麼會發生那種事？」他提到優午的事。

「我昨天才剛到這座島，不知道。」心想，我怎麼會知道。

「可是，從外面看的人會比住在蟻窩裡的螞蟻看得更清楚。」他說。

「原來如此。」我認爲這是一針見血的意見。

「百合也那麼說。」說不定他的大部分知識來自於妻子。「對了對了，你知道百合的工作嗎？」

「她有工作喔？」

「她的工作是握客人的手。」

我們走到斜坡，他使勁推著腳踏車，或許是下盤有力，他的步伐踩得很穩。

「她會握病人的手。」

「她是……護士小姐嗎？」

「不是，就只是握手。」

「只是握手？」

「對於臨死的人，能做的不就只有這些嗎？」草薙爽朗地說道。

無須確認，我肯定這是百合小姐告訴他的。

*

我又想起祖母去世的時候。祖母死於癌症，癌症在今天的治癒率高於百分之五十，但是她的病情相當嚴重，她的固執讓她未能及早發現癌細胞。

「癌症很奇妙。」祖母說。

「奇妙是什麼意思？」

「因爲我啊，不想被人殺死。」

不想被人殺死是什麼意思？我仔細傾聽祖母的解釋。

「雖然車禍、墜機、殺人和被人殺死沒有兩樣，但我不想在臨終時走得那麼寒酸，我希望被天災奪走性命，像是死於大地震、洪水或是被枯朽的老樹壓死等等。」

「癌症是……」我問。當時她已經知道自己罹患癌症，所以沒有必要隱瞞。

「很奇妙吧。」祖母笑道。「癌症算哪一種？人爲因素嗎？還是自然因素呢？」

「很難分。」

「我得的癌症似乎在走的時候會很痛苦。」她又說道。

「大概吧。」我只知道書上寫的知識，並沒有親身體驗過。

「你別逃跑喔！」祖母嚴肅地說道。那不是詛咒的口吻，而是輕鬆的語氣。

「你一遇上事情，就會選擇逃避。到時候我痛到顧不了面子地哀叫時，你一定會逃跑吧？所以，我要事先叮嚀你。」

「就算我不逃跑，也不能替妳做什麼。」

「你只要待在我身旁就夠了。」祖母嗤嗤笑道。

「要我握住妳的手嗎？」我一說，祖母再一次斷言：「你會逃跑喔！」

＊

握手這個動作究竟產生了什麼？我完全無法理解，但是草薙的話很有趣。

「病人，」我問道。「會因爲百合小姐握住他們的手而高興嗎？」

「誰知道。」草薙笑道。「畢竟，那些病人握過手之後就死了，根本無法詢問他們的感想。可是，你不覺得他們一定很安心嗎？如果自己會從這個世界上消失，難道不希望有人守護著自己嗎？要是我的話就會。要不然我會以爲自己從一開始就不存在這個世界上。」

我沉默了好一陣子，仔細體會他的話之後，不知不覺地笑了。「你很棒耶。」

「咦？」他一臉錯愕，但我沒有解釋。相對地，我說：「日比野是油漆工嗎？」

「是啊，他老爸也是，他們家代代都是從事這一行的。可是，因爲沒什麼案子可接，所以日比野先生幾乎閒著沒事，一直處於休業狀態。」

「那他靠什麼維生？」

「幹不幹活是一回事，總是有辦法餬口的。」

「原來如此。」

「再說，他孤家寡人一個，大家對他還不錯。」

「孤家寡人？」

「他沒跟你說嗎？那就不妙了。」

「不會啦。怎麼了？」

「日比野沒有父母，從小也沒有兄弟姊妹。那個人一直都是孤伶伶的。」

「他家人死了嗎？」

「嗯。」

「車禍？」我一面問，一面想起在我讀高中時，死於一場車禍的父母。

草薙沒有再多說，就像是一個口風不緊的男人，深怕不小心說溜嘴，連開口都很謹慎。我們一語不發地走了一會兒，右邊開始看得到一些民宅，草薙揮手向我道別，我拿出口袋裡的明信片。

「這個，能不能寄到島外？」

「今天下午轟大叔出船時，我會請他帶過去。」或許是基於郵差的禮貌，草薙並沒有細看，馬上放進了夾克的口袋。「第一次有人寄信到島外。」他看起來有些激動。

＊

城山舔了舔上唇，好像在低語：總算變得有趣了。

他在仙台市區往南的交流道附近的一間倉庫裡，天花板上的日光燈忽明忽滅，好像快壞了，正下方蹲著一對男女，二十六、七歲的年輕人。

這對男女身上僅著內衣褲，手腳被膠帶捆住。是城山幹的好事。這對男女原本將車子停在山道附近的路肩，有說有笑。城山繞到駕駛座敲敲車窗，亮出警察手冊，對他們說：「我有點事想請你們幫忙。」接著就輕而易舉地把他們騙進倉庫。

一進入倉庫，城山就用鐵管痛擊男人的頭部，男人一倒下，城山旋即用膠帶捆住他。女人在一旁看傻了眼，城山也如法炮製，再用剪刀剪開他們身上的衣服，把他們剝個精光。

城山只是一味地毆打他們，用鐵管或地上的石頭輪流毆打這對男女。他反覆地毆打對方，並小心翼翼地避免對方斷氣。

男人只有一次動了動下巴，好像想說什麼，城山撕下男人嘴上的膠帶，男人呻吟地問：「你爲什麼要這麼做？」

「假日的餘興節目。」城山沉穩回答，男人臉上流露絕望，這令城山興奮不已。

他用腳踹男人的命根子，用手指掐女人的胸部，他們的反應漸漸微弱。城山看準時機，蹲在他們耳畔低語：「你們的人生已經毀了。」再以輕鬆的語氣說：「等一下我會剝了你們的皮、折斷你們的骨頭，再切掉你們的性器。人生很痛苦喔！」

他們開始痙攣似地發抖，因爲他們知道城山不是在開玩笑。

接著，城山對男人說：「如果你跟我說：『可以強暴女人，在她們體內胡亂抽插。』我倒是可以饒你一命。」

他用那女人也聽得到的音量說話。男人不發一語，垂頭看著地上，應該是聽見了。

「要不然，我就捶爛你的膝蓋，或是挖出你的眼珠。」一旁的女人形同廢人般地雙腿張開，她的眼睛因爲恐懼而眨個不停。

城山忍住笑意。這一瞬間總是讓他快活得不得了。

人們應該會爲了脫離痛苦而出賣他人吧。到最後，出賣他人的一方遲早也會因爲承受不了罪惡感而發瘋。人類就是這麼愚蠢的動物。

「快點，怎麼樣？」城山靜靜地問道。

＊

我遇到了兔子。不過，並不是紅眼睛的小動物，而是市場裡的兔子小姐。我長這麼大沒見過這麼肥的人，她好像整個人從地面隆起似的。

市場裡沒什麼客人，或許是因爲時間還沒到，一家家店與其說是店面，不如說是帳棚，有一種似曾相識的感覺，就像是小學每次辦運動會時，校長和家長會會長會待在裡面的帳棚，底下還鋪了防水布之類的東西，上面陳列商品。

一名身穿灰色大衣的婦人蹲在店門口，盯著手裡的蘋果和馬鈴薯。我站在她身後，呆呆地望著老闆。

那家店的老闆就是兔子小姐，一身褐色肌膚，手臂是我大腿的兩倍粗，肚子上有好幾層脂肪，沒什麼威嚴，也好像沒辦法靠自己的力量站起來，手搆不著地面，也不可能脫下身上的大衣。

婦人請她將幾顆馬鈴薯包起來，然後起身。這時，她說：「眞教人難過呀。」肯定是指優午的事。

「我還是沒辦法相信。」胖老闆發出低沉而美妙的嗓音，感覺她的聲音震動了地面。婦人離去之後，我若無其事地蹲在店門前，摸摸馬鈴薯。

這時，龐大的兔子小姐說：「沒看過你耶。」

「是……是嗎？」我佯裝鎮靜。

「嗯。」她警戒地打量我，嘀咕了一句：「你從南方來的嗎？」

「是啊，我從南方來的。」我配合她的話。

「不好意思啦。」我不知道她爲何道歉。「我啊，一直坐在這裡。所以不認識島上所有的人。」

「啊，沒關係。」

「你也是爲了優午的事來的嗎？」她說。「這世上眞的有人那麼心狠手辣。優午一直站在田裡，告訴我們好多事情，而且他從來沒做過壞事。」

「是……是啊。」感覺好像被責問的人是我哩。

「優午眞的告訴我們好多事情，他自己怎麼會遇上那種事啊?!」

或許她比我當初看到的感覺更年輕，雖然脂粉未施，肌膚卻光滑亮麗。她雙手環抱著站不起來的龐大身軀，說：「最近聽說英國王妃去世了，你聽說了嗎？你知道英國這個國家嗎？」

她指的似乎是黛安娜王妃。有趣的是，她不但知道北韓的最高領導人金日成在幾年前去世，也知道尼斯湖水怪是有人捏造的，這些全部都是從優午那裡聽來的。她驕傲地說：「我沒辦法離開這裡，不過託他的福，我也不是一無所知，因爲我老公會把優午說的事情告訴我。」

「他會告訴你們未來的事嗎？」

你連這個都不知道嗎？她的眼神與其說在責難我不是島上的居民，反倒像是在可憐我。「他不會告訴我們未來的事，特別是本人的事情。我祖母也說過，他從很久以前就是那樣了。」

如果能預知未來，任誰都會抱持關心。我又想起了名偵探的故事，假如我身在小說裡，我一定會挨到名偵探身旁叫道：「快點告訴我發生了什麼事？誰會遇害？你只要把破案的頁數往前挪一點不就好了嗎？」

「只要大家一逼問，那個生性溫和的稻草人一定會說：『知道未來的事情就沒意思了。』」她微微一笑。「對了，你買點什麼吧！」

「可是我現在身上沒錢。」我邊說邊探了探褲子後面的口袋，發現裡面有紙鈔，心想，這種鈔票大概不能用吧。給兔子小姐一看，她說：「那也行，是轟的錢吧？」便收了下來。

相對地，我收下了五顆難看的馬鈴薯，裝進塑膠袋裡。

「你第一次見到我，嚇了一跳吧！」

「咦？」

「我這麼胖。可是啊，我也不是自願變成這副德性。」

接著，她淡淡地聊起了自己的事。我對她的身世挺感興趣，而且也沒有膽量打斷她，只好靜靜地傾聽。

她似乎從五歲開始看店。「當時啊，我個頭小，很可愛喔。畢竟是兔子嘛，周遭的人會不斷地稱讚我可愛，然後給我點心。我也喜歡甜食，所以來者不拒。久而久之，我就變得胖嘟嘟的。」她還笑著說：「吃東西是一種幸福，有時候我想，如果在意體重，那就對不起食物了。」

「我還記得動彈不得的那一天，是陰天，貓咪叫個不停。我走到這裡的路上，有一戶人家種的奇異果結出漂亮的果實，我心想回家時再去跟他們要。結果啊，打烊以後當我想回家時，居然站不起來了。很可怕吧！不管我再怎麼使力就是動彈不得，嚇壞我了。我心想，到底發生了什麼事？」

「原來如此。」雖然這不是「原來如此」這四個字能夠解釋的現象。

「該不會從此以後就以這副德性在這裡生活吧？我一想到這裡就笑了出來，沒想到居然變成真的。」她很開朗。在這裡生活了十年以上，一步也不曾離開，實在令人難以置信，但她有一種爽朗的性格，讓人感受不到箇中辛酸，我跟她相處得很愉快。

「當時，早知道會變成那樣子，先泡個澡也好。我至今還是覺得，就算麻煩一點，如果找個可以欣賞風景的地方坐下來也行；如果先去向那戶人家要奇異果就好了。」

「那妳洗澡怎麼辦？」她看起來並不髒，於是我試探性地問道。

這時，她得意地說：「我老公會幫我擦澡，夏天也會在我身上灑水，他還會定期替我翻身，免得長褥瘡。很體貼吧？」

我昨天看到的那個瘦男人大概是她老公吧。我感到吃驚的同時，也覺得很羨慕。

「你看我這麼胖，會不會覺得我像怪物？」兔子小姐狀似愉快地問道。

「不會。」我回答。其實她看起來非常美麗，說她迷人會更貼切。「妳很漂亮。」兔子這個名字很適合她。

她聽了大笑。「眞可惜。我只對巧克力跟我老公感興趣。」

我有點愕然，難道甜食還沒讓她學乖嗎？我問道：「我想知道優午的事。」既然買了馬鈴薯，我厚臉皮地擺出一副熟客的架勢。

「那我把我祖母說過的話告訴你好了。」她說。「我祖母很討厭優午，她說的應該可以列爲參考吧？」

咦？我懷疑自己有沒有聽錯。

「我祖母一結婚，馬上生了小孩。我祖父是個了不起的農夫，聽說長得一表人才，不過沒有照片為憑就是了。然後啊……」

「為什麼妳祖母討厭優午？」

「因為她的小孩和那個帥老公都死了。」

＊

她的祖母名叫峰，大約在七十年以前，峰年方十九，據說她十七歲就結婚了，但在當時並不算早婚。她在聖誕節那天，跪在優午面前呻吟，你為什麼不告訴我！低聲斥責水田裡的那個稻草人。

峰的泣訴接近哀鳴。「兩個星期以前，那一天我來過這裡。對吧，你當時就知道了吧？」峰伸出雙手捶打稻草人的胸部，力道雖然不強，拳頭中卻飽含著不同於力氣的強烈情緒，左一拳右一拳地發出「咚咚」聲。優午沉默不語。

「如果你能告訴我，我們那天晚上就不會睡在那裡了。如果你能告訴我，我們就會沒事了。對吧？」

兩個星期以前，夜裡突然打雷，打中了峰家旁邊的一棵高大杉樹，她記得當時的天空猶如鎂光燈般閃了一下。

然後發出一陣巨響，杉樹突然穿破她家的玻璃窗，壓垮了房子。她猛一回神，樹就倒在峰的身旁，那是一幅令人無法置信的景象，樹幹壓碎了丈夫的頭，戳中了睡夢中獨子的肚子，並刺穿內臟。

「你爲什麼會站在這裡？你只不過是個沒用的小木偶罷了。」

稻草人難過地回應：「我無能爲力。」

「你當時跟我聊天時不是還在笑嗎？那天晚上，我家遭逢巨雷襲擊，丈夫的頭被壓碎，兒子的身體被撕裂。你明明早就知道了，卻不跟我說，還在偷笑吧！」

「我沒有偷笑。」

「那你是不知道囉？」

「我知道。」

混帳傢伙！她咆哮道，再度捶打稻草人。

「人總有一天會死。」優午靜靜地說。

「那是怎樣？你的意思是說，我的家人那樣慘死也是無可奈何的囉?!」

「我沒辦法告訴豬：『一個月以後，你會遭人活活砍頭，吃進肚子裡。』我也沒辦法告訴停在我手臂上的鳥：『明天，你會被閒著沒事的獵人射死。』」

「別把我家人跟豬或鳥混爲一談！」峰說。然後抱住優午的身體，想要將他拔出地面。「像你這種沒良心的傢伙……」

事實上，如果峰喪失理智用力一扯，稻草人或許眞的會被拔出泥濘地。然而峰扯到一半，便放開了手，她哭道，畜生！吼道，渾蛋稻草人！

＊

「妳祖母當然會生氣。」我噘起嘴巴。「如果優午事前就告訴她，落雷會劈中她家，要她遠離房子，她的家人就會得救了。」

「優午常說：『未來和過去是兩回事。』他說，今後會發生的事情，和已經發生的事是完全不同的。」

我想起優午說過「我不是神」。當時，他傷腦筋地嘆氣說：「大家都誤會了。」

「可是啊，那場意外也未免太慘了，優午太自私了。」

「我祖母原諒他了。」

「不會吧！」

「我祖母失去家人，過了好幾年潦倒的生活。她說：『可是我還是死不了。』最後還跟另一個人結婚，才有我這個孫女。」

「所以她就原諒了優午？不但原諒優午說出那麼牽強的理由，連親人被奪去性命的憤怒都釋懷了嗎？」

「我祖母是最近才原諒他的。」她皺著眉頭。「不過，她還是不肯去找稻草人，就這樣渾渾噩噩地過了幾十年。」

「我大概可以理解。」

「一、兩年以前，她在路上看到一具狗屍，不知道那隻狗爲什麼死了，牠的內臟從嘴裡跑出來，死狀悽慘。於是她將那隻狗埋了。」

「後來有怎樣嗎？」

「那天以後，我祖母陷入了沉思，她總是板著一張臉，不發一語。可是啊，有一天突然豁然開朗，彷彿瞭解了這世上的所有事情。」

「妳該不會這麼說，即使家人被殺死也無所謂嗎？」

「我是那麼對她說的。我心想，祖母不可能會接受這種論調吧。」

「我怎麼可能接受。」峰說道。「的確，如果沒有發生那樁意外，我就不會生下妳母親，說不定妳也不會在這裡。不過，碰上那麼悲慘的遭遇，我是不可能接受的。」峰的聲音很粗魯，但聽起來不像在生氣。然後，她像是要用言語提醒似地說道。「人的一生只有一次。」

接著又說：「就算過得不快樂或悲傷，人生也無法重新來過，是吧？每個人的人生都只有一次，懂嗎?」語畢，峰靜靜地閉上眼睛。「所以，無論發生什麼事，還是得繼續活下去。」

她說，縱然家人遇害讓她痛不欲生，或是生下來是畸形，日子還是要繼續過下去。因為，珍貴的人生只有一次。

「我祖母領悟到了。」

「領悟到什麼?」

「接受啊。」

「接受」這兩個字發自她水桶般的身軀，沁入我的心脾。

「我祖母似乎意識到，『既然只能活一次，只好全盤接受。』」

「於是她原諒了稻草人?」

「花了七十年。」

「眞是心胸寬大。」我說。說不定她不恨稻草人，只是氣稻草人知情不報。「她的心胸太寬大了。」

試想，如果我祖母站在峰的立場，一定在破口大罵前就將稻草人拔出地面當柴燒。

「可是，眞是不可思議耶。優午是一個稻草人，所以大家不自覺地把他當成了人類的夥伴。」

「是吧。」

「我最近仔細一想，優午會不會喜歡其他事物，更甚於我們。」

「其他事物？」

「好比說狗或貓啊。」

「狗或貓？」

「你知道嗎？」她說。「聽說貓在臨死前會從人類面前消失，對吧？」

「是聽說過。」我點頭。

「優午的周圍啊，經常出現貓屍。」

「爲什麼？」

「早上，會有好幾隻貓躺在他腳下，而且都死了。我想，貓是不是知道自己的死期，就算不是具體地知道『死亡』，還是會不自覺地意識到生命的結束。所以啊，貓在那時候就會來到優午身邊，尋求心靈上的平靜。」

總之，她想說的是，貓在死的時候是不是希望優午陪伴，而優午自己是不是也希望牠們那麼做？

「所以，我覺得優午眞正喜歡的動物是狗或貓，而不是我們人類。」

「稻草人應該守護稻田，避免稻米被鳥類偷吃。」我說道。

「嗯，聽說是。轟大叔也這麼說過。」兔子小姐笑了。「眞是奇怪。」

「優午不趕鳥嗎？」

「他明明是稻草人，卻偏袒鳥類。」她覺得有趣地說道。

當我起身打算回去時，循著兔子小姐的視線望去，腦中閃過一個念頭。我發現昨晚看到園山的地方，就在兔子小姐視線所及之處。

「兔子小姐一直都在這裡吧？」

「嗯，一直都在這裡。」

「這麼說來，妳晚上也在這裡睡覺嗎？」

她笑著說：這裡是我的床鋪。然後讓脖子向後傾，仰望著天空。「我像這樣歪著脖子睡覺。」

「凌晨三點左右，園山先生有沒有經過那條路？」

我早就有多此一問的心理準備，然而她卻出人意料地提高音調說：「果然啊！」

「果然？」

「我看見了。昨天晚上，應該是今天早上吧，店裡的時鐘指著凌晨三點，我不曉得你知不知道，那個男人不可能在那個時段散步。」

「好像是。」我的聲音差點變調。「可是，妳眞的看見了嗎？」

「你該不會懷疑園山先生？」兔子小姐的直覺很準，馬上就看穿我在想什麼。

我不由得畏縮，她繼續說道：「哎呀，我一開始也覺得很奇怪。可是，仔細一想，那個人不可能把優午拔出地面。」

「不可能嗎？」

「我看著園山先生來回啊。他從那邊，」她指著左邊，「到那邊。」然後指指右邊。「我還看到他從右邊走了回來。」

「那是怎麼回事？」

「就時間上來說，他往返的間隔不到五分鐘。我當時看過時鐘，所以有自信不會算錯，來回只花了五分鐘，從那一帶走到優午的所在地再回來根本不可能吧，光是往返一趟就要花四十分鐘。換句話說，那只是一般的散步。」

這時，我陷入沉思。優午的死眞的和園山先生無關嗎？「有一件事想拜託妳。」

「什麼事？」

「我等一下走那條路到優午的水田，然後再走回來。希望兔子小姐回想昨夜看到的情景，感受一下兩者有沒有差別。」

「你高興就好。」她對我的愚蠢請求並沒有面露不悅，反而顯得落落大方，令人感覺神清氣爽。她是一隻年輕貌美又具吸引力的兔子。

我沿著園山走過的路徑前進，走到一半就覺得自己的行爲很愚蠢。兔子小姐說得沒錯，走到優午的水田有一段相當遠的距離。

一開始爲了正確性，盡量放慢腳步，但漸漸覺得自己在幹傻事，於是加快了腳步，最後幾乎用跑的。這不是重現實驗，而是單純的慢跑。

我一跑回市場，就看到兔子在帳棚處發笑。「差遠了。園山比你更快，我還以爲你不回來了呢，你花了好久的時間。」

我氣喘吁吁地應道：「是吧。」

「你用跑的嗎？」她嘲笑道。

「總……總覺得自己很像白痴。」

「知道就好。不過話說回來，既然你走到那麼遠的地方，早知道就拜託你替我辦點事，像是幫我倒垃圾啦……」

「要我順便跑腿就太過分了。」

「只是往返一趟也很過分呀。」

或許她說得對。

我臨走時，她說：「你怎麼會知道我的名字？」

我說是日比野告訴我的，她的臉上浮現同情的神色，搖搖頭說：「他也是個可憐的男人，家人應該都不在了。對了，他的家人是被女人殺死的。」

「被殺死的？」我不禁大叫。不會吧？我從沒想過日比野還背負著那樣的悲劇。

或許是不知道詳情，她沒有進一步說明。

「我問妳，日比野恨優午嗎？」

「他是個怪人，完全不恨優午。」

我也那麼覺得。

*

當我走到半路時，突然有人抓住我的右手腕，將我一把拉了過去。

我氣憤地看了對方一眼，竟然是小山田，他是刑警，也是日比野的兒時玩伴。

他將我拖到店鋪後面，那是一棟骰子造型的立方體建築，外觀裝飾著從沒見過的旗幟，位在剛才我和兔子小姐長談的市場角落。

「你是，小山田先生吧？」我甚至忘了生氣。

「你是跟日比野在一起的傢伙吧？」

「我是跟日比野在一起的傢伙。」

「有事想問你。」他說。他站得很挺，是個帥哥。我的屁股碰到了後面故障的暖氣設備。「昨天半夜你在哪裡？我沒看到你喔。」

我不知該如何回答，支支吾吾地說不出話來。

「昨天，你在哪裡？」

「我在哪裡？你這是在懷疑我嗎？」

「昨天，你在哪裡？」

這句話就像不斷重複的咒語。總之，他只是在尋找殺死優午的凶手吧。確實，我是特別可疑。

「昨晚，有人看見你走到水田。」

「咦，誰？」

他只不過是當面質問，卻有一種追問再三的壓迫感。「凌晨三點左右，你走過那條路吧？在水田的目擊者剛才說的。你那時候去那裡有什麼目的？」

「目……目的倒是沒有。」

「爲什麼凌晨在外面遊蕩？」

我的嘴巴一開一闔，極力搜索詞句，想要擠出排除嫌疑的解釋，但是失敗了。「我昨晚在這一帶散步，是真的。不過，與優午無關。」

「很遺憾，這無法證明什麼。」

「眞的很遺憾。」

我說完這句話時，他抓住我的脖子。正確來說，是揪住我的領口。他提著我那高領毛衣的領口，他的右手臂比外表更有力，隨時可以輕鬆將我舉起，別說要我開口說話了，就連呼吸都有困難。從這種下手方式看來，他應該早已認定凶手就是我了。

「優午死了。」小山田說道。

「看樣子好像是。」

「我不會原諒凶手。」

「因爲你是刑警？」我一邊喘氣一邊斷斷續續地說道。

他哼了一聲，面露痛苦的表情，然後鬆手放開我，或許是我把話題扯遠了，令他大失所望。

「人眞的不是我殺的。」不管怎樣，我得先把話說在前頭。

「你少裝蒜！」他看著我，然後用強硬的語氣說：你和日比野究竟是什麼交情?!那口吻簡直像在探聽舊情人的下落。我跟他解釋：我們毫無交情。這是實情，我並沒拜託他，是他主動要帶路的。

看來小山田並沒有接受這種說詞，不過他好像鬆了一口氣。對了，我默默地在心裡說，我和日比野並不親密，不是你的情敵。刑警臉上僵硬的表情緩和了下來。「日比野，他是個可憐蟲。」他的說法和市場的兔子小姐一樣，都說日比野很可憐。

「聽說他的父母被殺了。」

「在夏天。」大概是個陽光刺眼的炎夏吧。小山田彷彿在忍耐酷熱般，瞇起了眼睛。「我們在河邊戲水，然後各自回家。可是不到十分鐘，日比野又跑來找我。」當時的日比野似乎表現得很淡然。「當時我正在吃西瓜，連頭都沒有抬。」

小山田的父親聽到日比野的話，馬上跳了起來，衝向命案現場。看來他父親也是刑警。「日比野的父母就陳屍在家裡。」

「凶手抓到了嗎？」

「沒有。」

「優午沒有說出凶手的名字嗎？」

「就算有優午，抓不到凶手的時候還是抓不到。」他展現刑警的威嚴。

「即使優午告訴你們凶手是誰、在哪裡，你們還是抓不到？」

「舉例來說，」他停頓了一下，「就算優午說出凶手的名字和住址，我們如果沒有來得及趕到現場也沒用，對吧，當時，優午確實說了凶手的名字。」

凶手好像是女的。日比野的父親是個油漆工，但比起粉刷牆壁，他更擅長拈花惹草，是個粉刷到一半會吃女人豆腐的好色男。「當時，我和日比野連『做愛』這字眼都不知道。」小山田笑道。「日比野大叔得罪了女人，結果連他太太也被殺了。」

他的口吻顯得輕描淡寫。

「優午把那女人的名字告訴警方，並說她逃進森林裡。警方接下來的工作就是找人，很簡單吧！」他說，這就像是告訴你答案之後，再叫你解開算式。

「可是沒找到人？」

「是啊，搜了三天，結果白忙一場。當時的警力比現在更差，我父親雖然付出許多心力，卻沒找到任何蛛絲馬跡。」

優午知道凶手是誰，也說出了凶手的名字。然而，緝凶者是人，如果這個人找不到凶手，戲就唱不下去了。

「即使有線索，緝凶者卻是個窩囊廢。唉，那個女犯人大概死在哪裡了吧。」小山田咬著唇叨念著，連一個笨女人都找不到，眞是一群廢物。

我不由得認爲，他的悔恨和日比野的懊悔重疊，說不定小山田當上刑警是想改善警力。

也許他覺得自己說了太多不相關的事情，突然噤口不語。

我試著提出「櫻」的名字，小山田的表情扭曲。「那是日比野說的嗎？」

「我聽過那個叫櫻的男人的事，那些全部都是真的嗎？」

「哼。」他應了一聲。這個反應聽起來充滿強烈意志，表示他不打算做其他回應。日比野說眾人認同櫻公然殺人。不過這時候，我才覺得那可能是真的，況且小山田刑警的不悅也證明了這點，警察不願承認櫻的存在。「日比野那傢伙有點怪怪的。」

「怪怪的？」

「他失去雙親，在鄰居的協助下活到了今天，他的性格有點扭曲。你知道人類的形成最重要的條件是什麼嗎？」

「接觸音樂？」我隨便說說。

你在胡說什麼！小山田怒目而視，八成是因爲我說了毫不相關的話。

「是與父母的溝通。」他說。「他的父母在他成長的過程中，以不尋常的形式消失了。所以，日比野的想法有點偏差。」

被他這麼一說，我思考自己的身世。我也沒有父母，他們也是因爲特殊事件去世了，但我當時已經不是小孩了，我承受了各種厄運，雖然稱不上是好時機，但當時正是討厭父母的年齡。再說，我有祖母，並非舉目無親，而是跟老奶奶相依爲命，或許是因爲這樣，所以情形不同。

「靠兒時玩伴不就得了。」

小山田是否希望日比野依賴他呢？

「你說什麼？」

「不，沒什麼。」

「『來自島外的傢伙，將會留下欠缺的東西。』」小山田說出日比野曾經說過的那句話。「那傢伙常說救世主總有一天會來到這座島上，或者會有人把重要的東西送來島上，自個兒講得很激動。人只有在小時候才會把那種事情當眞，你也是吧？」

我含糊其辭。他似乎相信我是這座島上的居民，儘管覺得我很可疑，但不認爲我是島外的陌生人吧。

「日比野的內心有所欠缺，所以會向外尋求。」這句話聽起來一針見血。他說，缺乏「父母的愛」這麼重要事物的日比野，認爲「在這座島上沒有重要事物」。日比野是不是想藉由相信某人會塡補這個缺憾，以彌補自己內心的空洞。

小山田說的好像是對的。當我正要接受他的說法時，突然感覺地面晃了一下，差點跌倒，有種失去支撐的感覺。

日比野帶我參觀這座島，我全盤接收了他所說的一切。然而，眼前的刑警卻說：

「日比野因爲少年時期的精神創傷，腦袋變得怪怪的。」我突然感到不安，究竟該相信誰？相信什麼才好？

我忍著暈眩感，問道：「優午爲什麼會遇上那種事？」

「我的同事和資深警員認爲是『情緒失控下的惡作劇』。」小山田嘟囔地答道。

「這也不是不可能。」這就跟搶便利商店一樣。

「不過，」他接著說，「我不那麼認爲，我覺得那不是惡作劇，而是刻意的。」

「刻意的？」

「那只是暖身。」

我心頭一驚，總覺得他的話是正確答案。

「暖身？」

「這座島上以前也發生過命案。」小山田說。「只不過警方都知道那些命案的凶手。你知道爲什麼嗎？」

「不知道。」

「因爲是優午告訴警方的。」小山田的聲音聽起來很刺耳。「因爲優午會說出凶手的名字，所以警方知道凶手是誰。」

「噢，這樣啊。」

「對於凶手來說，最棘手的就是優午。預知未來的優午存在，人就不能殺人。」

「嗯。」我開始察覺他想要說什麼了。

「總而言之，」小山田說。「如果夠聰明，凶手一定要在犯案之前殺了優午。」

這次，我在心中「嗯」了一聲。

小山田一副還沒問夠的表情，不過或許是已經沒有可盤問的問題了，轉身就走了，但他離走前不忘叮嚀：「你還會待在鎮上吧？」

我獨自離開市場，再度邁開步伐。發現貓是十幾分鐘前的事了，日比野說過，那肯定是一隻「會預測天氣的貓」，我看見牠在櫸樹下蜷縮著睡覺。

我想，追根究柢，貓會預測天氣和用鞋子擲筊來占卜天氣是屬於同一層次的吧。

接著，我決定整理思緒。每當電腦程式遇上難解的問題時也必須整理，我一一列舉心中的疑問。

優午爲何會被殺？

關於這個問題，我有一個確切的答案，就是小山田剛才說的，因爲稻草人礙事，所以將他解決掉。我開始相信這種說法。

換句話說，凶手接下來打算殺人。

優午知道自己會死嗎？我決定把這個問題重新整理一次。

「優午不知道自己會死。」我提出假設性的答案。

如果是這樣的話，下一個疑問就是「爲何他無法預測自己會被殺？」

以前在公司上班時，我經常用這種方式處理事情。也就是在會議上，請與會者提出自己的意見，把腦中浮現的可能性全部列舉出來。

假設1　稻草人原本就不能預見未來。

假設2　稻草人連自己的壽命都無法掌握。舉例來說，再精良的電腦都不能掌握自己的壽命。這就和「花腦筋調查大腦的極限」這種反論一樣。

假設3　稻草人的理論發生誤差，說不定是他腦袋裡奔竄的蟲子發生異常行爲。

想到這裡，我駁回了所有假設。我還是認爲優午知道自己會死。

說穿了，優午不過是個三流的預言者，未來的事情連五成都預測不到，甚至未察覺自己會被殺，這樣的眞相令我失望，如果他知道自己會死，毫不懼怕地坦然接受，那就好多了。

此時，另一個念頭浮現了。

假設4　稻草人會不會還沒死？

現場並沒找到優午的頭，我對這件事耿耿於懷。推理小說中出現無頭屍體，通常都是爲了隱藏被害者的身分，稻草人的頭不見了，是不是基於同理呢？不，這麼做沒有意義。我馬上否定了這個假設，這麼做眞的毫無意義。會議結束，沒有答案。

頭頂上傳來陣陣鳥鳴，彷彿在嘲笑我的愚蠢，我仰頭眺望，似乎是一群雁，牠們知道優午不在了嗎？看起來數量很多，我想起田中說的那一大群旅鴿，若是難以計數的鳥隻飛過天際，任誰都會以爲天黑了吧。我如果看到那種情景會感動嗎？還是嚇得渾身打顫呢？

優午跟我說了未來的事，他告訴我不該馬上回仙台。我傾頭不解，爲什麼呢？根據其他島民說，優午幾乎不會說未來的事。但他多事地對我說：「你得待在這裡。」

我記得他的建議，他建議我該寫封信給靜香，聽聽田中說奧杜邦的故事。難道是因爲我是外人，所以他特別破例告訴我的嗎？稻草人是那樣區分人的嗎？

＊

我坐在木製長椅上張著嘴，抬頭仰望天空。

這時，我聽見背後有一個低沉的聲音說：「住手！」因而嚇了一跳，轉過頭去。那個低沉的聲音拉得長長地說：「住……手！」

轟和曾根川正在一塊草坪上，轟的動作遲緩，有點滑稽，但是臉色凝重，表情糾結，而曾根川作勢要揪住他，額上青筋暴露。

他們在離我十公尺不到的地方互相咆哮，似乎沒有察覺到我。看來是曾根川單方面地動怒。

「事到如今，你還有什麼好說的?!」曾根川說。「那麼做也解決不了問題吧？我連工作都辭了，總不能就這樣回去吧？」他的語氣相當粗魯。

轟小聲地反駁，但是聽不見內容。我不清楚他們發生口角的原因，但我知道轟有理虧之處。

「安靜！」轟怯懦地說。

「我怎麼靜得下來？」

「你太吵的話，會被櫻槍斃喔！」轟說，然後環顧四周。

曾根川氣得臉紅脖子粗。「櫻怎麼了？現在離春天還早得很吧。」

他一說完，便發出一記悶響，他出拳揍了轟。看來，熊大叔和啤酒肚中年男子的爭論很精采，但是熊大叔一點都不想打架，毫無防備地挨了一拳，整個人倒在地上。曾根川盛氣凌人地轉身就走。

噢，曾根川果然跟我是同樣的人，我立刻明白了。比起充滿大自然的恬靜荻島，人口密集的下階層城鎮更適合他。

轟倒在地上，我向他伸出手，或許是起身讓他更痛苦，他慵懶地抬起頭。「噢，是你啊。」他抓住我的手，總算站了起來，拂去身上的砂土。

「你爲什麼會挨揍？」

「那傢伙是曾根川。」

「我知道，他跟我一樣都是島外的人吧。」

「是啊，你知道啊。」轟噘著唇，一臉氣餒貌，慢吞吞地說出大家都知道的答案。轟說，曾根川和你不一樣，他是自願到這座島上來的。

「來做什麼？」我說出心中的疑問。這裡有不少都市裡所沒有的東西，但鐵定沒有曾根川那種男人想要的東西。

「他是個討厭的傢伙。」

「你爲什麼會挨揍？」

「我帶他過來是個錯誤，我做事太不經大腦了。」轟難過地蠕動嘴巴。

「就算這樣，也不能揍人吧。」

「大概是因爲我中途落跑吧。」

「什麼意思？」

「賺錢的生意。」

「賺錢？」

「因為我退縮，所以他生氣了。」

我偏著頭，很難想像這座島上還有賺錢的生意。「那是指，」我反問。「那是指石油或毒品嗎？」我頂多只能想到這樣的東西。如果這座島上有這類東西就可以賺錢。

「不是。」轟怒氣沖沖地否定。「對了，你的信在我這裡，待會兒再給你。不過話說回來，怎麼樣？這裡住起來挺舒服的吧？」

「還好。」我老實回答。「我應該會喜歡這座島，安靜又祥和，還有大自然，很適合我的個性。」

聽我這麼一說，轟露出五味雜陳的表情。「這就是問題所在，這座島上沒有重要的東西。」說完，我看到他臉上隱約浮現線條柔和的皺紋，像是在竊笑。我很在意那抹笑容，摻雜了優越感，有點沒品。

「那是這座島上的傳說，聽說這裡少了什麼。」

「你聽日比野說的吧？那傢伙不是壞蛋，卻是笨蛋，他和我一樣，腦袋不靈光。」

「你為什麼會在島與外界之間來去自如呢？不，應該說為什麼只有你呢？」

轟彷彿聽不懂似地，愕然佇立。

「轟先生？」

「嗯。」他眨了眨眼。

那樣子簡直像冬眠。我忍住笑意。

「哦，因爲我有船，而且這是我家代代相傳的工作。」

「可是，一百多年都沒有人外出，這很奇怪耶。」

「一開始是因爲命令。」轟撫摸挨揍的臉頰。「我聽說，從前，在江戶時代結束，日本開國的同時，有一道命令傳到這座島上，規定島民不許踏出這座島。所有外出的人都受到了處罰。」我實在想不通，究竟是誰爲了什麼好處，下達這項命令呢？「現在沒有那種規定了。可是，大家還是不肯外出。」

「沒有規定卻不肯外出？」

「這是常有的事吧。好比說，左右晃動的鐘擺，就算用手壓住，它還是繼續晃動。同樣的道理，晃動的這一方不知道該不該停止。」他像是接受自己這個說法似地頻頻點頭，接著又說：「一旦提著笨重的行李，就算放下來，還是會有提行李的感覺，對吧？這就和那個道理一樣。」

我很詫異，這和那是兩碼子事吧。但他一副自我陶醉的模樣，我也就不多說了。相對地，我說：「因爲有優午吧，或許是因爲優午站在那裡，所以大家很放心。也許大家知道待在這座島上比較好。」

這座島很安全，應該待在這裡，外頭沒有好事。雙手呈一直線平伸的稻草人發出了這種訊息，因此所有人都下意識地決定在這座島上終其一生。就某種層面來說，這有點類似狂熱宗教的洗腦。「不能離開這座島」、「島外不是人待的地方」，這與怪異的新興宗教手法一致，讓人下意識地將恐怖景象深植於腦海中，進而行動受到控制。替人洗腦的宗教團體似乎會將信徒關進狹窄的房裡，在一個完全沒有音樂的地方灌輸教義，那可能是種恐怖的景象，或是服用藥物所產生的幻覺。總之就是要把那些概念塞進人腦中。荻島在這一百五十多年來不斷地透過父母對子女洗腦，這或許可稱為日常性洗腦。

當我思考到這裡時，突然感到一陣飢餓，肚子咕嚕咕嚕叫了。轟看著我，我則盯著肚子，拋出一個問題：「為什麼優午不知道自己會被殺？」

「我們不懂稻草人在想什麼。」他說。

這個答案合情合理。

＊

我回到公寓以後，打開流理台的櫃子，揚起了些許灰塵。我在櫃子裡找到平底鍋，拖出來一看，鍋底有焦痕，但還可以使用。

我用右手舉起平底鍋，臉對著鍋底，就像是在照鏡子。幸運的是，我還有從市場買回來的馬鈴薯，想煮一些來吃。

這時候門鈴響起，我放下平底鍋，開門一看，眼前站著一名陌生女子。「午安！」她露齒而笑，是個年輕女孩，說不定才十幾歲，一身健康的古銅色肌膚，一頭長髮束在腦後，下巴尖細，一張素淨的臉，長得很可愛。

「午安。」我也生硬地打招呼。

她看了看手表。「正好。」

「什麼正好？」

「我帶這個來。」她伸出右手，手裡握著一把菜刀。我往後退了一步，下意識地舉起雙手，心想她是強盜，長得這麼甜美，居然拿菜刀對著我。

「等……等一下。」我丟臉地大聲嚷嚷。

她咯咯地笑。「對不起，不是那樣啦，這是要給你的。」

「咦？」

「我要給你這把菜刀，還有這個。」

我正在恍神之際，她把菜刀放進我手中的平底鍋，然後拿出一個報紙包裹。

「這兩個給你，是禮物。」她指著我手中的菜刀和那個包裹。

我打開一看，是一塊奶油，一股乳製品的特殊香味充斥鼻腔。

「是優午拜託我的。」她挺起胸膛說道。

「優午？」我心想，那個稻草人應該死了吧？

「一個星期前我去找優午，他對我說：『一個星期以後的這個時間，妳拿著一把新菜刀和一塊奶油到這間公寓。奶油就是市場裡賣的那種。』你不是這個鎮上的人吧？我沒見過你。」

「這是優午說的嗎？」

「很厲害吧？沒想到優午居然會拜託我，他幾乎不提未來的事，這很稀奇。」

我完全無法掌握目前的情況，姑且配合她。「那，妳非常光榮。」

「是啊。」她的眼神閃閃發亮。完成稻草人臨死前交代的指令，對她而言八成是件值得誇耀的事。如果我說：「事實上，他也要我去『騎腳踏車』。」這個馬尾女孩會認同我嗎？還是感到不愉快呢？

「優午發生那種事，我更想信守承諾。」

「承諾是指這把菜刀和奶油？」

「沒錯，菜刀和奶油。」她挺起胸膛。「還有叉子。」她又遞給我另一個袋子。

我生硬道謝，她就離開了。我總覺得玄關一帶，飄散著她完成使命的滿足感。

我傾著頭回到廚房，放下菜刀和奶油，我不懂優午的用意。不過，有了馬鈴薯、菜刀、平底鍋和奶油，就能炒馬鈴薯了，這倒是事實。

我一面削馬鈴薯皮，一面思考優午為何拜託那女孩。聽說優午即使會說過去的事，也絕不玩弄未來。派女孩子來找我這個外地人，難道不算違反原則嗎？

傍晚，日比野衝到公寓找我。

在這塊陌生的土地上，日比野是我唯一熟識的人，或許我可以緊抱著他，告訴他當他不在時我有多麼不安。不過，我當時的感覺是厭煩。

「搞不好這裡眞的是你的住處。」

「為什麼？」

「因為你來去自如啊。」

他對於我的挖苦，絲毫不為所動。「如果這裡眞是我家，那你為什麼會在這裡？」

我一臉錯愕，這個人果然怪怪的。小山田說，日比野欠缺重要的東西，也就是「與父母的溝通」。他的怪異是因為缺乏與父母溝通所造成的嗎？

「那不重要。」對他而言，這世上的所有事情似乎都「不重要」。「約會，今晚有約會。」

「約會？」

他湊近我的平底鍋，像隻小狗般拚命地嗅聞。我確信他的本性是狗。

「佳代子小姐約了我，今晚。」

「粉刷工作已經完成了嗎？」

「粉刷？喔，佳代子小姐家很豪華。我說：『這眞是一棟氣派的房子，可惜牆壁髒了，我替妳找優秀的粉刷工人吧。』」

是是是，我沒有說出口，卻在心裡那麼想。「那……約會是怎麼回事？」

「對了，對了，你現在說到重點了，她約我今天晚上六點見面。」

「你們要去哪裡？」

「我想去看夜景。」

「夜景？」

「不錯吧？這是我想的主意。我跟她說，不如去看夜景吧。」

老實說，夜景應該是約會中的最後一項點綴，頂多是附屬品，他的意見出乎我意料之外。令人意想不到，不過很新鮮。

「不管怎樣，我該跟你說聲恭喜吧。」

「哎呀，這種事沒什麼大不了的。」日比野板起臉說道。

既然如此，我希望你不用特地跑來向我報告。

「伊藤你今晚要做什麼?」他的聲音略顯高亢，我有不好的預感。
「沒做什麼。」這種事沒什麼好問的。
「這樣的話……」
「這樣的話?」我心中不好的預感愈來愈強烈。
「對了，你有沒有想過要幫誰的忙?」
「倒也不是沒想過。」不好的預感已經升到了最高點。
「事情是這樣的，我需要表現得浪漫一點，是吧!女人是浪漫的動物，」說到這裡，他搖搖頭。「不，正確來說，女人並不是浪漫的動物，而是喜歡浪漫的事物。實際上，浪漫的是男人。」
「這話怎麼說?」
「總之，我和佳代子小姐今天要約會。」
「你說過了。」我接著說:這件事可比我現在站在這裡更清楚不過了。他聽了滿意地收起下巴。
「這場約會非得浪漫一點才行。」
「我也覺得那樣比較好。」我想再補上一句，你是對的。
「所以啊，」從見面到現在，他終於露出害羞的表情。「希望你在約會裡軋戲。」

「軋戲？」

「你去騎腳踏車嘛。」日比野嚴肅地說。「你能不能騎腳踏車，替我們炒熱氣氛？」

「去騎腳踏車」這幾個字在我腦中迴響，就像鐘聲一樣。優午也對我說過這句話。相同的話突然從日比野口中冒出來。我很訝異，這該不會是什麼惡作劇吧？這是巧合還是誰策劃的？總之，我啞口無言。

「可以吧？你準備腳踏車，五點半赴約。」日比野迅速指定地點。

我有點搞不清楚狀況，日比野雙手一拍：「好，就這麼決定。」我瞠目結舌地聽著他說。「咦？決定了？」

「要不然，現在一起去嗎？」日比野想要牽我的手。

「不，」我甩開他。「不，其實我等一下想去園山先生家。」我突然靈機一動。

「園山？」日比野挑起一邊眉毛。

我跟他解釋，我覺得園山先生的行爲有異。不過，我也補充了兔子小姐的話。她認爲園山應該不可能殺優午，從往返時間來看，他不可能殺得了優午。

「原來如此，原來那傢伙就是凶手。」日比野大概生性單純，咬牙切齒地說道。

「不，還不能確定。」

「我們趕快走吧。這個時間，園山在河邊散步。」

「我說，凶手不見得是他喔。」

「好啦，快點走。」日比野激動地丟下一句話，便從玄關離去。

園山在散步，那模樣跟昨天一樣，他眺望四周風景，緩緩地移動腳步。左邊有一面石牆，柏油路每隔十公尺就有個小轉彎，宛如一條蜿蜒的小河。

「園山先生。」日比野很沒禮貌，一走近園山，馬上粗魯地喊道。

園山停下腳步並回頭，用一種絲毫不帶情感的眼神盯著我們。那銳利的眼神，簡直讓人忘了他曾經是畫家。說起來，一般畫家都在什麼時候退隱？是在發現比自己更有天分的天才時，還是開始量產毫無意境的富士山畫作，以換取大筆金錢的時候呢？

園山旋即邁開腳步，大概是因爲有時間表吧，我們慌張地跟在他身後，配合他快速的步伐，以免跟丟了。日比野對園山丟出一個問題。「喂、喂，告訴我實話。」日比野用食指指著他說。

「不要。」園山說。

我們邊走邊對看了一眼，然後點點頭。因爲園山只會說反話，所以這大概意謂著「好啊」。

「昨天晚上，不，是今天早上，三點左右，你去找過優午吧？」日比野似乎急著知道下文，開門見山地直搗核心。我不安地想，那麼直接的問題大概行不通吧。園山不發一語，所以改由我問：「你昨天晚上幾點離開家裡？」

「我在發問，交給我就好，你別管。」日比野生氣了。我和日比野一左一右夾著園山先生，三人一字排開地走路。「喂，是你殺了優午嗎？」

「嗯，是啊。」園山說道。

我看見日比野「ＹＡ！」地擺出勝利姿勢，不過，他馬上意識到。「對喔，相反啊。眞容易讓人混淆。你不是凶手嗎？」

「嗯，我是凶手。」園山的目光對著我。

「有人看到你不在平常時段散步。」我接著發問。

「你爲什麼在凌晨三點散步？」

園山沒有回答日比野的問題。若從旁觀察園山的目光，會覺得他的眼神渙散。「問簡單一點，要讓他容易回答才行。」我提議。

哼，日比野似乎嫌麻煩。

「昨天晚上，你幾點離開家？」我問。

「那種問法不行。告訴我，你昨天半夜在幹什麼?!」日比野的語氣愈來愈粗魯。

「我要仔細確認你昨晚做過的事。晚上十一點你在家嗎？」

「不在。」園山總算回答了。

「凌晨十二點呢？」

「不在。」

「凌晨一點呢？不，一點到四點都在外面嗎？」

「不在。」

他果然外出了。有趣的是，他只會說謊。換句話說，只要把他的答案反過來，就等於他只會說眞話。

「園山先生平常幾點出門散步？」我問道。

「早上五點。」日比野回答。

「我想請本人回答。」

「好嘛。」我很清楚日比野開始不耐煩了，他大概原本就缺乏耐性和專注力吧。

「用『是』的次數回答幾點去散步，如果是三點，就說：『是、是、是。』」他還會使性子地提出這種問法。

這種問法太無厘頭，惹得我發噱。結果園山沒有回答。

這簡直像在思考機智問答的答案。

過了一陣子，日比野大叫：「麻煩死了！你說：『接下來我要說眞話！』你發誓，對你太太發誓，說眞話。」

我愣住了，這傢伙老是在說蠢話。

我想園山應該會假裝沒聽見日比野的話，然而他意外宣告：「接下來我要說眞話。」

日比野很高興，高聲說：「好，很好！」然後問道：「你和優午遇害有沒有關係？」

園山說：「有關係。」

我們倆不約而同地停下腳步，但園山依舊向前走。這時，我們開始討論。

「他剛才的回答是什麼意思？」我說。

「他發誓說，接下來要說眞話，然後才說：『有關係。』所以『有關係』是眞的。換句話說，他和優午的命案有關。」

我指出，「等一下！說不定他是用反話說眞話。他確實發誓要說眞話，但他說『有關係』或許是想說『沒關係』。」

「如果是這樣，那他發誓就沒有意義了。」

「不，姑且不論那個，」我接著說：「他首先聲明『接下來要說的是眞話』，會不會是指『接下來要說的是假話』呢？」

「這麼一來，是什麼意思呢？」

「我不想去思考。」我揚起一邊的眉毛。

日比野雙手擊掌，搓搓頭說：「別再問了。那個畫家改變了散步的時間，一定是太早起了。兔子不是也說園山不是凶手嗎？既然如此，問了也是白問，我不要再玩這種麻煩的遊戲了。」他就像個玩膩的孩子般大聲嚷嚷。

我雙手交抱，看著園山逐漸遠去的背影。

園山先生應該沒察覺到我的視線，但他卻突然停下來，轉身望著我們，我和日比野不知爲何沉默了下來，與他遙遙對望。

這時，園山先生說：「我只會說假話。」然後馬上轉身離去。

「是吧。」日比野接受了。「總之，他是個騙子。」

「咦，奇怪。」我想起了從前讀過的一本書，裡面提到「自我提及的反論」。

「奇怪什麼？」

「『只會說假話』的意思應該是這句話本身就是假話。」

「這麼說的話，呃……就是『只會說眞話』囉？」

「不過，這麼一來，『只會說假話』這句話，就成了眞話。」

「可是，如果那句話也是假的，那就沒完沒了啦。」

「我不行了，看來還是不能進一步思考。」我舉起雙手投降。

後來，日比野滿腦子想的都是跟佳代子小姐約會的事，他丟下一句：「那你就按照預定計畫，五點半赴約。」然後自己跑掉了，簡直是蹦蹦跳跳地離去，撇下我一個人。

太陽下山了，不過天色還不至於暗到無法散步。

我在水田附近看到田中，我想起他曾經抬頭挺胸對日比野說：「我喜歡自己的走路方式。」走路方式確實沒有規則，並沒有正確答案。這麼一想，我才發現田中走起路來很辛苦，但很有個人魅力。

不過，撇開走路方式不談，他的腳步看起來眞的很沉重，好像除了股關節扭曲，還拖著什麼東西走在田埂上。我想起了電影《賓漢》（Ben-Hur）中的基督教徒：一名揹著十字架，拖著沉重腳步的男子。田中很像他。

我很好奇田中去哪裡，決定跟在他身後一探究竟。

我發現有飛鳥在田中頭頂上盤旋，我不知道那是什麼鳥，緩緩地振翅。

我們來到了優午過去佇立的水田，眼前是一幕不可思議的景象。我就像失了魂的觀眾，只是望著。

田中站在稻草人之前站過的地方，微微低頭。

「我的說話對象只有鳥和優午。」他說。

換句話說，田中失去了爲數不多的朋友之一。悵然若失正好可以形容他的模樣。他遙望天際，看在我眼裡是一幕非常不可思議的景象。他深深一鞠躬，那是在感謝優午，還是在向優午告別呢？總之，他鞠了一個九十度的躬。

田中的動作緩慢，行禮如儀，雖然姿勢歪斜，卻是一個優美的鞠躬，引發我小小的感動。

田中再度禮貌地鞠躬，然後離開了現場，往反方向離去，身影漸漸變得渺小，我也下意識地鞠躬，但不是向優午行禮。

這是我第二次遇見那名少女。當時我正想四處走走，漫無目的地走到一處看得到大海的地方停下腳步時，我聽見有人在講話。然而，環顧四周卻找不到聲音的主人，就在我自以爲是心理作用時，發現腳下有一名少女。

少女橫臥在地上，她直接和衣躺下，朝左側躺著。少女肯定才十幾歲，卻一臉老成。她抬頭看著我，卻不打算起身。日比野帶我參觀這座島時，我見過這名少女，我記得她好像叫若葉。想起來了，她當時也躺在地上。

「叔叔，別踩到我喔。」

「妳最好趕快起來，不然會被踩到。」

「叔叔，你叫薩德？」她的語氣很傲慢。「SM的那個薩德（註）？」

我聳聳肩。她是在哪裡學到這個字的？我客氣地警告她：「不管怎樣，妳用那種姿勢躺著，很容易被誤認爲是一片從地面冒出來的蒲公英葉子。」

「因爲很快樂嘛。」

「躺在地上很快樂？」

「噗、噗、噗。」我聽不懂她說的話。誠如字面上的意思，那只是擬聲詞。「像這樣躺著啊，把耳朵貼在地面上，就會聽見自己的心臟發出『噗、噗、噗』的聲音。很有趣吧？」

「心臟的聲音？」聽她這麼一說，日比野也說過同樣的話，那眞是悠哉的遊戲。

我往地面上一看，上面覆蓋著一層泥土，沒有大石頭，說不定眞的很適合睡覺，我不知道自己什麼時候蹲了下來，然後躺在她身旁。

「你有戀童癖。」她調侃我，但我不爲所動。

我側著頭貼在地面上，感到一陣冰涼，我將注意力集中在耳朵，我聽見空氣的聲音。隔了一會兒，我感覺心臟的跳動，身體很亢奮，或許是心理作用，總覺得心跳愈來愈大聲。我試著放鬆肩膀，閉上眼睛。

心音包覆著我，一種平靜的聲音。體內的血液宛如火山爆發似地從心臟送出，心跳聲聽起來很悅耳，血液永無止息地循環。很久以前，我應該在誰的肚子裡，聽著這種聲音安然入眠吧。有一種受人呵護的感覺，全身突然放鬆了。缺少的是羊水！昏沉的腦袋中彷彿響起了這個聲音。來到這世上的人不管花多少錢、吸收多少知識、使用多麼可怕的暴力，都無法獲得那懷抱自己的羊水，或許那就是人類苦苦追尋的東西。原來一桶羊水能夠拯救人。

「叔叔。」她叫我。我一臉慍色地問道，妳是在叫我嗎？其實我沒有那麼生氣。

「叔叔，優午啊，是鑽到地底下了嗎？」

「鑽到地底下？」

「他的身體雖然四分五裂，但說不定是融入地面。雨水不是也會滲入地面嗎？」

原來如此，有可能喔！我答道。說不定眞的有那種事。

接著，我倚老賣老地說：被分屍的說不定不是優午，因爲沒找到優午的頭。

若葉瞇起眼睛，說：「叔叔，你是不是腦袋有問題啊？那只是構成優午身體的木頭吧，一看就知道了。」

「可是，沒找到頭啊。」

註：薩德侯爵（Marquis de Sade，一七四〇～一八一四），法國作家，以描寫充滿性虐待內容的小說聞名於後世，作品有《索多瑪一百二十天》等，是虐待狂（sadism）一字的語意來源。

「一定是被凶手丟進海裡了。」

「妳爲什麼能一口斷定？凶手說不定是用別的稻草人調包。」

「調包？別的稻草人是指什麼？」

「因爲沒找到頭啊。」我自以爲是地說。「會不會有什麼含意？」

「怎麼可能。」若葉斷言道。

我馬上同意她的說法，於是改變話題。「妳知道那件事嗎？這座島上少了東西？」

「喔，那個啊。『有人會從某個地方過來，留下那個東西之後再離開。』你是說這件事嗎？」

雖然和日比野告訴我的略有不同，但內容一樣。「那是眞的嗎？」

「叔叔，你當眞？那是騙人的吧。」

從她的語氣聽來，似乎認爲那是一件蠢事。總之，這不就跟大人不會認眞看待聖誕老人一樣嗎？

我起身，心想這個口氣狂妄的少女應該不會學我，不過她也站了起來。

「天快黑了，早點回家比較好喔。」

「不過，我還有很多事要忙。」她的語氣像個小孩。

「忙什麼？」

「像是製作陷阱。」她愉快地笑了。

「陷阱？」我感到欣慰。小孩子的惡作劇，不管哪裡都一樣。他們會熱衷於一些小玩意兒。是喔，陷阱啊。

「把草編成繩子，把人絆倒。這我很擅長喔。」

我逗著她，了不起的大工程耶。她歪著脖子仰望天空，我也跟著做。在雲隙之間，有一道飛行雲，大概是來自機場的飛機吧，一顆豆子般大小的機體拖出一道細長的雲。

「飛行雲耶。」我說，她一臉奇怪地問：「那是什麼？」

「不是那麼說嗎？」

「那道雲告訴我們，人要走正道。」

正道是個詭異的字眼。

「優午曾說，如果天空出現那樣的雲，就要照著他的話去做。」

「原來如此。」我邊說邊在腦海中描繪優午的身影。說不定島上的許多居民在看到那道雲的一瞬間，也在想著同一件事。

太陽眞的開始下山了。我和日比野約五點半，我打算守約。環顧四周，除了稻田還是稻田，放眼望去，是一條無垠無涯的漫長道路，不知道前方會到達哪裡。沒辦法，我只好往公寓的方向前進。

「伊藤先生。」當我默默走路時，身後傳來一個熟悉的聲音。是草薙。站在他身旁的是百合小姐，手裡拎著一個塑膠袋。

「破胎修好囉。」他推著腳踏車。車輪和白天不一樣，順暢地轉動。確認完這一點，我突然像是被人用手指戳了一下腦袋，有點受到驚嚇，然後悠悠地舒了一口氣。

原來如此，原來是那麼回事啊。

我可以說是下定了決心。總之，在這個時間點遇到腳踏車絕非偶然。

「在哪裡修的？」

「市場那邊的腳踏車行呀。怎麼了？這有什麼好稀奇的？」草薙滿臉好奇地問我。

「這裡有很多事情都跟我住的城鎮不太一樣。」

「什麼事情差別最大？」他湊過來問我。

我猶豫了一會兒，不知道該如何回答。預知未來的稻草人和持槍的櫻，匪夷所思的事情一大堆。但是，就算一一列舉出來也沒有意義。「差別最大的，這個嘛，大概是島外沒有像百合小姐這麼美麗的女性吧。」結果，我以這句笨拙的恭維話含糊帶過。

草薙出乎意料之外地鎮靜，臉上的表情變得和緩。「我想也是。」

百合小姐一臉錯愕，露出困惑的笑容。

我做了一個深呼吸，然後下定決心說出那句話。

「不好意思，腳踏車能不能借我？」

如果有什麼事是優午吩咐我的，應該就是這個。

*

我卯足全力地踩腳踏車，刺骨的冷風幾乎要讓人昏過去，但我還是勉強趕上了，準時到達約定地點。

「辛苦，辛苦了。」日比野用手搧風迎接我。

「怎樣，我趕上了嗎？」

「調整到你趕上的時間吧。」日比野和我約在島上的時鐘塔。我請草薙把它的位置告訴我，那個地方很好找，是一座小型的時鐘塔，只比我高出五十公分左右，底座是純白色，生了點鏽，感覺很有分量，它孤立在河堤旁。再往下走約五十公尺就是大海，我們站在河堤上也可以往下俯瞰，但由於四周昏暗，海面上看起來也不過是一片漆黑。

時鐘的指針停了，一直指在一點二十五分的位置，我不曉得那是白天還是晚上的時間。「這是一座具有歷史的時鐘塔嗎？」

「它是支倉先生親手做的。」

又出現支倉常長這個名字了。他在三百多年前來到這座島，開闢一處小小的娛樂勝地，這是眞的嗎？這應該是某個走火入魔的學者所提出的驚世駭俗之說吧，我感受不到可信度。

「哎喲，她不來赴約嗎？」因爲附近沒有女性，所以我這麼問道。

「你別亂說！」日比野不悅地說道。「她等一下就會來了，我跟她約六點在這座時鐘塔前碰面。」

被他這麼一說，我想起我跟靜香的約會。從前約會時，我總會提早三十分鐘到約定地點。靜香經常笑說：「既然這樣，一開始就把約會時間提早三十分不就好了。」我說那樣就沒意義了，我喜歡等人的感覺。靜香每次聽我這麼說，一定會面露不可思議的表情。「我想要有人等我，等得不耐煩。」她說，因爲我想要存在的價値。那時候，我會回應她：「我無時無刻都在等妳。」她垂著眉毛，一臉落寞。

「佳代子小姐也想看夜景。」日比野說。

是啊，我回應。

「從河堤往下走，有一條羊腸小徑，再往下走，就能走到離海很近的地方，我要跟佳代子小姐在那裡看夜景。」

我抬起頭，望著大海的方向，只聽到了海浪聲，四周已是一片漆黑。我看了日比野一眼，然後再望著大海。我感到疑惑。「你說是看夜景，明明什麼都看不到嘛。」海岸的另一端，既看不到大樓和萬家燈火，也看不見打燈的橋梁。「沒有任何算得上是夜景的景色喔。」我指出問題點。

日比野愣了一下，驚訝地看著我，那眼神彷彿在確認我正不正常。他看了老半天，好像也同意我的說法，臉上的表情變得柔和。

「是嘛，在伊藤的世界裡，看夜景一定有不同方法。」

「看夜景的方法？」

「因爲，很奇怪呀。你剛才居然說『沒有任何算得上是夜景的景色』耶！」

「我是說了啊。」

「在你的世界裡，什麼才是夜景？」

「燈光吧。欣賞霓紅燈或照明，那種閃閃發亮的美麗燈火，宛如深海裡的寶石，緩緩晃動。大家都是爲了看那個才開車到地勢高的地方，俯瞰城市啊。」

喔，日比野一臉打從心底佩服的表情，就像小孩沉迷於外國玩具的模樣，甚至可以說是羨慕。「那感覺也不錯吧。」

「這裡不是嗎？」

他的表情很複雜，像個鄉巴佬靦腆地解說家鄉風俗，又像在低調地誇耀家鄉名產。

夜晚，他說。

享受夜晚就是看夜景；欣賞星空、夜晚和漆黑海洋。夜景，不就是夜的景色嗎？

夜深沉，沒有貓頭鷹的叫聲，也沒有蟋蟀的搓翅聲，感覺整座島上的萬物只是單純地抑制呼吸。

唰、唰、唰，車輪轉動的聲音在夜裡迴響，那是我踩腳踏車發出的聲音。

日比野拜託我的事情很單純，既簡單又奇怪，而且是一項幼稚的請求。「能不能幫我打燈？」

他拜託我用腳踏車的車燈照他們，也就是正在欣賞夜景的日比野和佳代子小姐。

「怎麼打燈？」

「你把腳架立起來，然後踩腳踏車就行了，用車燈照著我們腳邊。」

「腳邊？」

「車燈可以照亮腳底吧？天色這麼暗，看不到路很危險耶。如果打燈，你一定知道我們何時會停下來，那時候，你就把燈光轉向大海。我想，夜裡的白光一定很美。你從這裡打燈，用燈光照亮我們。」

「看得清楚嗎？」

「拜託你弄得戲劇化一點！」日比野莫名其妙地用「戲劇化」這個說法，將打燈工作交給我，這是多麼含糊的指示啊。

不知道是不是這座島上的腳踏車規格不同，燈光可以照得很遠。我印象中的腳踏車車燈，僅能在更狹窄的區域內營造出朦朧的光暈。或許是因爲這座島上幾乎沒有路燈，所以車燈照得到的範圍很廣，而且車架裝在前輪。我從來沒見過這種腳踏車，這裡雖然是小地方，但是差別眞大。

我拚命踩腳踏車，讓車輪空轉。我逃出警車時撞傷的疼痛不知不覺消失了，雙腳可以自由運動。

我一邊讓車輪轉動，一邊思考日比野口中的「享受夜晚」這四個字。我感嘆地想，原來抱膝欣賞寧靜黑夜中的青空、星羅棋布的小星星、深不見底的大海及浪花拍打岩岸的聲音，也是一種高尚的娛樂、非常奢侈的享受。

我眺望夜空，這是我在仙台欣賞不到的景色，如果晚上在河堤上閒晃，大概會遇上窮極無聊的飛車黨，把路人推進廢鐵般的車子裡。況且這麼晚了還在觀賞夜空，隔天就會在公司的會議上打瞌睡，到時候不是被老闆罵「太混」就是「目中無人」吧。

車燈的光線從我騎的腳踏車筆直向前延伸，我看到前方的兩個人影——日比野和佳代子小姐，他們好像在離海頗遠的地方。燈光可以照到大海，但是我很懷疑，這樣的氣氛羅曼蒂克嗎？

我開始出汗，雙腳變得沉重。從他們的位置應該聽不到那稱得上是我勞動結晶的車輪空轉聲吧。

日比野怎麼解釋黑夜裡的一道白光？月光？偶然經過的汽車？他的邏輯不同於一般人，說不定會裝傻地說：「這種不可思議的小事偶爾也會發生。」或者若無其事地說：「今天是個值得紀念的日子耶。」

一想到這裡，我就覺得很愚蠢，我用力晃了一下車燈，沒有原因，只是蠢蠢欲動的惡作劇念頭湧了上來。我想嚇一嚇日比野，於是抓住手把，猛地左右晃了一下，光線也隨著我的動作左右晃了一下。白色的微弱光線繪出一把扇子。我看到前方那兩人好像嚇了一跳，說不定他們會回過頭來，看看發生了什麼事。

嚇到了吧。我想像日比野慌張的模樣，暗自偷笑。

在那之後，我繼續踩腳踏車，如果不繞路的話，我大概已經跑完了仙台車站到松島一帶的距離，大概騎了那麼遠。沒有任何報酬，勞動筋骨並不輕鬆，但也不痛苦。相較之下，盯著電腦螢幕辛苦多了。

我望著天上繁星，踩著腳踏車。

一邊抬頭望著夜空，一邊動著雙腿，有一種彷彿飛上天的錯覺。沒錯，說不定我很久以前會飛，我甚至想起了那種沒大腦的事。從母體呱呱墜地之前，我一定會飛，要那麼想是我的自由，我當時的心跳應該更平穩，視力也應該更好。

我沒有睡著，只是閉上雙眼，一股勁兒地動著雙腿。

猛一回神，已經快九點了。我定睛一看，不太能掌握眼前的狀況，日比野他們已經不見蹤影了。

十二月的寒風刺骨，但吹著渾身是汗的我卻感到舒服，我吐了一口氣，移動身體重心，從鞍座下來，我站不太穩，整個人蹲下來休息，直到勉強站得起來，開始推著腳踏車走。日比野到底跑去哪裡了？約會失敗了嗎？話說回來，怎樣的約會才算成功，怎樣才算失敗呢？

佳代子小姐對日比野說了什麼？雖然對他過意不去，但我總覺得佳代子不是眞心想約會，是我想太多了嗎？我認爲佳代子對待日比野的方式，不同於愛情或親情。

我牽著腳踏車，走在那條黑漆漆的路上，車燈的感度良好，車子即使用推的，燈光還是照亮了馬路。我來到了市場。我不認爲店還開著，但是帳棚般的店家一映入眼簾，就突然想去見見兔子小姐。

兔子小姐正在睡覺，她還是待在白天的老地方，歪著脖子，臉朝上閉目。我目不轉睛地盯著她的滑稽姿勢，差點笑了出來。

「是誰？」

背後有人叫我，嚇了我一跳，雙手放開手把，腳踏車倒在地上，在一片寂靜下發出巨大的響聲。

「對……對不起，我是來找兔子小姐的。」我朝著那聲音說道。

「你找內人有什麼事？」

對方是個尖下巴的長臉男人，有種短髮運動員的感覺，不過看起來充滿智慧，又好像太空人；一名退休的太空人。年紀約莫三十歲，我昨天見過這個男人。

「你是採花賊嗎？」他笑道，這句話似乎是開玩笑。

「他是白天來過的客人，說是從南部來的。」耳邊傳來兔子小姐的聲音。看來是腳踏車倒下的響聲吵醒了她。我再次轉身，看著兔子小姐。

「其實，我想問妳昨晚的事。」我說道。

「昨晚？」她老公一臉詫異。

「你是要問那個嗎?你該不會還在懷疑園山先生吧？」她愉快地說。

「園山？」兔子小姐的老公靠了過來。

「老公，你昨天不是跑到我這來說狗不見了嗎？居然三更半夜跑來，那時是幾點？」

「兩點三十分。」他斬釘截鐵地說道。「不好意思，那麼晚還來。」

「你說那是什麼話，我可是一直在等你呢，我又不可能去找你。」兔子小姐這麼一說，他害羞地將臉轉向一旁。

「就連你在家的時候，我也想知道你做的每一件事。」

「我都做些很無聊的事。」他誠實地回答。「像是跟狗說話，淨是那些無聊事。」

「我想知道你和那隻狗說了什麼。」那或許是兔子小姐的眞心話。「我動不了，所以至少把我的耳朵帶去嘛。」

「別說傻話。」

「我就是這麼期待你來嘛。」

我聽著這對夫妻的對話，露出了笑容。兔子小姐的老公搔搔頭。我一想到這個男人替兔子小姐洗澡、處理排泄物、換衣服，心裡就有一股莫名的感動。

「事情是這樣的，聽說兔子小姐當時看到園山先生，但是他明明不可能在那段時間散步。」

兔子小姐的老公睜大了眼睛。「幾點？」

「凌晨三點。」我一回答，他立刻說：「那就怪了。」

「你想到了什麼嗎？」

他皺起眉頭，旋即回答：「我又不是那男人的監護人。」

「說得也是。」

我垂下肩膀。園山的舉動異常，但是不可能和優午的命案有關。

「你家的狗不見了嗎？」

「是啊。」他說道，還是有那種類似太空人的知性。

我抬起腳踏車，向他們道聲晚安便離開了。

車輪轉動聲空洞地響著。我一開始還在擔心，腳踏車是不是壞了，檢查之後並無異狀。這時，兔子小姐的老公跑了過來，我停下腳步問他有什麼事，他一臉和善地說：

「關於剛才那件事，其實，我家的狗並沒有失蹤。」

「啊，這樣啊。」我不覺得那很重要，但他笑著說，無論如何都想告訴我。

「既然如此，你爲什麼會在那個時間來市場？」

「嗯，那是因爲有其他……」他沒有交代清楚就走遠了。

說不定他是想看看兔子小姐吧。

＊

一開始，我不知道那是腳步聲。

因爲鞋子磨擦的聲音和車輪轉動時，鉸鏈發出的聲音掩蓋了那個腳步聲，所以我聽不清楚。

那個腳步聲漸漸朝我走近。正確來說，那是男人拚命奔跑的腳步聲。

我趕緊停下來。

「救命啊！」對方發出斷斷續續的求救聲，似乎呼吸紊亂，很痛苦的樣子。我牽著腳踏車，回頭一看。那是一名年輕男子，年紀比我小，約莫二十歲出頭，身穿黑色運動服，看起來像睡衣。

「你……你怎麼了？」

他伸出雙手向我求救，還碰到我的手臂，他抓著我的胳臂撐著自己，低頭重重地喘氣。「救……救救我！」他抬起頭，一頭濃黑卷髮長及耳際，看起來不太老實。

這是我有生以來，第一次有人當面向我求救。這麼說很抱歉，但我還不習慣，或許我會選擇逃離現場。

「你到底怎麼了？」

「櫻來了。」

這個回答簡單扼要。

「櫻……櫻在追你嗎？」

「你不覺得很過分嗎？」不懂禮貌的年輕人粗魯地說道。「犯案的又不只我一個。」接著又說，「又不是只有我，還有其他人。是安田找我，我才軋一腳的，爲什麼偏偏是我？」

「你去搶劫嗎？」

「不……才不是。」

「那……你是攻擊哪個女孩囉？」我套他的話。年輕男子會聚在一起，如果想犯罪，大概就是做這些事。

或許被我說中了，他聽到我這麼說，突然變得吞吞吐吐，開始找藉口。「有什麼辦法！是安田，安田說有個美女。那傢伙，就算一個人也會亂來。他常常開車躲在田裡埋伏，襲擊女人。」

「眞是個大壞蛋。」我不帶感情地配合著，一點也不同情他。

「是吧，是吧？」我有一種既佩服又失望的感覺，原來這座島看似平靜，卻還是會發生類似案件。到處都有血氣方剛的年輕人，這大概跟區域、時代無關，不管在什麼地方、文化有何差異，那些居民肯定跟我們一樣，內心存在著下流的慾望、虛榮感與霸凌的念頭。

「到底是怎麼回事?!爲什麼我……」他鐵青著臉，彷彿死透了。或許是心慌意亂、情緒激動，他並沒有發現我是外地人，只是顯得驚慌失措。

「我純粹是被安田引誘而已。」這是他最後叫喊的一句話。

這時，深夜裡突然傳來一聲「吵死人了」，嚇了我一跳。接著，槍聲響起，一個短促而沉重的聲音，我根本來不及摀住耳朵。

我目瞪口呆，這突如其來的槍聲嚇得我呆若木雞。不過，我在風中聽見有人說：「那不是理由。」

我動彈不得，只能望著眼前的青年帶著一臉憤怒、難以接受的表情，跌落地面。

*

猛一回神已是早上，我在床上醒來，雙腿肌肉痠痛不已，不過不太嚴重，還站得起來。我下床走到洗臉檯洗臉，想起了昨晚的事。

槍聲響起，在我眼前的青年中槍倒下，受到驚嚇的我立刻騎上腳踏車逃離現場，在漆黑的路上奔馳，完全沒有喊累的餘地。有人被槍斃了，我沒多想，只是死命地踩著腳踏車前往草薙家。

他們正好要就寢，看到我並沒有不高興，只是說：「腳踏車明天早上再還就好了。」不過，當他們看到我身上的衣服，鐵青著臉問：「你身上的血是怎麼回事？」我的衣服好像沾到了血。

我吞吞吐吐地解釋剛才的遭遇。不可思議的是，草薙聽我說完，竟然一臉平靜地說：「喔，櫻。聽你這麼一說，我的確聽見了槍聲。」

「大事不妙了，他殺了一個年輕人。」

「沒事啦。」

「怎麼會沒事！」

「是櫻。」他身旁的百合小姐像是在說一種花的名字。

我想起了日比野說的話，所有人都接受櫻的規範。

大概是我又拖又拉，不停地拜託草薙，他只好無奈地說：「那，我們去看看吧。你等我一下，我去換衣服。」

我坐在腳踏車後面裝載信件的貨架上，他輕鬆地載著我。一路上沒有岔路，我們沒有迷路，回到了命案現場，我下了腳踏車。

當那名青年靠在我身上時，可能早就已經死了吧。他倒在路上，周圍聚集了人群，有一對年老的夫妻和一名中年男子，站在俯臥的屍體旁。

「噢，草薙啊。」那個右臉頰有顆大痣的中年男子說道。

「是櫻吧。」老人像是在賞花地說道，另外兩個人點點頭。

草薙也聳聳肩。「伊藤先生，事情就是這樣。」

「警察呢？」草薙問道。

「羽田大叔報警了，警察馬上就會過來。」

「大叔你們在值班嗎？」

「這個人是笹岡家的兒子吧。」老婦人首次開口。

死去的年輕人似乎姓笹岡。一個有名有姓的年輕人遭到殺害，大家居然這麼冷靜。我覺得渾身不對勁。我們和那對老夫婦在這個安靜的夜裡，圍著那具屍體，大家並沒有對死者做論斷，卻站在那裡。這股祥和的氛圍是怎麼回事？

警車也是姍姍來遲，兩名睡眼惺忪的警員詢問我，卻連我的身分也不懷疑，只是瞧了一眼屍體背上的傷口，就好像知道那是櫻的所爲。從這些警察身上根本看不出想要好好調查案情的意思。

他們只是裝模作樣地進行形式上的查問，然後就放了我們。

「這樣很奇怪嗎？」在回程的路上，草薙那麼問我，當時已經過了午夜十二點。

「有人死了，可是大家都不緊張，這不叫奇怪那叫什麼？」

「可是，那是櫻幹的。」

「就這樣？」

「很奇怪嗎？」草薙推著腳踏車，抬頭望著漆黑的天空，似乎在欣賞夜色。

「對了，園山先生他……」我說。

「我家百合和園山先生的感情很好。」

你說過了。這句話衝到喉嚨，但被我嚥回去。「他可能在凌晨三點出門散步嗎？」

「不可能。」草薙充滿自信地笑道。

果然是我眼花嗎？不過話說回來，我突然覺得園山先生的運氣眞好。舉動異常的他，如果是殺害優午的凶手也不奇怪，卻因爲兔子小姐看到他而排除嫌疑。如果沒有目擊者，或許他就成了最可疑的嫌犯。

我回到公寓之後，倒頭就睡。

起床的第一件事就是寫明信片，寫明信片給靜香。大概是因爲肌肉痠痛，還是下意識感到亢奮，我睡得不太好。醒來時還是清晨。

每次一放鬆，我腦中就會浮現死去的笹岡的臉。我甩甩頭，想要忘記他，我望著明信片，在明信片彼端的靜香，感覺就像一個眞實的門僮。

太陽總算出來了，我覺得今天會是個晴天，萬里無雲。我想起了在櫸樹下睡覺的貓。日比野說：「當牠在那裡的時候，天氣就會放晴。」原則上還滿準的。

我決定把這兩天發生的事鉅細靡遺地再寫一遍。一座名叫荻島的孤島、支倉常長、一椿離奇命案、靜香的近況……。連我自己都覺得收到這種明信片一定會心裡發毛。

門鈴響起，是日比野。他總是跑來講一些意想不到的怪事，讓我手足無措。

「昨天，」我開口說。

「眞是不得了。」日比野傾著頭，與其說他一臉鐵青，倒不如說他嫌麻煩。

「是啊，眞是不得了。」我趕緊插嘴。「昨天，有個年輕人在我面前中槍，聽說是櫻幹的。那個青年姓笹岡，就死在我面前耶。」

「那不重要。」他說。又來了，那不重要。從他的口氣聽來，好像他已經聽說了。

等一下，我說。人命關天，還有什麼事比有人遇害更重要嗎？聽我這麼一說，他眉頭緊皺。「曾根川被殺了。」

「哦，是喔。」我已經搞不清楚狀況了。

*

彷彿在重複昨天早上的劇情。

我只能被日比野拖著跑。昨天優午遇害，今天是曾根川，我很想諷刺他，這座島上是不是每天都有人被殺啊?!我總覺得不管怎麼跑，距離目的地還是很遙遠，看來踩腳踏車的疲憊還沒有消除。

「不是櫻幹的嗎？」我試著以一副知情的口吻說道。

「不是櫻。」日比野立即否定。

「那，難道是梅嗎？」我的冷笑話並沒有讓他回頭。

「凶器不是手槍。曾根川是在河邊被人打死的。」

「不是手槍？」

「所以不是櫻幹的。」

「對了，現在幾點？」

「六點。」他看著手表回答。

命案現場在河邊，我總覺得這地方好像在哪裡見過，原來是我昨晚騎腳踏車經過時俯瞰的場所。大海就在不遠處，離日比野和佳代子小姐昨天站立的地方不遠，距離不到一百公尺。

太陽總算露臉了，四周景物泛白，有點涼意，圍觀群眾圍成一個圓圈，議論紛紛。昨天優午遭到肢解時，所有人都目瞪口呆地站著。相較之下，今天的情形略顯不同。要說哪裡不同，就是這些湊熱鬧的人顯得精神奕奕。

「你是伊藤吧。」我不用回頭也知道出聲的人是誰，是濃眉高個兒的刑警小山田。

「這是一般命案，該輪到警察出面了吧？」日比野嚴峻地說道。

「當然。」小山田點點頭，指著我問：「你昨晚在哪裡？」

「小山田，你們懷疑的犯案時間是幾點？」

經日比野這麼一問，小山田露出不悅的表情。「昨天晚上到今天凌晨。曾根川最後被人看到的時刻是昨晚，遺體則在凌晨被發現，這是唯一的辦案根據。」

「遺體是誰發現的？發現的就是凶手吧？」日比野彷彿在舉發看不見的可疑分子。

「發現遺體的是我們同事，警察發現曾根川倒在河邊。」

「那……那傢伙就是凶手。」日比野間不容髮地高聲說道。

小山田顯得很不耐煩，像是在對小孩子解釋似地說：「不可能兩個警察都說謊吧。」他口中的兩名警察，肯定是前來調查昨晚發生的笹岡命案，他們草率地聽完案情之後，在回程路上發現了曾根川的屍體。在這座島上，不可能會有科學辦案那種玩意兒，死亡推定時間模稜兩可，還打算用目擊者的證詞鎖定嫌犯。島上的警察辦案如此馬虎，居然還可以撐到現在啊。不過，我馬上意識到，那是因爲之前有優午，所以他們一點也不在乎，如今優午不在了，或許島上正面臨危機，而小山田也察覺到這個嚴重性。

「昨天傍晚五點到凌晨，你在哪裡？」

「我和伊藤約了傍晚五點半，在支倉的時鐘塔碰頭。」

「在那之前我和草薙兄在一起，我還向他借了腳踏車。」

「腳踏車？」他好像想對我說的每一句話吐口水。

「是我拜託他的。」或許日比野不想進一步談論這個話題，口氣嚴峻地說道。

對了，我突然想到，他的約會成功了嗎？我覺得他的心情不好，或許那不是一場愉快的約會。不過話說回來，那究竟算不算是約會呢？

「他爲什麼會死？」日比野問小山田。

「說不定是摔死的。」我突然靈光一閃，脫口而出，我試著回想昨晚的記憶，那道河堤很高，與河邊的落差很大，在黑暗中很容易跌倒，所以曾根川很有可能從河堤上跌落而死亡。

「確實有摔倒的跡象。曾根川的衣服上沾滿了野草，那應該是從河堤上摔下來的痕跡吧。」小山田不情願地搖搖頭。

「這樣的話，算是意外吧？」

「他的後腦勺遭到水泥磚敲擊，並不是跌倒撞到的。除非水泥磚掉落砸到他的頭部，那就另當別論。」

「說不定……」日比野隔了一會兒說道。

「說不定什麼？」小山田的語氣略顯尖酸。

「說不定是曾根川殺了優午。」

「曾根川殺優午？」小山田懷疑地說道，似乎對於兒時玩伴的駭人推理感到不安。

「說不定是哪個知情的人殺死那傢伙的，算是爲優午復仇。」

「那樣的話，或許是櫻結束了曾根川的生命。」我插嘴道，卻被日比野推翻。「櫻不會用水泥磚，他有槍。」

小山田的表情彷彿沒聽見「櫻」這個字，就像日本政治家不能過問憲法和自衛隊的關係；減肥中的女性不能碰巧克力，這座島上的警察必須無視於「櫻」的存在。

「那麼說的話，這男人也有可能殺害優午。」小山田抬起下巴朝我示意，他的語氣不再冷靜，也提高了音量。那群圍觀民眾紛紛轉過頭來看著我。大概大老遠就知道刑警在質問我這個陌生男子吧。日比野想要反駁，卻說不出話來。

曾根川的屍體被送到葬儀社之後，島上的居民在濺血的河邊來回走動，交頭接耳。每個人都在講話，藉以消除內心的不安，不過他們應該不是爲了下流的曾根川吧，肯定是無法接受昨天發生的稻草人命案，自然聚集而來。稻草人是這座島上的巨大支柱，既是指標也是明燈，更是指引方向的指南針。失去他的島民們無法接受這個事實，顯得驚慌失措。

「懷疑伊藤也沒用啦。」日比野說。「你如果懷疑他，要不要去問問轟大叔？只有大叔認識以前的曾根川。」

這意見聽起來具有建設性，我也親眼目睹曾根川和轟發生口角。

「伊藤，你等我一下。」日比野突然說要向附近的島民打聽消息。

不得已，我只好和小山田站著等他，氣氛很尷尬，但我還是試著說些話。「事情爲什麼會變成這樣？」

小山田用一種「還不是你幹的好事」的眼神瞪我。

我一直對園山耿耿於懷，於是試著提起他。我說，有人看過園山在半夜散步。

「那個男人不會在那種時間散步。」小山田果然也這麼說。我又把兔子小姐看到的情景告訴小山田，他改用一種像是在心算的表情，斷定地說：「不可能啊，從那裡往返優午的位置需要一段時間。」

小山田好像在思考其他事情，臉上露出懷疑我的表情，但感覺不像是認眞的。他用手抵著下巴，苦思了好一陣子，然後突然抬起頭說：「你聽過那艘船的事嗎？」

「船？」這是我意想不到的字眼。

「轟之前帶回來的書上提過『美池號』的事。」

「那是船的名字？」

「美池號在前往搜索某艘船隻時，船上的船員發現一艘竹筏，竹筏上擠滿了人。船員看到那艘竹筏被一艘小艇拖著，當搜救人員靠近時，他們向船長報告『有人在動，看得到有人揮手，聽得到有人呼救』。」

「場面很嚇人吧。」

「他們看錯了。」

「咦？」

「等到船員抵達時，既沒有小艇，也沒有竹筏，海面上只有幾根漂浮的樹枝。」

「什麼意思？天候不佳，所以看錯了嗎？」

「那一天晴空萬里，視野良好。大家一心以爲收到了船難的訊號，滿腦子都是救人的念頭；因爲聽說有船隻遇難，所以就以爲眼前發生了船難。」

小山田大概沒有搭過船吧，眼前浮現了對未知世界的憧憬。他肯定是個認眞學習的人，不但渾身上下充滿了武士般的凜凜風姿，還有清晰的頭腦。

他要說的應該是群眾心理，就像集體催眠一樣。「那件事怎麼了？」

小山田呑呑吐吐了老半天，才又開口說：「我想，這座島……」他想說出什麼重大的事情。不過，這時候日比野回來了，小山田便閉嘴，逕自離開了。

「昨天怎麼樣？」在回程的路上，我戳了日比野一下。

「昨天？」他不像在裝傻。

「你的約會。我爲你踩腳踏車，踩得腳快斷了，害我今天走路打結。總該可以告訴我約會的結果吧！」

「嗯。」日比野挑起眉頭，變成八字眉。「打從一開始就不是約會。」他若無其事地說道。

「到底怎麼了？」

「這個嘛，伊藤的燈打得眞好，非常有氣氛。這個嘛，該怎麼說呢？」

「戲劇化嗎？」

「嗯，對，很戲劇化。夜裡一片漆黑的大海很美，海浪聲也相當悅耳動聽，靜靜地湧進耳裡。我們倆聊了很多。」

「那就是約會啊。」我用連自己都訝異的氣勢說道。我是沒有體驗過，不過兩人在夜裡一邊觀星看海，一邊聊天，四周沒有喧囂的音樂和礙眼的車陣，這應該就是約會的原貌。

「不，」他否認。「說起來，她要告訴我的，」他的咬字實在很不清楚。「其實是另一件事。」

「她是個討厭的女人嗎？」

「沒那回事。你別誤會，佳代子小姐就像天使。」

「天使啊。」這個說法讓我不知該如何回應。

「伊藤看過天使嗎？」他生氣了，逼近我問道。

「怎麼可能。」

「既然如此，那你就別否定我！」

「這話什麼意思？」

「沒看過蘋果的人就算說青蘋果不是蘋果，也不能讓人心服口服，對吧？」我不認爲他說得對，但他的話卻迫力十足。

「不好意思打斷你。那，她找你有什麼事？」

「商量。」

「商量粉刷？」

「不是，她希望我幫忙。」

「啊？」

「有一個男人姓安田。」

這名字好像在哪裡聽過，我趕緊翻出腦中的記憶，馬上就找到了。「昨天那個姓笹岡的青年提過這個名字。」

「佳代子小姐好像對安田到處跟蹤她感到很困擾。安田一下子跟蹤她，一下子跑到她家，還想把佳代子小姐硬拖進車裡。」

「太過分了。」我發現那個姓笹岡的青年也說過相同的話。

「笹岡一定是他的同黨吧？所以昨天被殺了。」

「爲什麼那個安田沒事呢？」

「沒人知道櫻在想什麼。」

「佳代子小姐拜託你什麼事？」

「她要我找出那個男人，然後給他一點懲罰。」

「懲罰聽起來像是哪裡的陳年舊話。」

「對吧？」日比野聳聳肩。「我也那麼說。可是，佳代子小姐想拜託我那麼做。」

可疑，這是第一個竄入我腦中的想法。她找錯人了，如果對於跟蹤狂感到困擾，那報警不就得了，再不然的話，拜託「櫻」也行。我怎麼也想不通。

那對姊妹花長得漂亮，但是人往往是殘忍的。

這是優午說過的話。佳代子小姐說不定視日比野爲姊妹淘，正在調侃個性怪異卻無害的他。我腦中浮現這樣的想法。說到日比野，此刻他正一邊走路，一邊自言自語。

他一定想實現佳代子的願望吧，鐵定是的。就算佳代子只是利用他打發時間，或者把他當成與妹妹的賭注，他也一定會赴湯蹈火，在所不辭。

*

曾根川的死訊似乎在島上傳開了，每個人都顯得忐忑不安。我從公車上望著窗外，島民們一臉惶然。

日比野要我一起上車，於是我們坐上一輛水藍色公車。這輛公車的車體設計比我看過的還時髦，車窗的面積相當大，車內漆成深海般的湛藍色，沒有張貼任何廣告。厚實的玻璃令人感覺像是從船艙內欣賞海中的景色。

「我想坐公車冷靜一下。」日比野說，邀我上車。這座島上的公車老是在同一個地方打轉，正好可以欣賞風景。

車上的乘客只有我們倆，半路上還有幾名彎腰駝背的老人上來，坐了幾站就下車了，車上太安靜，令我不禁懷疑連司機都不在車上。

「有很多像安田那樣的男人。」公車轉了一個大彎之後，日比野說道，彷彿像是在坦誠自己的污點。「你知道對人類而言最重要的東西是什麼嗎？」

我心想，這個問題好像在哪裡聽過，試著回答：「接觸音樂？」啥？那是什麼玩意兒？日比野動怒了。他說：「是與父母的溝通。」他應該早在年幼就失去了雙親，現在卻居然還能一口斷定。「沒有得到父母關愛的小孩，長大以後不會是什麼好人。」想不到他跟小山田說的話如出一轍。

「可是，你真的打算懲罰那個安田嗎？」

「就算要懲罰，我也不知道該怎麼做，如果他是那種被教訓過就會洗心革面的人，那我就不用費事了。」

「說得也是。」

「看來只好先找到他，把他從車子裡拖出來痛扁一頓，剝光他的衣服，再把他丟進田裡就饒他一命了。」

我想他大概在說笑，所以我也捧場地笑了。

「只能那麼做了。」日比野的視線從玻璃窗上移開，說：「我只能那麼做了。」

「是……是嘛。」

日比野想把佳代子小姐交代的事照單全收，盲目地順從。說起來，他的個性很像草薙。只要是百合小姐說的話，草薙恐怕都會相信吧。這是因爲他們與眾不同，還是這座島上的居民大多擁有那樣的性格？在這座島上，說不定每個人都有不同的宗教信仰。

「你認爲曾根川爲什麼會死？」當公車開始繞第二圈時，他提出這個話題。

「我怎麼會知道，我又不認識他。」

「你知道的。我只是期待住在島外的你，會不會想得出曾根川遇害的新理由。」

「很遺憾，我不知道。」我皺起眉頭，然後補上一句：「不過，都市裡好像有很多那種人。」

「都市裡有很多？」

「有很多人只要自己高興就好，完全不顧他人死活。」

日比野瞪大眼睛。「那種人很多嗎？」

「到處都是。」說完，我想起城山，又說了一次：「到處都是。」

＊

關於城山的謠言分成幾種。自從祖母要我提防城山之後，我就盡量不要跟他產生瓜葛，但謠言還是會鑽進我的耳朵。大部分告訴我那些八卦的朋友都把那解釋爲開玩笑，但我聽起來會覺得那是真的，這格外令我厭惡。由於我曾經親眼見過謠言中的部分事情，因此認爲一切都是事實。

我還聽說，城山會推擠情侶。據說他會輕輕碰撞感情融洽的情侶或夫妻，地點似乎都是在人行道和車道上，或是馬路上視線不佳的轉角處。城山總是若無其事地碰撞路上情侶的其中一人。這麼一來，被撞的人就會毫無防備地倒向身旁的伴侶。遭到波及的人往往會跌至馬路上被車撞到，運氣好的只是受點傷，運氣差的就被撞死。

城山似乎引以爲樂。

因不可抗力因素而致使伴侶受傷或喪生的一方，恐怕將會一輩子受到罪惡感的折磨，而受到波及的一方則不知道伴侶爲什麼要這麼做，最後帶著滿心疑問含怨而死。

城山這個推擠動作，讓那些感情融洽的人們失去了彼此，斷送了一生，這似乎讓他樂此不疲。

「唉，反正那可能是傳言吧。」

即使朋友那麼說，我還是相信，而且我知道這世上就是有那種人，就算他不斷地那麼做也絕對不會被逮捕。我喜歡勸善懲惡的故事，我喜歡天網恢恢疏而不漏這句成語。

畢竟，現實並非如此。

＊

城山漫步在仙台的街道上，他一身制服裝扮在巡邏。

伊藤的女友是個美女，這令他大吃一驚。轉念一想，與其說是女友，應該算是前女友。他跑到伊藤的公寓裡翻箱倒櫃，從翻出來的信件和電腦裡留下來的電子郵件，發現他們分手了。她叫靜香。

城山並不想知道伊藤的際遇。偶然逮捕的便利商店搶匪竟然是以前的同學，這個巧合讓他感到愉快，但他不打算一直調查伊藤。他之所以跑去靜香的公寓，純粹只是爲了打發時間。

然而，現在他開始感興趣了，因爲這個看起來很頑強的美女，刺激了城山征服的欲望。他低喃道：「伊藤的前女友啊。」

警察這份工作對於城山而言是最棒不過的了。制服讓人卸除心防，即使新聞媒體再怎麼報導警界的貪汙或弊案，人們還是深信身穿制服的警察，幾乎沒有人會多加懷疑。城山打算繼續利用他的身分。他身邊的親友之中也有人一得知他優秀的學歷，就會對於他爲什麼甘於警察這份職業而感到百思不解。城山認爲這些人眞是愚蠢至極，再也沒有比警職更令人愉快的工作了。

「城山先生。」在居酒屋四周聚集的年輕人身後出現了一名髒兮兮的中年男子。他缺了兩顆門牙，悄悄地走到城山身邊，小聲地問道。「那種貨色，還有沒有？」一股惡臭的氣息撲到城山臉上。

他馬上明白男子的意思。半年多以前，城山居中安排，讓那名男子侵犯了一個即將結婚的年輕女孩。

「那種貨色如果還有的話，我願意接收。」男人說。

城山用輕蔑的眼神看他，心想這人真是醜八怪，一點本事也沒有，只會按照我的指示行動。男人死纏著城山不放，他只好說：「我知道了。」

真的嗎？男人高興地歡呼，露出缺了門牙的牙齒。城山對著男人皺起眉頭，心想得趕快甩掉這個酒鬼，既然要甩掉他，不如盡可能用愉快的方法。或許餵他吃大量的毒品，再用攝影機拍下他逐漸變成廢人的模樣也不錯。城山從前曾經對一對男女做過相同的事。他把那卷帶子放到網路商店，還賣了不錯的價錢。

男人低頭說：一定要跟我聯絡唷！城山丟下男人往前走，他不耐地加快了腳步，在十字路口等紅燈時，他突然轉過身，心想，不如讓那個男人侵犯伊藤的女人好了。

「警察先生，午安。」

揹著書包的小女孩經過城山身邊向他打招呼，他笑著朝她揮手。

＊

「曾根川爲什麼被殺？」日比野坐在車上抱膝問道。「你覺得怎樣？」

「他大概跟誰見過面吧。一個分神，遭人從背後襲擊頭部。」

「那種人會去見誰？」

「好比說，轟大叔。」我馬上脫口而出。

「那頭熊嗎？唉，對曾根川來說，應該只有那個大叔是朋友吧。」

「我問你，」我看著日比野。「你知道殺害外來者的理由嗎？」

「什麼意思？」

「不，沒什麼特別的意思。曾根川是外來者，就算他和別人無冤無仇，還是有可能因爲『他是外來者』而被殺。所以我在想，是不是這樣。」

「怎麼可能。」日比野沒有動怒，但一臉不悅。「怎麼可能有人無緣無故殺人?!這麼說的話，你也很危險唷！」

被他這麼一說，我打了個寒顫。如果曾根川是因爲外來者身分被殺，下一個遇害者就只剩下我了，這等於是沒有競爭對手的自動當選。

「可是，那個啊，曾根川和島民之間確實沒有交集。」

「沒有殺人動機。」

「如果勉強要說殺人動機，大概是草薙的妻子吧？」日比野摸著鼻子，側頭說道。

「百合小姐？」

「我曾聽說草薙太太討厭曾根川。」

「她應該只是討厭他的長相吧。」

「可是，有時候人會突然抓狂啊。伊藤住的城鎮裡沒發生過那種事嗎？」

「唉呀，」我老實承認。「就是因為那樣，所以老是發生命案，衝動性殺人或被殺，一天到晚都是那種案件。」

「如果優午在的話，馬上就能找到凶手。」日比野不甘心地咂嘴。

這時，我覺得小山田刑警的推測很敏銳，如果優午在的話，馬上就能找到凶手。換句話說，優午會阻礙凶手殺人。

事情說單純也很單純，而且很合理，殺害優午和曾根川的人是同一個人，我漸漸地確信這一點。

結果，公車繞了兩圈。

從前門下車時，司機對我們說：「日比野啊？」司機是一名三十五、六歲，鬍鬚濃密的男子。

「乘客還是很少啊。」日比野調侃地說道。
「那一位是誰？」司機的聲音低沉。他面向前方，不時從鏡子裡瞄我們。
「伊藤，我朋友。」
「是喔，稀奇呢，朋友啊。」
「你好。」我應了一聲。
「這輛公車是日比野漆的。」司機像要撥動車內空氣似地揮揮手。
我不禁用崇拜的眼光看著日比野。車廂內漆成深藍色眞的很美觀，同時具備了海豚的可愛與聰敏。
「這顏色很好看耶。」這句話是出自眞心。
「這男人的粉刷功力是天下第一。」司機像是在誇耀兒子似地笑了。
日比野低著頭一臉尷尬，想要趕快下車。想必有人同情他或把他當成瘋子，然而會誇獎他的人應該很少吧。我也跟著他下車。
我們在鎮上晃了一圈，來到市場。總算早上七點半了。
我們在車站前的長椅上坐下。「還要搭公車嗎？」我這麼一問，日比野愛理不理地回答：「爲什麼？」
長椅是橘色的。「這也是日比野漆的嗎？」我一問之下，果眞如此。不知道是不是他特意塗的，微妙的漸層相當有品味。在我住的城鎮裡，沒有這麼好看的長椅唷。我這麼一說，他懶洋洋地應道：「你們那裡沒有油漆工吧。」我想說，有是有，但技術沒有這麼好，不過還是作罷，反正我也沒有義務拍他馬屁。

「優午知不知道曾根川的事呢？」

「知道那傢伙會被殺？」

「嗯。」我一邊點頭，一邊想著幾件事情。我試著整理。「假如優午無法預測自己會死，說不定連那之後的事情，好比說曾根川會被殺也不知道。」

「不，優午能夠預測一切。」

「這麼說來，他明知自己會被殺，卻悶不吭聲？」

日比野沉默了。這個爭論一再重複卻毫無進展。

「優午被殺了，之後曾根川也被殺了，這兩者有沒有關聯呢？」我接著問道。

「有關聯？怎麼說？」

「我不知道啊。可是，我覺得這世上大部分的事情都有關聯。好比說啊……」

「好比說什麼？」

「呃……像是燕子低飛就會下雨。」

這類俗諺似乎是通用的。日比野也點點頭。

「還有那個，像是蜻蜓在下雨前會低飛。」

「蜘蛛也會結大網吧？」

「那個啊，是因爲低氣壓一來，就會開始颳起暖風，昆蟲會變得焦躁不安。」我試著炫耀知識。

「什麼意思？」

「昆蟲爲了交尾，會在低處發出窸窣聲。燕子和蜻蜓想要捕捉牠們就會低飛，蜘蛛也會結大網。」

「你到底要說什麼？」

「任何事都有關聯，優午徹底理解了這一點。這個世上所有事情都會因爲一點小事產生關聯，進而相互影響。」

「哼，那又怎樣？」

「所以，優午的死會不會跟什麼有關？」

「你該不會是想說，因爲優午死了，所以曾根川被殺吧？」日比野不滿地說道。

不過，我就是覺得兩者互爲因果。要殺死曾根川，就非得殺死優午。優午死了之後，曾根川才會死。要曾根川死，優午就要先死。我在心中叨念著，雖然整個事件的輪廓模糊不清，但是感覺逐漸浮現腦海中。

「你看那棵樹！」日比野打斷了我的冥想。

我往他指的方向看去，那裡有一隻貓，在離我們大約二十公尺的一棵樹下，坐著一隻三色貓。

「那傢伙一旦爬上櫸樹就會下雨，這和燕子低空飛過的道理一樣。」

「我問你唷。」我輕聲地說。

「什麼事？」

「貓真的會爬樹嗎？而且還會預測天氣。」我含蓄地說出心裡的疑問。

「你不相信嗎？」

「畢竟，貓會爬樹實在令人難以相信。」

「牠就是會，牠在地面加速，往樹幹一蹬，跳到樹枝上，然後從這根樹枝跳到另一根樹枝，愈跳愈高。」

「是嗎？」我說到一半，趕緊住口。心想，我們的對話會不會被貓聽見？結果那隻貓就在我們眼前跳上了樹，牠按照日比野剛才說的步驟，輕易地爬上了櫸樹。

「你看吧！」日比野驕傲地露出笑容。「你還懷疑嗎？」

我連吭都不敢吭一聲。

「牠剛才爬上樹，代表不久就會下雨囉。」日比野進一步斷言。

我想說，不太可能啦，但是我沒說。再說，我不想自以爲是地否定之後吃癟。

我沒說是對的。十分鐘不到，眞的下雨了。

一股不吉利的黑色雨雲如波浪般，朝著晴朗無雲的藍空湧來，忽然間天空就像扭開水龍頭般，開始下起了雨。

我愣住了。

這場雨並沒有下太久，但足以令我吃驚了。貓一爬樹就會下雨。那是眞的。

我們跑到一棟空屋的屋簷下避雨。

這下子你肯相信了吧？日比野嘟起嘴巴。「那隻貓會預測天氣。」

「是……是啊。」我連反駁的力氣都沒了。

等到雨勢開始轉小，我們離開了那棟空屋，那房子沒人住，連個打招呼的人都沒有，但是日比野不知是個性耿直，還是出於誤會，竟對著房子道謝，眞是怪人。

「你恨優午嗎？」我在寂靜的空氣中說道。

「恨他什麼？」日比野一臉詫異。

「聽說你父母被殺了。」我盡可能不讓話題變得感傷，選擇平鋪直敘的方式。

「幹麼，你要講我老爸的事嗎？」他的聲音與其說灰暗，倒不如說像混雜在細雨中般羸弱。他踩過剛形成的小水窪。「是小山田說的嗎？」

「我還聽其他人說了，聽說凶手是個女的？」

日比野垂下頭，自我解嘲地說：我老爸好女色。

「優午沒有把未來的事告訴你吧？他沒有事先告訴你，你父母會被殺。即使他知道，也不告訴你要事先防範，你不恨他嗎？」

「優午他，」日比野說到這裡頓了一下，嚥了嚥口水。那動作看起來像是要消化那算不上幸福的過去。「優午他扮演了那樣的角色。」

從很久以前開始，每當他因孤獨與憤怒差點失控時，就會那麼告訴自己。這一點我也知道。

角色這兩個字，在我腦中閃過一道光，那道光一閃即逝。

「優午知道所有未來的事，正因爲他知道，所以什麼都不說。這就跟眞正的偉人一樣不會擺臭架子。」日比野摸摸鼻子說道。

雖然我認爲這是兩回事，但我沒有說出口。「你不曾恨過他嗎？」

「幹麼恨他？」他切中要點地說道，表情就像一隻遠眺大陸的狗。

「是啊，要恨就恨那個女凶手。」

「不過話說回來，那樣的女人眞的存在嗎？會不會不存在呢？」

「可是，那是優午說的吧？」小山田也那麼說。日比野的父親對女人很放蕩，後來就被那個女人殺了。

「如果我說，是我殺死父母的，你會怎樣？」

這句話突如其來，令我倒抽了一口氣，只能發出一聲「咦」。他既沒有笑著說「開玩笑啦」，也沒有多加解釋。

我跨過水窪，突然想到，會不會是優午說謊呢？說不定他爲了包庇殺害雙親的日比野，才捏造出一名女凶手。那女人打從一開始就不存在，所以警察也逮不到她，會不會是如此？優午說的話就是正確答案，即使他說的與事實不符，只要他說出名字，那人就是凶手。這跟名偵探所說的就是眞相一樣。那個稻草人預知未來，決定過去。優午爲了拯救日比野，將「女人」變成了凶手，這不是不可能。唉，不過實在令人難以置信。

「優午不對任何人說未來的事。」日比野靜靜地說。「不過有個例外。」

「例外？」對於從前擔任系統工程師的我而言，「例外」是我敬而遠之的事之一。

「優午告訴我，伊藤會來到這座島，然後他還告訴我該如何對待你。這是個例外，對吧？」

「每件事都跟我有關。」

「爲什麼？」

「我才想知道爲什麼呢。」

*

靜香準時下班，她好久沒這樣了。交貨期還早，而且貨已經準備好了，研發員們配合主機維修，全都準時下班。那些平常就算放下做到一半的工作也要早點回家的男人，簡直令靜香無法置信。她在內心嘲笑，他們就像還沒確認目前所在地就要熟睡的士兵。靜香心想，當然是工作第一啊！

男人們對她說：靜香小姐今天也早點回去吧。

有些人因為她幾乎天天熬夜而寄予同情，有些人出自嫉妒，要她早點回家睡。

不論是面對何者，靜香都笑著回答：嗯，好的。

如果是平常的話，就算程式研發工程師在休息，她也會繼續工作。不過，那一天她卻決定直接回家，反正也沒辦法專心工作，警察提到伊藤的事，在她腦海中盤旋不去。

同事們聽到她說：「我先走了！」驚訝地看著她。

天色尚亮的街道上人潮洶湧，朝氣蓬勃，還沒拉下鐵捲門的服飾店看起來格外新鮮。靜香深深感到自己完全脫離社會，害怕地匆匆離開大街。她告訴自己：是啊，這種地方什麼東西也沒有。

即使回到公寓也無事可做，她很驚訝，已經過慣了回家倒頭就睡的生活了。做份簡單的晚餐，吃完之後卻閒得發慌，打開電視，螢幕上出現了沒看過的演員在表演看過的電視劇，引不起她的興趣。

她很後悔，與其在家裡閒著，不如跟平常一樣在公司加班。

她在想伊藤的事。

電視上沒有報導他被警方逮捕的新聞；報紙的地方版會不會刊登他搶劫未遂落跑的事件呢？

這時，電話響起。有人打電話來這件事本身就很稀奇，她甚至沒察覺那是家裡的電話鈴聲。

她接起話筒，彼端傳來「姊姊，妳的聲音好好聽唷」這種黏糊糊的聲音。那聲音不年輕，大概是喝醉了吧，還夾雜著下流的笑聲。

靜香盯著話筒，想要直接掛斷。她不認爲這通電話是打給她的。

「而且妳長得好漂亮喔。我一直跟蹤妳，妳都沒發現嗎？」

或許對方是怕被掛斷，提高了嗓門說道。靜香將話筒重新抵在耳朵上，沒有應聲。她覺得如果出聲的話，豈不是稱了對方的意。

「眞令人期待。」這句話令靜香背脊竄過一陣涼意，她感受到像是中年歐吉桑過度期待公司溫泉之旅的猥褻氣氛。

她掛斷了電話，站在原地盯著話機，總覺得只要移動一步，電話就會再次響起。她發現自己的心跳加速。被人跟蹤這件事本身就令人難以相信，而且她也不知道打電話來的人有何目的。「他是誰啊。」

靜香渾身發冷。她有一種濕濕黏黏，像蛇般的惡意從腳底下鑽入體內的噁心感受。可以確定的是，對方說了「真令人期待」。也就是說，對方應該還會再打來吧。

＊

日比野在我面前說：該拿安田怎麼辦。或許該說他的心情轉換得很快，突然改變了氣勢與方針。

「你還在提那件事啊？」

「沒辦法實現佳代子小姐的願望，算什麼油漆工。」他展現莫名其妙的正義感。

我聽見腳踏車的聲音，不用回頭也知道來者是草薙。他以不尋常的速度在我眼前緊急煞車，嚇了我一跳，他的慌張模樣非比尋常。

「草薙，你怎麼了？」日比野也察覺他的異樣，向後退一步，震懾於草薙的氣勢，說：「你眼睛好紅喔。」

草薙雙眼紅腫，跟我昨天深夜拖他出門時完全不同。

在那之後，發生了什麼事嗎？我嘴裡這麼問，但心裡已經察覺到，除了他妻子以外，沒有人能讓他如此不安。

「百合不見了。」他的表情極度悲慘。

事情是這樣的。

昨晚，他陪我去笹岡被槍殺的現場，回到家以後百合就不見了。當時已經過了十二點，百合那個時間不在家顯然有異，於是草薙馬上衝出去尋找。

「一直找不到人？」我不禁問道。

他大概騎著腳踏車四處奔走了好幾個小時吧，一定在黑暗中揮舞著燈光，尋找失蹤的妻子。在黑暗中呼喊妻名的他，究竟是愚蠢，還是異常呢？至少，我和靜香的關係就不可能發生這種事，就算我們其中一人不見了，另一方大概也不會去找吧。

我們三人面面相覷，都有一種不好的預感。

草薙突然說：「剛才警察來家裡，我覺得他們在懷疑殺害曾根川的人是百合。」幾乎哽咽著。

百合小姐對曾根川沒有好感，如果她在曾根川遇害的晚上失蹤，會被懷疑也沒辦法。我和日比野不認爲她是凶手，或許警方並沒有打從心底懷疑她。不過，這件事必須確認。

「百合的工作是握病人的手。」草薙大概沒睡飽，講話口齒不清。「像她那麼善良，不可能殺人。」

「如果對方是壞人或是她憎恨的對象，那又另當別論了。」日比野放冷箭。

霎時，草薙滿臉通紅、表情顯得憤怒，但旋即恢復原狀，口吃地說：「可是……」

日比野才一閉嘴，馬上又垮著一張臉，緩慢地左右搖擺頭部。

我仔細觀察他的動作，保持警戒。我有強烈的預感，他會語出驚人。果然，他拍著手說道：「是安田那傢伙幹的。」

草薙睜開了那雙充血的眼睛。

「因爲那傢伙好像會對島上的女性伸出魔爪，百合小姐也危險了。」日比野煽風點火地補上一句。

草薙這個年輕人，因爲不安加上一夜奔波卻徒勞無功的憤怒，以致不管矛頭對準誰都接受了。他立刻同意了日比野的說法。「是啊，絕對是安田幹的。」

兩人表現出馬上要衝往安田家的姿態，但這時突然有人打斷了他們。

一輛警車駛近，草薙被警方帶走了。一名四十幾歲的刑警說，我想問你有關百合小姐的事。

草薙半推半就地反抗，造成警察的困擾，於是日比野安撫道：「我們會先去安田家，你晚一點再過來！」草薙才不情不願地上車。

警察帶走草薙之後，只剩下我和日比野，我們直接跑去安田家。情況突然變得很混亂，我有點亢奮。

安田家是一棟木造建築，就算要說恭維話也談不上漂亮，房子散發出一股潮濕木頭的氣味，感覺發霉得很嚴重。

日比野用力敲打大門。我捏了一把冷汗，不知道這扇門會不會因此而倒塌或被敲壞，結果根本沒人出來應門。

「他父母也很散漫，跑到哪裡去了?!我說啊，像安田那種傢伙……」他嘴裡念念有詞，大發牢騷。

我不清楚「像安田那種傢伙」指的是什麼樣的人。

「像他那種人，大白天開車出去，到了晚上就躲在田埂旁偷襲女人。」

「是那樣嗎？」

「就是那樣。好，我們等著堵他。」日比野斷言，彷彿那已經決定了。

不知道是該贊成他，還是安撫他，我愣住了。結果，我們暫時個別行動。他在日落前要找到安田，我決定獨自巡視這座島，我們約好碰面的時間、地點，就各自離去了。

我想去一個地方。

我想找人說說話。我覺得必須跟那個叫櫻的男人聊一下。

所以，我和日比野分開後，憑著記憶前往櫻家。當我看到遠方有一棟藍色屋頂的平房時，心臟像是敲鐘似地怦怦亂跳。

我內心摻雜著好奇與害怕的情緒，有預感他會一語不發地朝我開槍，因爲我曾經跑進便利商店搶劫，威脅年輕的工讀生。另一方面，我也覺得他必須盡早打死我。「櫻是規範。」日比野說過的話還留在我的腦海裡。

「有何貴幹？」櫻問道，連看都不看我一眼。

他的模樣跟以前一樣，坐在平房外的木椅上蹺著二郎腿，他有一雙細長的腿，正在閱讀詩集。直挺的大鼻子引人注目；雙眼皮的眼睛兼具冷靜與知性，很美；一頭像女性般及肩的長髮，看起來像個虛弱的詩人，不過感覺並不羸弱，反而是精瘦幹練的樣子。那把槍就放在圓桌上。

我吃了一驚，身體顫抖。我已有心理準備，或許會被槍斃。

「倒也沒什麼大事，只是想找你說說話。」我拚命壓抑著好像要發抖的聲音，感覺就像使勁拉扯打結的毛線。

「話？花、詩？（註）」他回了我一句雙關語，連這句話聽起來也像詩。

「日比野告訴我很多你的事情。」

「我沒看過你耶。」櫻簡短地說。

「因爲我是從外地來的。」我說了實話。

他這才將詩集放在桌上，看著我，不可思議地側著頭說：「你爲什麼要告訴我？」

我老實回答，就算說謊也會穿幫。

「世上大部分的事情我都不知道。」

「這種說法和優午正好相反。」

「優午啊。」櫻低喃道。

「這座島上的人認爲你很特別。」

「說我是行刑者嗎？」櫻面無表情地聳聳肩。

「你知道大家怎麼看待你嗎？」

「很多人誤會了，跑來拜託我殺掉哪裡的某某。」

「如果那種人跑來找你，你會怎麼做？」

註：日語的「話」發音爲hanashi，近似「花」（hana）與「詩」（shi）的發音。

「就先斃了那傢伙。我討厭囉嗦的人。」

我不知道這句話是不是開玩笑。他的聲音不帶情感，充滿一股寒氣。

「你怕了嗎？你該不會認為我會殺了你吧？」

「老實說，我是那麼認為。」我垂下眉毛。

「你認為人可以制裁人嗎？」

「我認為。」這是我的真心話。我討厭每次出現死刑或刑罰的問題時，「人制裁人好嗎？」這種主張就會被提出來。無論殺死多少人也不必償命的法律，本身就已經不是法律了。

「你吃肉嗎？」櫻唐突地提出問題。

「豬和牛，雞肉也吃。」

「狗呢？」

「不吃。貓也不吃。」

「魚呢？」

「吃。」

「吃與不吃的東西，界線在哪裡？」

我側著頭。不吃體積大的動物嗎？不，牛比狗還大。說不定大象的肉也能吃。但是，我不吃寵物貓。

我想了半天，最後回答：「要看是不是朋友。不論是貓狗還是金魚，一旦成了朋友，我就吃不下去了。」

「人類也有朋友之分。朋友以外的人，你會吃嗎？」

我答不上來。人吃動物存活乃是天經地義，但我從沒想過吃與不吃的標準。

「在你住的地方怎麼宰殺動物？」

「牠們都被擺在超市裡。」我說完笑了。「食用肉會被放在店裡，切成適當尺寸，包上保鮮膜。」

「保鮮膜？」

「一種透明薄膜。超市會把肉放在盤子裡，用保鮮膜包起來販賣。」

「這裡也一樣啊。動物會被家畜養殖業者宰殺，送到市場販賣。總而言之，人類沒有親手殺死動物、吃牠們肉的眞實感，這一段過程被跳過了。」

我們殺死各種動物而活。可是，大家都忘了這點。社會這個系統讓我們忘了這點。

「一個人爲了存活，究竟得殺死多少動物？」櫻的聲音聽起來不像在尋求答案。

「我沒想過。」

「接下來想一想吧！」他命令似地說道。「人們吃動物而活，削樹皮而活。一個人的生命建立在幾十、幾百條生靈的犧牲之上。我要問的是，有幾個人值得犧牲那麼多條生命。你懂嗎？」

我沉默了。

「有幾個人比叢林裡的螞蟻還有價值？」

「不知道。」

「一個也沒有！」

*

將近二十年以前，櫻問過優午同樣的問題。

「人類有活著的價值嗎？」

深夜，島民都睡了。櫻站在優午面前，當時的櫻還是少年，那天晚上是他有生以來第一次槍殺人。櫻的雙手因爲碰到對方身上流出來的血而染成了紅黑色。這名相貌堂堂的美少年奪走一條人命，卻表現得異常鎮定，絲毫沒有恐懼。

「人沒有價值可言吧。」稻草人爽快地回答。

「所有人？」

「有一個叫祿二郎的人製作了我。」

「他例外嗎？」

優午對於這個問題沒有清楚回答。「不過，」他說。「不過，就算蒲公英開的花沒有價值，依舊不改它的純眞可愛。即使人沒有價值，你也犯不著生氣吧？」

當時還是少年的櫻，這才告訴優午，今天第一次殺了人。縱然優午早已知道，還是一副初次聽見的口吻，簡短地應了一聲。櫻輕聲低喃道，詩比死好（註）。

「花是美的。」稻草人繼續說。

*

「來種花吧。」櫻坐在椅子上，指著我站立的地面附近。

「咦？」我反問他也不回答我。「人沒有價值，所以你槍斃人？」

「不，」櫻否定道。「我是爲了保持理智。」他簡短地回答。

「你沒辦法保持理智嗎？」

「我之所以還能夠勉強保持理智，是因爲有詩和手槍。」

「詩和手槍？」

註：日語的「詩」與「死」的發音相同。

「人很吵，我討厭吵鬧。」

「你怕吵？」

「開槍。」櫻說。他的話太冷酷，搞不好他呼出來的氣息也會當場凍結。「櫻在春天盛開，景色變成了粉紅色。漫天飛舞，翩翩飛舞，然後凋零。」

「那是指眞正的櫻花嗎？」

「我想要變成眞正的櫻花。」

我目不轉睛地盯著他的身影，同時思考好幾件事。

他槍斃人。

他讀詩。

他憎惡喧囂。

他有槍。

他殺人。

他殺人得到島民的認同。

說不定他想做的是，把擦得像刀子般晶亮的詩詞塞進彈匣內，然後隨意擊斃人。

他很美。

「我不能對所有人開槍。」又隔了一會兒，櫻發現我還站著，說道。

原來如此，我心想說不定他想要擊斃這世上的所有人。因爲不能那麼做，所以他獨斷地挑出沒價値的代表人物再予以槍殺。應該是這樣吧。

「你也幹了什麼壞事吧？」櫻望著詩集說道。「來這座島之前，你八成幹過壞事，我看你的臉就知道。」

我差點告訴他：你猜對了，我搶過便利商店。不過，我因爲害怕而說不出口。

櫻接著問我：島外的情況怎樣？住起來舒服嗎？

「你的子彈一定不夠用啦。」我答道。

「是喔，島外是那種地方啊。」他無趣地說道，一副「我早就知道了」的模樣。

這時，我背後傳來歇斯底里的叫聲。

「喂，櫻。」那聲音毫不客氣，顯得目中無人。我轉身一看，不知何時出現了一名微胖的中年婦人，她鼓起雙頰、撐大鼻孔，帶著一名小女孩，既沒有報上姓名，也沒有理會我，直接走向櫻。

「叔叔。」那個小女孩看到我便笑了。

噢，我舉起手。她是那個將耳朵貼在地面，聽心跳聲爲樂的若葉。那個婦人看來是她母親，用一種像是在看害蟲的眼神瞪著我。

「我想告訴你，有一個叫轟的老頭，他是個怪老頭、有戀童癖的老不修，竟然想染指我女兒。」婦人一口氣說完，那股氣勢聽得我差點窒息。

轟要染指她女兒？我聽她這麼說，卻不認爲是事實。無論我怎麼想像，都不認爲那頭熊會襲擊人。就算轟攻擊人，我一想到他動作遲緩，就覺得對方逃脫的機會多得是。

「你在聽嗎？櫻！我不會原諒他唷，聽見了沒？我告訴你了。」她繼續說道。

櫻默默地讀詩，毫不搭理，脖子連動都不動一下。結果，她們便離開了。規模不大，卻像個結構完整的龍捲風。

「眞糟糕呀。」剩下我們倆之後，我說道。像這樣跑來向櫻告狀的頻率到底有多高呢？我光是想像都覺得煩。

「我受不了那種自以爲是的女人。」

「我不認爲轟先生會染指小女孩。可是，她說得那麼肯定，會不會有證據呢？」我不認爲轟會那麼做，但說不定發生了類似的事情。「會不會是那孩子在說謊啊？」

「這我知道，」櫻很冷靜。「不過，從她的表情看得出來，那個謊言的背後隱藏著更重大的事情。」

「重大的事情？」

「我不知道是什麼事。不過，她身上背負著某種罪。」

「罪是……好比說，值……值得殺了她嗎？」我不假思索地問了嚇人的問題。

「我沒興趣動手。」櫻回答。他好像對任何事都不感興趣。而像狗的日比野連一根小樹枝都感興趣。兩人正是鮮明對比。

「櫻，對不起唷。」我一回神，發現若葉在旁邊。

她似乎在半路上離開母親，一個人折返。櫻面無表情，他的臉孔就像一首詩，唯美而冷淡得令人難以接近。

「我媽好像誤會了。」

「妳真的被那個叫轟的男人侵犯了嗎？」我不經意地插嘴。

「怎麼可能嘛。」若葉生氣地說道。

「既然這樣，把妳母親的誤會解釋清楚不就得了。」

「不可能啦。我媽覺得人不會說真話，都是信口開河。不論別人怎麼說，她都聽不進去。再說，她看到轟大叔打我。」

「他打妳？」我粗聲地說道。

她支支吾吾，不肯告訴我事情爲什麼會演變成那樣，只說：「可是啊，轟說怪也怪，前一陣子才跟田中叔叔吵架。」

我略感訝異。他和曾根川爭吵，和田中吵架，又毆打若葉。難道這個叫轟的男人意外地生性好戰嗎？

「櫻，這個給你。」若葉將手上的袋子遞給坐在椅子上的櫻。那個牛皮紙袋摺成原本的五分之一大小。

櫻只用眼神發問，這是什麼玩意兒？

「這是花的種子。我家院子裡的花掉下來的種子，埋起來一定會開花。」

「爲什麼要給我？」

「先賄賂你呀。將來哪一天可能需要你幫忙。」若葉以孩子氣的口吻，說出大人般的話。

櫻不久前才說「要種花」，若葉就送他種子，這時間點的吻合令我吃驚。

若葉回去時，留下一句「你會用槍打人，但不會打花吧？」隨即飛奔離去。

櫻對我說：「任何事情都有意義，就連雲流動的方向和骰子擲出來的數字也有意義。」他彷彿想說，用槍打人也有意義。「你看到貓了嗎？會預測天氣的那隻貓。」

「那隻貓剛才爬上樹，那一瞬間就下雨了。」這麼說來，下雨時櫻也坐在這張椅子上嗎？他看起來不像淋過雨。說不定雨水落下時會避開櫻，因爲櫻花遇到雨就會凋謝。

「那也有理由。」櫻的話言簡意賅，宛如箭矢般蒼勁有力。

「理由？」

「那隻貓不特別，只是普通的貓。你知道『朝霞是下雨的前兆』這句俗諺嗎？」

「聽過。」

「也有人說當西邊的天空出現彩虹時，不久就會下雨。氣象從西向東移動，之所以出現彩虹，是因爲西邊在下雨，雨水反射光線，所以產生了彩虹。」

「你好像氣象博士耶。」

「也就是說，那隻貓在看彩虹。」

「咦？」我就像個遠遠落後的馬拉松選手，覺得很難爲情。

「牠想要找個能夠看清楚彩虹的地方，於是爬上樹。一旦快要下雨，那隻貓就會爬到樹上，牠想要找個視野良好的地方。」

我呆呆地聽他說，很驚訝那就是答案。那隻貓只是想看彩虹嗎？不，貓根本不會看什麼彩虹吧？

櫻就此閉上嘴巴，好像已經用完了今天開口的配額，就此沉默不語，彷彿變成一棵眞正的櫻花樹般靜謐。

我背對著平房向前走，半路上驀然回首，看見櫻從椅子上站了起來，正將信封裡的種子埋進土裡。

櫻讓花開啊，我很愉快。

我前往轟家。

我只覺得他是個怪人，即使他不是凶手，應該也握有凶手犯案的關鍵。說起來，帶曾根川和我來這裡的，不就是轟嗎？

他家的玄關沒有安裝門鈴。我敲了敲大門，無人回應，我再用力些敲門，依舊如此。我往後退一步，眺望這棟平房，這棟長方形建築物漆成優雅的白色，加上紅色屋頂，看起來頗具現代感。

我再度敲門，但沒有人出來應門，轟該不會像冬眠之前的動物一樣，跑去採購食物了吧？不然的話，會不會離島去寄我委託草薙的明信片呢？

我不死心地繼續敲門，敲著敲著，總覺得聽見了什麼。那聲音不太清楚，是輕聲細語的聲音，只出現一次，是發自屋內，還是來自背後的森林呢？

我環顧四周，側耳傾聽。或許是轟從屋內發出的聲音，但等了半晌似乎不是。

我再度左右張望，向後轉身，然後學若葉兩天前的動作，躺在地上，撥開臉旁的雜草，將耳朵貼在地面上。

過了一會兒，我聽見某種奇怪的聲音；來自地面的聲音，就像規律的心跳在打節拍。我一開始以為那是優午發出來的訊號，誠如若葉所說的，優午說不定會像雨水滲入大地般溶進泥土裡，所以我覺得他可能在發送訊息給我。

「你在做什麼？」

這聲音令我趕忙起身。抬頭一看，轟就站在眼前，我起身拂去牛仔褲上的塵土，面對著轟。

「你在做什麼？」

「我……我在聽聲音。」我答道。

我這麼一說，轟的表情變了，他的臉色看起來很蒼白。

「我希望你告訴我曾根川的事。」我還知道禮貌，不至於直接說，你怪怪的。

「他，唉，不是什麼好東西。」轟浮躁地說道，邊說邊四處張望。

「帶那個壞傢伙來的是你吧？」

「是我利慾薰心。」轟說。

「利慾薰心？」

「嗯，是我利慾薰心。」

他不想進一步回答，但我心想，會讓人利慾薰心的肯定是金錢。

「是誰殺了他？」

「我不知道，我還想問你哩。」他的口氣很焦慮。

「你在哪裡遇見曾根川的？」

「在仙台的小酒館。那家店只有一位老小姐站檯，我常在那裡遇見曾根川。」

「他是來撈錢的吧？」

他不發一語，或許是不希望我提到這件事。

「那個賺錢的生意，轟先生也想軋一腳，但是中途放棄了。」

前一陣子他和曾根川吵完架以後，曾經這麼提過。

「那傢伙成功了嗎？」轟的語調一派輕鬆，與其說是發問，不如說是詠嘆。我質問他：那是什麼意思？但他不願回答。「眞是的，我無法想像未來的發展。」他只是後悔地說道。

接著，他說了一件讓我意想不到的事。「你呀，在對岸闖的禍可嚴重囉。」

「我嗎？」

「你不是搶劫店家嗎？我剛從仙台回來。經過一家商店，門口貼著『歹徒搶劫未遂』的通緝令，我馬上就認出來是你，我看你大概回不去了吧？」他似乎不想站在優勢的位置，只是以熊的作法把這個訊息告訴我。

應該還不到通緝犯那麼誇張的地步，但是貼在便利商店的那張紙上，是否公開了我的姓名和長相呢？

我的想像讓心情沉了下來，我會變成多大的新聞呢？一個搶劫未遂、逃離警車、下落不明的嫌犯，具有被電視媒體報導的價值嗎？

「是啊。」我對轟聳聳肩。「回去的話一定會被抓。」而且會被城山逮捕。

轟沒有責難我，而是以緩慢的速度對我說：「另外，關於你的明信片。」

「差不多快寄到了吧。」

「那個地址在我熟悉的路附近，所以我就直接送過去了。」

＊

早上七點，靜香正走下公寓的樓梯，準備去上班時，遇見了那個男人。

她想起昨晚打來的那通令人作嘔的電話，那個噁心的聲音還在耳畔揮之不去。她把公司裡的人上上下下想過一遍，沒有一個人的聲音那麼下流，她嘴裡念念有詞，忘了吧，忘了吧。

靜香今天比平常提早出門，這個通勤時段搭地下鐵，還不至於人擠人。只不過一天準時下班，又沒有請假，她已經害怕趕不上工作進度了。

她看到一名男子背對著她，站在公寓門口的住戶信箱旁。她一開始還以爲是發送色情廣告的工讀生。不過，那人卻沒有把廣告傳單陸續投入信箱，感覺上好像是在尋找門牌號碼。他蓄著落腮鬍，挺著一個大肚腩，穿著一件從沒見過的運動夾克。

他的手上只有一張明信片，說他是郵差又沒穿制服。靜香原本想從他身邊經過，卻停下了腳步，因爲那男人碰了她家的信箱，她立即問：「那是寄給我的嗎？」

連她自己也感到驚訝，猛一回神才發現自己早已從對方手中把那張明信片抽過來。

男人大吃一驚，好像受驚的動物，簡直就像一頭在山裡遇到人類而感到害怕的熊。

「有人請我送這個來。」男人一派輕鬆地說。

「誰……誰請你送來的？」

「伊藤啊！妳認識他吧？」

靜香趕緊把那張明信片翻面，那是一張印有美麗山丘圖案的明信片。

＊

「你交給她了嗎？」

「她長得漂亮卻很冷淡。」

我說：突然有個陌生人遞給你一張明信片，這有什麼好客套的。但他沒聽見。

「你如果還要寄明信片，我再拿過去，你就交給草薙。」

被他這麼一說，我想起了早上剛寫好的明信片放在口袋裡，我把明信片抽出來交給轟。「請不斷地寄給她。」我彷彿聽見了稻草人的低喃。

轟收下了那張明信片，臉上浮現些許困惑的神色。「直接交給我沒關係嗎？」

「咦？什麼意思？」

「因爲收集信件是草薙的工作。」他說這是郵局員工的工作。換句話說，就算要花兩道手續，他還是希望我先把明信片交給草薙，再由草薙交給他。我感到愕然，這樣算老實還是不知變通？我想，草薙比起轟眞是有過之而無不及。

「你知道百合小姐的下落嗎？」我問道。

「草薙的老婆嗎？發生什麼事了？」

我告訴他，她失蹤了。

「失蹤是什麼意思？」

「她從昨天晚上就不在家，好像半夜突然失蹤了。」

「草薙在幹什麼？」

「被警察帶走了。」

轟一臉沉思的表情，然後兜著圈子說：「這樣啊，既然草薙分身乏術，那就沒辦法了。既然如此，我就收下明信片吧。」他收下了我的明信片。

我還有很多事情想問轟。「我剛才遇見那個叫若葉的孩子。」

轟的表情明顯地暗沉下來，眉頭深鎖、面色凝重。

「她說你打了她。」

「噢，那是因爲……」他顯然狼狽不堪。

「她母親說你想侵犯那孩子。」

「她母親眞是天才！」轟發出驚呼聲，像是投降似地雙手高舉。

我再次豎起耳朵，因爲我想起剛在地面上聽到的聲音。不過，那聲音已經消失了。這時，我靈光乍現。彷彿有一道光從我頭頂上的旋毛貫穿腳底傳至地面。以前在公司裡寫程式時，這種事情經常發生。每當眾人齊聚一堂，找不到解決方法時，幾個小時以後我會突然靈光一閃，部分程式在腦海中浮現，不一會兒我就能看到相關的故障區。

「若葉那孩子，之前來這裡時，就躺在地上。她也不是在睡覺，只是躺在地上，那是她的遊戲，她說她很喜歡這裡。」

轟咧著嘴，目不轉睛地看著我。

「其實，我也做了同樣的事，我試著躺在這裡。結果，我聽到奇怪的聲音。」

他問，那又怎樣？

「說不定你是因爲這個原因打若葉的。她可能差一點就發現你不想被人知道的事情，於是你忘了她還是個孩子，下意識地動手打人。明明心地善良的熊先生是不能動手的。」我心想講錯話了，趕緊閉嘴，但我稱他爲「熊先生」，他似乎充耳不聞。

「你說的聲音是什麼？」

「我剛才聽見了喔。在公寓裡不是經常會聽見隔壁住戶的音響發出來的聲音嗎？感覺就像是低音貝斯之類的聲音，那聲音很低沉，就像是誰在敲打牆壁。」

我一面說，腦中一面浮現有人在地下室敲打牆壁的情景。被幽禁在地下監獄的人質在求救。

或許是我說到了關鍵，轟的臉色更顯蒼白。

我踢踢地面，跑過轟的身旁，衝向玄關。我確信有人被軟禁在他家，若葉聽見了地下室傳來的聲音，這件事差點東窗事發，所以轟打了她。我只能如此聯想。

他家裡藏著重要物品。想起來，他是島上居民當中唯一與外界往來的男人，沒有祕密反而奇怪，他一定藏了什麼東西；從外界帶回來的東西，好比說是煽情的成人電影、酒精濃度高的洋酒。曾根川爲了賺錢而來到這座島。我聽到這件事時，想到的是非法毒品，我暗自揣測，是不是荻島上能夠取得毒品，曾根川就想跑來據爲己有呢？或者是這座島目前沒有古柯葉，他打算在島上栽培呢？若要祕密地種植非法農作物，再也沒有比這裡更適合的地方了，因爲這是一座無人知曉的孤島。

大門上了鎖。轟勃然大怒地追上來瞪著我。「幹什麼？」

「我在想聲音是不是從地下室發出來的。」

他說：你給我回去。那語氣與其說是威嚇，反倒像是請求。「櫻若看見的話怎麼辦？」他在我耳邊低訴。

這話是什麼意思？我回瞪他。就算櫻看見了又怎樣？再說，這話感覺像是坦誠自己犯了罪。

「不、不，那傢伙說不定會誤會。」轟似乎在粉飾自己的語病。

我從窗戶看進屋內，從鼠灰色的窗簾縫隙看得到室內的景象。我發現屋後有樓梯，扶手向下延伸，看來那正是通往地下室的樓梯。

轟開始鬼叫，他怒氣沖沖地吼道，你憑什麼擅自闖進別人家。我說，我看到通往地下室的樓梯了。他繼續罵道，那又怎樣？因爲這樣，我就得讓你進屋嗎？個性溫和的轟居然會發火，這很稀奇，但他的態度正好表明事有蹊蹺。

我離開轟家，但沒有放棄調查，我知道就算我們彼此大眼瞪小眼，他也不可能讓我進屋一探究竟，所以我打算找別的機會。

*

我遇見一名少年，他獨自蹲坐在水田邊，聚精會神地好像正在做什麼，索性就盤坐在泥地上。

「你在做什麼？」我出聲問他。若說我來到這座島上有什麼改變，那就是變得能夠自在地跟陌生人打招呼。

少年正在玩木頭，一根筆直的木頭，枝椏全給拔掉了。他抬頭看看我，又低頭繼續工作。他把木頭夾在兩腿之間，正用一把小柴刀削著木頭的皮，身旁還有另一根木頭。我目不轉睛地盯著他，看了老半天才發現。

「你在做稻草人？」

少年再次轉頭看我，點點頭。不，他才點頭，旋即又搖搖頭，然後發出呻吟。他叫道：「優……五。」看來他似乎沒辦法好好說話。雖然說不清楚，卻顯得非常可愛。我馬上瞭解他的話，他說的是「優午」。

他繼續作業。

我不清楚少年和優午之間有何關係。不過，眼前的少年確實正專心地製作稻草人。

我考慮過要不要幫他，但轉念一想，說不定那會違背他的意思，於是決定離開那裡，只說了句：「加油！」

少年又說了什麼，像是從肺部發出薩克斯風的聲音，那不是低音薩克斯風，而是高音的，清脆響亮。

*

我聽見腳踏車的聲音，心想鐵定是草薙來了，但騎腳踏車的卻是日比野，他從我身後逐漸接近，發出尖銳刺耳的煞車聲。

「你停車的方式好像要把人輾過去似的。」

「是你的走路方式像是要被人輾。」他泰然自若地說道。

「你到底怎麼了？」我一說完，他臉上的表情彷彿初次看到有人記性這麼差。他說：「安田的事你忘了嗎？我們要懲罰他吧？」

「那是你的問題吧？」我跟那個叫安田的青年又無冤無仇。

「有福同享，有難同當啊。」

我苦笑著說：還有福同享，有難同當咧。「你找到他了嗎？」

「等笹岡的葬禮吧。」

「咦？」

「昨天，不是有個叫笹岡的傢伙在你面前被櫻槍斃嗎？那傢伙將有一場葬禮，安田說不定會去。」

我不置可否地點點頭。

「好，走吧。」我沒有反對日比野，儘管心裡並不想去，但又很好奇島上的葬禮是什麼樣子。

挖墓穴的人是笹岡的雙親。日比野湊近我耳邊說道。

與其說那是葬禮，不如說是下葬儀式。就這層意義而言，還比較類似歐美的作法。墓地就選在一座可以望海的小山上，我和日比野共騎一輛腳踏車，花了三十多分鐘才到。一整排白色尖頂的細柱柵欄圍出一塊偌大的圓形墓地，地面呈咖啡色，既非草坪，也沒有雜草叢生。

到處都有長度不一的黑色板子。據日比野所說，那似乎是用來代替墓碑。一塊塊具有光澤的板子，大約我的腳掌寬。

日比野告訴我，這座島不採行火葬。待死者嚥下最後一口氣，馬上會被抬到這裡，埋進墓穴。人們會將泥土蓋在死者身上，然後由死者家屬插上黑色板子。這似乎就是下葬的程序。

「板子的高度會做成與死者的身高相當。」日比野指著那塊黑色板子告訴我。「很方便和死者說話吧？」

我摸了一下，那不是木板，觸感冷冰冰的，還會反光，說不定是一塊石頭，那真的是墓碑。

二十幾個人聚在墓園的角落，他們並沒有穿喪服。

「孩子死掉的時候，挖墓穴是父母的工作。」日比野在我耳邊悄聲說道。

笹岡的父親體型瘦削、皮膚白皙、渾身瘦骨嶙峋。他身旁有一個體型嬌小的駝背女性，正在用鏟子鏟土，大概是笹岡的母親吧。站在四周的人們只是望著她的動作。

笹岡的父母抽抽噎噎地哭個不停，感覺好像不停地叨念著什麼，說不定是在替死去的兒子超渡，又或許是在咒罵櫻這個殘忍的天災。

笹岡的屍體就躺在他們旁邊，躺在他們正在挖掘的洞穴旁邊，全身赤裸地抱膝縮成一團。

我想起了祖母蓋棺時的情景，那是發生在火葬場，祖母即將被火化之前，我附耳仔細聆聽她會不會說出重要的建言，但什麼也沒有。

「沒看見安田耶。」說到日比野，他似乎只關心這件事，簡直跟這群湊熱鬧的人沒兩樣。我看著這群人，沒一個認識，他們是住在這附近，還是死者的親戚，或者只是正好在場呢？不管怎樣，默默進行的儀式融入了島上的風景，簡直就像日常活動。

墓穴挖好了。笹岡的雙親抬起兒子的遺體，由於母親使不上力，笹岡的身軀偏向一邊，他們合力將他的遺體放入墓穴。我聽見撥土的聲音，這時候總算輪到四周的人出場了，所有人一起手腳並用，開始撥土。落土聲很狂亂，但別有一番趣味，簡直像下雨。

我突然想到，換成日比野會怎樣呢？當他父母去世時，應該是由日比野挖掘墓穴吧？他是否會在眾人面前，汗流浹背地用鏟子將父母埋入墓穴中呢？

「來了。」日比野用手肘頂我。「那傢伙來了。」

「在哪裡？」

「柵欄對面，櫸樹後面。」

我移動視線，看到笹岡的母親在埋好的土地上哭得死去活來，一群島民圍繞在她身邊。我往兩旁看了一眼，柵欄位於人群的正後方，那是一片由白木組成的柵欄。櫸樹在右手邊；一棵昂然聳立的樹，即使在冬天依舊冒出初夏的綠葉。樹幹旁邊探出一張臉，看起來無知又庸俗，但還是想到朋友的葬禮上露個臉，那是一張膚淺的臉，沒錯。

日比野一聲不響地跑了過去，才一眨眼工夫，他就往前跑了三、四步，我也立即跟上。我們穿越渾身是泥趴在地上的母親、撫摸她背部的父親，以及不知所措的鄰居們。

日比野跳過柵欄。

「伊藤，快點！」日比野邊跑邊叫道。「快點跳！」

我留心助跑的步伐，也跟著起跳，朝距離十公尺不到的櫸樹跑去。

日比野跑得很快，模樣帥氣。我看到了安田的臉，那八成是安田吧，戴著一副平光眼鏡，下巴肥厚，臉形卻很瘦長，好像一根茄子，蓄著一頭長髮，身高比我高十公分。

「安田！」日比野叫道。

安田的身影從櫸樹後面出現了。我嚇了一跳，這傢伙體格相當結實，他大概無法理解我們爲何一臉凶惡地衝向他，但還是反射性逃跑。

我開始在原地踏步。運動不足的後果立刻反應在我的雙腳，踩腳踏車的疲勞大概也是原因之一吧，踏地的雙腳漸漸無力，每踏出一步，我的腳就更綿軟無力。安田和追他的日比野，兩人的身影逐漸遠去。

幾秒後，我眞的摔倒了，如果祖母看到我的模樣，一定會笑著說：看吧，你落跑了。但這不算是眞的落跑，純粹只是身體承受不住，我雙膝疲軟，雙手撐地，勉強不讓自己倒下。

當安田起跑時，他和日比野之間的距離約有十公尺。眼看兩人的距離愈來愈短，安田朝水田的角落左轉，日比野馬上跟了上去。

我在旁邊望著兩人奔跑的身影。

日比野加快了速度，簡直就像一隻黃金獵犬正在追逐飛盤，驟然加速。那腳力之強，不禁令人看得出神。如果他有尾巴，簡直不輸奮力奔馳的狗。

他和安田之間的距離逐漸縮短，安田開始抬起下巴。路邊的左側停著一輛銀色轎車，不知名的車種，八成是安田的車吧。說不定他打算一上車，就輾過對方再逃逸。眼看著日比野離他愈來愈近，然後蹬足一躍，從後面抱住他，兩人雙雙翻滾在地。

我站起來，只好繼續奔跑。

我一走近，就看到日比野正騎在安田身上揍他。

從日比野激動的狀態看來，如果他頭頂冒煙我也不覺得奇怪，我知道他很亢奮，我出聲叫道「日比野」，他依然不肯停手，我提心吊膽地靠近他們。

他正在毆打的，或許不只是不良少年吧，他想要把受困在這座島上的封閉感、失去雙親的無奈，以及自己孤獨一生的種種單純卻嚴重阻礙他的事實打碎。

我從日比野的背後架住他，他用一種我沒聽過的聲音吼道：「你幹什麼?!」即使如此，我還是勉強站穩腳步，將日比野從安田身上強行拉開，我利用體重將他向後拉。

「你幹什麼！」日比野又吼了一次。有種情緒叫冷靜，他現在完全喪失了。

「你幹什麼！」這怒吼聲發自倒在地上，只挺起上半身的安田嘴裡。「瘋子！」他的臉已經腫起來了。

「吵死人了。」日比野還在喊叫。

「我做了什麼?」安田大吼。

日比野滔滔不絕地從頭到尾罵一遍。他表情扭曲地說：你不是死纏著佳代子小姐嗎？叫道：你到處對女人伸出魔爪。他高聲喊：草薙家的百合小姐在哪裡？給我說出來！

安田的眼眶紅腫，臉頰上還有瘀青，沒想到他在日比野罵完之後，居然笑了起來，發出一種病態、無恥的笑聲。他看起來並不高興，那是一種嘲笑、瞧不起人的笑聲。

有什麼好笑的！日比野說。

安田歪著破裂的嘴唇，說道：「你知道島上的人怎麼看你嗎？」他的語氣很下流。我察覺到安田想說什麼，我從他不懷好意的說話方式以及臉上驕傲的表情，可以想像他接下來要說什麼。我慌了，心想非得馬上摀住他的嘴巴，但我什麼也沒做。

看來，日比野在這座島上與其他人保持著微妙的距離。我隱約察覺到，那種距離是來自於同情和憐憫。

安田叫道：「像你這種怪人，大家都覺得很礙眼！」

他繼續說道：你給我聽好了，是佳代子自己喜歡我，她極力誘惑我，我的年紀還比她小，可是我完全不把她當一回事，所以她才惱羞成怒，因爲她是個漂亮的大小姐，她的自尊心不能原諒我，所以才會唆使你來揍我，一定是那麼回事。

他還沒說完。那對雙胞胎都在暗地裡嘲笑你。她們笑著說，佳代子是你的夢中情人，所以不管她下什麼命令，你都會搖著尾巴遵從。

我從背後架著日比野，看不見他臉上的表情。

雖說這是氣話，但說不定安田說的是事實。不過，就算是事實也不能隨便亂講。

「你爸玩女人，卻被一個笨女人殺死。你身上還不是流著那種好色的血液，憑什麼對我說三道四？白痴！」

優午看透了一切。佳代子和她妹妹是在玩弄日比野，日比野被人當成了笑柄。別再說了！就算那是事實，也不准你再多說一句！我應該喝止他，我早該那麼做，但是卻講不出來。

安田一股勁地大叫，日比野聽到了，張大嘴巴。我非常不安，他究竟想做什麼？

「你想說的就只有這些？」他說。

連站在他背後的我也感覺得到，他是勉強擠出這句話的。雖然這句話是陳腔濫調，但對日比野而言肯定是極限了。他既沒有激動得鬼吼鬼叫，也沒有被對方反駁得完全無言以對或號啕大哭。這應該是不願被眼前的頹勢擊敗，想要和對方對峙，勉強擠出的一句話。他的尾音微微顫抖。

「你想說的就只有這些？」日比野又重複說了一次。他這種高傲的回應，說不定是想要表現得桀驁不馴。該說他是隻狗卻還想耍帥，或者該說他是隻狗所以不肯服輸呢？

我總算說話了。「襲……襲擊女人的傢伙別在那裡教訓人！」

我放開了日比野。

安田站起來，他腳底不穩地面對著我們。那張俊俏的臉龐因爲挨揍而走了樣，臉上浮現目中無人的笑容。「我怎麼可能會做那種事？」

我大聲喊道。「昨天，你有一個叫笹岡的同夥被櫻槍斃了。他說你是他的同夥，他語氣堅定地說，你才是主犯。我親耳聽到了！」

我們彼此叫囂、互相辱罵，四周依舊是田園風光，灰色的碎石子、收割後只剩稻梗的水田、片片浮雲的天空。我有一種虛幻的感覺，我們究竟在這塊寧靜的土地上做什麼？

「笹岡瘋了。」安田還想反駁。「那傢伙想把我拖下水，他一定在打這種鬼主意。」

「你今天還不是作賊心虛，嚇得四處逃跑。」日比野說。「因爲笹岡被槍斃了，你怕下一個輪到自己，所以才會搞失蹤吧？」

「既然如此，我爲什麼現在還站在這裡？我爲什麼沒躲起來，還站在你們面前？」

「那是因爲，」日比野毫不猶豫地說。「因爲你少根筋。」

「瘋子沒資格說我。」

這時，我們沒有察覺一名男子正逐漸靠近，等到眼前的安田表情變得僵硬，目光猶如凍僵似地游移，我們才轉身一看。

是櫻。

他就像背對著太陽而立，刺眼炫目。我瞇起了眼。

「櫻。」發出聲音的是日比野。

櫻俯視我們，說：「種子。」

「種子？」

「種子埋好了。」櫻對著我說。我想了想，繼而想到若葉把花種子交給了櫻。

「噢，你把那個埋好了嗎？」

「我把它埋在我家前面，我很期待它發芽。」

「種花一定跟讀詩很像。」我不假思索地脫口而出。櫻親密地跟我說話，日比野大概很驚訝吧，只見他瞠目結舌。

突然傳來了一陣歇斯底里的叫聲，類似動物的嚎叫。我們再度回頭，只見安田一屁股跌坐在地上，忽而慌張地改變姿勢，跪在地上開始求饒。他激動地搖頭晃腦，不停磕頭，不像只是做做樣子。我不懂他爲何跪地道歉，他是在謝罪？單純地想要脫罪？還是裝瘋賣傻呢？我只覺得他是在求櫻「別殺他」。

我和日比野默默地注視他，這個剛剛還振振有詞地說「自己沒錯」的年輕人，現在卻拚命地求饒。我對他的態度轉變之快感到錯愕，同時也覺得他很可悲。

櫻是規範。我回想起日比野的話；櫻是道德，是規則。

「百合小姐在哪裡？」日比野問道。

「我怎麼知道。」安田的視線始終盯著地面，尖聲說道。

他不是在裝傻，他應該不敢佯裝不知。即使在現實中見識不到這種情景，但是一把上膛的手槍卻抵在他的太陽穴上。

櫻只是佇立不動，目不轉睛地盯著跪地磕頭的安田。

「回去吧。」日比野說。他露出一切安好的表情。我點點頭說：是啊，走吧。

我們在水田間的砂石路上緩緩地走著，循著原路走回去。跪地求饒的安田和低頭看他的櫻還在我們背後。

櫻會怎麼處理這個人呢？他是否會用槍瞄準那一臉可憐兮兮，捨棄自尊跪在地上磕頭的男人呢？

我總覺得背後響起了槍聲。不過，那槍聲彷彿只是在我腦中響起。

「剛才……」我想問日比野，但想想還是作罷。

「安田那傢伙說的是真的嗎？」日比野冷靜地說，好像先前的激動是一場騙局。日比野似乎對安田剛才說的話耿耿於懷。安田說「佳代子嘲笑你」以及「反正她們就算會同情你，也不會跟你要好」，這樣的話不知對他造成了多大的心靈創傷。這一點令我難以想像，我也不知道該說什麼。

「剛才，我想起了我爸去世的時候。」他說。「看來，說不定是我害死了他。」

我怒斥道，你又在說那種話了。「伯父不是你害死的。」

「別敷衍我！」日比野吐了一口口水。他並不是生氣，只是感覺心情受到莫大的影響。「你不要敷衍我！」

我們穿越墓地，一直向前走。兩人默默無言地並肩而行並不難受，但我說「對了」，打破了沉默。「對了，說不定叫轟的那個人隱瞞了什麼。」

「隱瞞了什麼？」

於是我把那個躺在轟家門前的若葉被轟揍過，還有我自己也體驗過躺在地上的感覺告訴他，再說出我的猜測。

「我聽見了低沉的聲音。」

「聲音？」

「說不定有人被關起來。那聲音好像是有人在敲打牆壁求救。」

「那個熊男有祕密？」日比野半信半疑。

「他很可疑。」我怒火中燒。「他被我說中，顯得很不安。」

「熊聽到意想不到的事情就會變得慌慌張張。」

「說不定百合小姐被關在那裡。」我覺得這個突然冒出來的想法太敏感。日比野不會瞧不起我的意見，但也沒有徹底接受。或許他現在沒有閒工夫去想這件事，他滿腦子都是佳代子小姐、他父母、連三歲小孩也不信的傳說，還有剛才安田講的那些粗言暴語，一團混亂。

我心想，他受了傷居然還能站著。被人惡意攻擊還能若無其事地昂然站立，這人眞是了不起，跟我不一樣。

「我想到了有趣的事。」我爲了改變心情，輕快地說。

「有趣的事？」日比野皺起眉頭。

「你知道綁架嗎？」

「綁架？」

我針對「綁架」這個名詞做解釋。大部分綁匪的目的是金錢，爲了讓對方順從，綁架對方的家人並予以威脅。

「轟先生說不定綁架了什麼人。」我接著說道。轟綁架某人，將對方關在地下室，遭綁架的肉票在地下室敲打牆壁。怎麼樣？有沒有可能？

「於是轟威脅肉票的父母嗎？」

「對。」

「這座島很小。要是誰失蹤，馬上就知道了，可是我沒聽說有小孩子失蹤啊。」

「百合小姐失蹤了。」

「但是，那是昨天晚上的事吧？若葉躺在地上被打，應該是在更早以前。」

嗯……我雙臂交抱著。日比野說得沒錯。再說，綁架案在這座島上是否成立也令人懷疑。

「既然如此，這樣的話怎麼樣？」日比野伸出食指。「轟綁架某人，將對方關在地下室。」

「那和我剛才說的不是一樣嗎？你剛才推翻了我的意見，說這座島上如果有人失蹤，大家馬上就會知道吧。」

「如果是島外的人呢？」

我一驚之下，無法立即反應。

「轟大叔會定期離島，他趁出島時將某人綁架回來——不，那個大叔應該沒有那種智慧。說不定是別人拜託他做的。所謂綁架，必須將肉票藏起來，對吧？」

我點點頭說，那很困難。把肉票藏在哪裡、如何收取贖金，這是綁架案的重點。

「如果轟在做那種生意，怎麼樣？別人拜託他，把肉票帶上船，藏在島上，等到交易結束，再把肉票送回去。」

「這座島沒人知道，倒是一個藏匿的好地點。」

「有可能嗎？」

他窺視我的表情。我覺得自己好像被問道：這種愚蠢的事情有可能發生嗎？我提出了更驚人的揣測。

「肉票會不會就是我自己？」

「你是肉票？」

我突然想到，事實上，我自己就是被害者，我會不會被幽禁在這座島上。轟把我帶到這裡，但不知什麼原因沒把我關進地下室，索性讓我留在這裡。會不會是那樣？

不，我搖搖頭。不可能。我發現，沒有人會因爲我被綁架而難過，我父母和我相依爲命的祖母都不在了，綁架我沒有任何好處。

這時，草薙出現了。「日比野先生，伊藤先生。」

聽到他開朗的語調，我們確信百合小姐平安無事，或許該說是不出我所料，他高興地說：「百合回來了。」

我們三人回到那條窄路，道路的兩旁是乾涸的水田。這時我才發現，這座島上沒有電線桿、廣告或交通號誌，也沒有電纜線。這裡沒有縱橫交錯的電波和大肆張貼的廣告傳單。假設「這座島上少了什麼」的傳說是真的，我開始懷疑那些真的是島上不可或缺的東西嗎？少了那些反倒還好。會不會也有可能如此呢？

「我離開警察局，一回去就發現百合在家了。」草薙變得多話了，他沒有往前走，只是一直看著我們。

「她去了哪裡？」

「人回來就好，去哪裡不重要。」

「你沒有問她嗎？」日比野像是在責備草薙。

「就算我問，她也不肯告訴我。不過無所謂，只要她平安無事就好。」

「警察知道百合小姐回來了嗎？」我問道。

草薙搖搖頭。「百合說自己會去解釋。」

日比野說，在她去找警察之前，我們有話想對她說。「我們想問她幾個問題。」

草薙只是隨口應了一句：「是嗎？」同時看起來像是在對我們表示：你們別破壞此刻的幸福。

日比野說，我們待會兒去你家。草薙走到之前棄置腳踏車的地方，騎上車回家了。

「百合小姐去了哪裡？」

「她爲什麼不說呢？眞奇怪。」日比野不滿地說。「待會兒直接問她吧。」

「不是現在嗎？」

「我想先去一個地方。」

我問道，去哪裡？

「你不是說轟很可疑嗎！」

＊

城山和一名中年男子面對面，那男人有口臭，大概從沒刷過牙。他們在深夜鬧區小巷裡的一家小酒吧。

「城山先生請客嗎？不好意思啦。」

這種人已經習慣受惠於人了。與其說他貪婪，不如說是醜陋，他長相醜惡，內心腐敗。

「計畫你都記清楚了吧？」城山冷淡地確認。

嗯，當然。他流著口水說。城山把手伸進西裝外套的內袋裡，取出一個小瓶子，遞到男人面前。

「這是藥，已經磨成了粉。水溶性，馬上溶解。」

「水溶性？」

「溶於水的意思。你先將女人綁起來，然後倒一杯水，摻入這個讓她喝下。」

「這藥吃下去會怎樣？」

「吃下這個，女人會像解開禁錮似地春心蕩漾，脫得精光，緊緊抱住骯髒惡臭的你。」

眞的嗎？男人問道，他的眼神已經變得混濁，鼻孔裡露出令人倒胃口的鼻毛。

「眞的。」城山說，將瓶子交給男人。

城山計畫好了，他打算一大早造訪靜香的公寓，以伊藤的事情爲藉口進屋，然後趁機讓靜香服下安眠藥，再換這個醜男進來。他想要事先將攝影機架在屋裡的側桌。

這麼一來，接下來這個男人就會使用瓶裡的藥爲所欲爲了吧。

城山只要等到一切都結束之後再回到屋裡取回錄影帶就行了。

這樣並不算結束，好戲才正要上演。他會用錄影帶和藥物，不斷地威脅女人，不只一次地侵犯對方。過不了多久，那女人就會變成廢物。人類會違反自己的意志，逐漸變得瘋狂。城山喜歡觀賞這個過程。

「我可以欺負那個高傲的女人嗎？」男人問道。

當然，城山一點頭，這個缺了門牙的男人像是在對國王跪拜似地，深深一鞠躬。

城山補了一句話，反正是打發時間。

*

我們走在一條長而蜿蜒的路上，右邊有遼闊的山丘，一座狀似倒蓋碗公的山丘。

「轟隱瞞了什麼吧？」日比野說。

「如果照我的推想。」

「既然如此，我們去確認一下吧。」日比野輕快地說道。「我討厭有所隱瞞的傢伙。」或許他認爲現在島上的所有人都對他心懷不軌吧。那種憤慨隱含在話語裡，讓人聽了於心不忍。

「讓他的房子淨空就行了，我們先讓那個大叔離島，再去他家搜查。」

「好主意耶。」我姑且附和。

我們向左眺望水田，一前一後地走在無人的路上。日比野到市場一趟，買了張明信片給我。「寫吧。」

「我才給過他一張。」

「你寫就是了。」他說，你寫後續也好、重寄也行，反正弄一張最新的明信片交給轟。「只要這麼做，然後補上一句：『這封信的內容很緊急，希望趕快送到對方手上。』那個熊大叔在這方面很認真，應該會馬上出船。」

「你要我編一件急事嗎？」

「就編一個嘛。」

從遠處看轟的家，很像一棟漂亮的公寓，庭院前面豎立著一個紅色郵筒，看不出來仍在使用。

跟上次造訪的情況不同，我們才一敲門，轟馬上就出來了，簡直像是在屋內觀察外面動靜似的。

「我剛才不是交給你一張明信片嗎？」

「噢，那張明信片還在我這裡。」

「事情是這樣的，我突然有急事，希望你別寄那張，改將這張直接交給對方。」

轟將收下的明信片翻面，嘟囔了一句：又是寄給那個女人嗎？

這次的明信片是藍色大海的照片，在蔚藍澄澈的大海中，隱約可見海裡的魚。明信片上只印了海洋，微微湧起的小波浪看起來像雲朵，不像海，倒像一片湛藍的天空。

我有急事想要告訴妳。

內容就只有這幾個字。一目了然的內容，任誰看了都知道有「急事」。不過，由於內容太簡短，所以我又加上了與前一張明信片上相同的內容：對了，我想聽妳演奏低音薩克斯風。

轟目不轉睛地盯著那張明信片，似乎不在意字面上的不自然，隨後收進了口袋。

「你能馬上出發嗎？這封信很急。」日比野從旁插嘴，幫忙推了一把，看著我說：「對吧？這封信很急吧？」

嗯！我僵硬地點點頭。「當然急。」

日比野滿意地收起下巴。「伊藤的急事就只有這麼一次，大叔你得馬上出發。」

「這，攸關誰的性命嗎？」轟以獨特的沉重口吻說道。

「不是攸關誰的性命。」日比野有點說過了頭。「快點，大叔！」

噢，好。轟背對我們，搖搖晃晃地返回屋內。

我們決定在轟出發之前先在島上四處亂晃。我們路過櫻的家門，日比野一看到正蹺著二郎腿的櫻就想逃跑，他想趁櫻沒發現之前躡手躡腳地離開。

櫻依舊在看書。我問不出口，安田究竟怎麼了？櫻表現得泰然自若，彷彿什麼事也沒發生過。

我對他產生了親密感，我想說不定他跟我一樣，和島上的居民保持著距離。若要描繪三角形，或許島上的居民、我和櫻各爲三個頂點，而日比野三者皆非，只是一個偏離常軌的點。那麼，優午一定是具有高度的直線吧。我總覺得在二次元的世界中，唯有稻草人身處於三次元的空間。換句話說，他就相當於往常小說裡的偵探角色。

「又見面啦。」櫻對我說道。往前走的日比野像是挨了罵，停下了腳步，弓著背。

「我們只是路過而已。」

「種子埋在哪裡？」我一問，櫻就說：「在你站的附近。」

我低頭看看站的位置，往左幾步的地方有翻過土的痕跡，泥土微微隆起，不知道櫻有沒有澆過水，地面上是濕的。

「眞期待開花。」

「種花和讀詩很像。」他學我之前曾經說過的話。

「差點就踩到了。」我聳聳肩。

「踩到的人，我就斃了他。」他一副正經八百的表情。

如果有人故意踩過這些種子，說不定櫻眞的會槍斃他。櫻的表情認眞到令人無法漠視。一個人爲了活下去，究竟得死多少動物。一個人爲了活下去，究竟得踩死多少花？櫻說不定是以殺人來代替發問。

我們加快腳步，這次要造訪的是草薙家。

「你們來得正好，百合等一下正要去警察局。」身穿黑色夾克的草薙走到玄關說。百合從走廊的另一端露臉。

她看起來跟昨晚見面時一樣。好比說，遭到施暴的痕跡；好比說，遇到意外的傷痕；好比說，受夠了沒大腦的丈夫而離家出走的陰霾，從她身上完全看不到這些跡象。

「大家都很擔心妳喔。」草薙對百合小姐說道。

「驚動大家了。」她低頭致歉。

「妳去哪裡了？」日比野的問題很直接，沒有多餘的修飾，毫不客氣。「妳失蹤的那段期間，曾根川死了，所有人都在懷疑妳。」

「日比野先生。」草薙的表情僵硬。

「如果妳和曾根川的命案無關，希望妳老實告訴我們。昨天晚上妳到底在哪裡？」

「你簡直像個警察。」我開玩笑地道。我們在玄關處和走廊上的草薙夫婦面對面。

「妳去哪裡了？」日比野直盯著百合小姐問道。

「日比野先生。」草薙的聲音開始出現怒氣。「去哪裡不重要。」

氣氛變得凝重。我們之間彷彿各自拉著一條看不見的繩索，令人喘不過氣。

「百合小姐，眞的沒什麼事嗎？」我問道。

「沒事。」她馬上回應，臉上的笑容很不自然，還帶點落寞，而且並沒有在責備誰。那種笑容好像是在告誡自己，鼓勵自己。

我發現我在哪裡見過那種表情，我拚命回想，回溯記憶，設法找出答案。於是，我找到了。

我在靜香的臉上見過那種表情，事情發生在我祖母去世的時候。我祖母在火葬場被火化時，我和靜香抬頭仰望從煙囪升起的煙。我們待在像鄉下小工廠的地方，旁邊的廣場停了一輛破舊的推土機。「你還好吧？」靜香問我。眼前的百合小姐剛才的表情和當時的靜香類似。

「是誰去世了呢？」

我下意識地脫口說出了這句話。百合小姐的臉色一沉，皺著兩道優雅的柳眉，一臉困惑的神情。

如果再一會兒，說不定百合小姐會當場哭出來。那麼一來，我就能確認自己說的是對的。

不過，事情並非如此，有人打破了凝重的氣氛，背後發出轟然巨響，大門馬上被打開，一群男子衝了進來，險些撞上我和日比野，差點摔倒。

「又是你啊？」小山田恨得牙癢癢地看著我們。

「你才是哩，來這裡做什麼？」日比野噘起下唇。

「我來問她話啊。」

「我們先。」

「難道還要排隊嗎？」小山田嘆了口氣。

「人生就像在排隊，對吧？一列排得滿滿的隊伍，不知不覺漸漸往前，不知道什麼時候就來到隊伍前頭。」

「夠了，你給我少說兩句！」小山田像是在袒護兒時玩伴，其實話中的含意是：你再多說一句，只會自曝其短唷！

「小山田，你再說一次看看！」日比野突然變臉，上前扭住小山田的衣領。

草薙趕緊衝到玄關，迅速地制止兩人。

「喂，日比野。」我說。

「喂，日比野。」這句是小山田說的，他自己也嚇了一跳，不知道日比野今天有點神經質。安田對日比野吼道：你是個大麻煩。由於那件事讓日比野的腦筋變得一團亂，所以對於兒時玩伴的一、兩句話也很敏感。

結果，這個火爆場面硬是落幕了。日比野被草薙抱住，警察則帶走了百合小姐。當她從我面前經過時，只是看了我一眼。我仔細一看，她的眼眶紅腫，一定是剛剛哭過。

寧靜雅致的草薙家，玄關處只剩下我和日比野及草薙，三人的視線沒有交集，靜靜地佇立了好一陣子。大家不知如何是好，而且感覺有點疲累。

我心想，百合小姐為了誰掉淚？又為了誰強忍淚水呢？

一離開草薙家，日比野高聲說：「差不多了。接下來去轟大叔家吧。」他精神抖擻地大步向前。

我跟在他身後，整理腦中的思緒，我並不是在做縝密的計畫，只是拖出深藏的記憶盒子，重新堆疊而已。

百合小姐在深夜失蹤。她明知自己突然不見，生性敏感的草薙肯定會抓狂，所以想必是有急事吧。

剛才她的表情像是看著誰去世，那就跟靜香在火葬場的表情一樣。她的工作不是握住瀕死者的手嗎？照顧瀕死的病人。所謂的急事就是指這個。

不過，我不知道這件事為什麼需要隱瞞，如果有人去世，老實說出來就好了。不管怎樣，那也是她的工作，沒有人會覺得奇怪。

「誰去世了嗎？」我試探性地問日比野。「從昨天傍晚到今天。」

「笹岡不是死了嗎？」日比野不耐煩地說道。「還有，曾根川也死了。」

我垂下肩膀。百合小姐不太可能爲了笹岡哭腫雙眼，曾根川更不用說了。

「除了他們之外，還有安田。」日比野接著說。

「我還是想不通。」我搔搔頭。

「什麼想不想得通，你到底在想什麼？」日比野一臉不服氣。

「除了他們三個人之外，還有沒有人去世？」

「沒有。」他斷定地說。「島上如果有人去世，大家馬上會知道，而且會是話題。」

「說不定死者是所有人都不認識的人。」

「這座島上不可能有陌生人吧。」

「說得也是。」我只好點頭稱是。就算不認識島上的所有人，哪個島民死亡的消息，肯定像八卦一樣四處流傳。

我把心裡所有的疑問全部組合起來，但完全無法想像。

「你在想什麼？」日比野用奇怪的眼神看著我。

「沒什麼，隨便想想。」

放眼望去，淨是山丘與水田，鋪了柏油的小馬路穿梭其間。清澈的水藍色天空映入眼簾，我想起了會預測天氣的貓。「那隻貓只是想看彩虹。」如果我一字不差地沿用櫻說過的話，日比野會有什麼反應？他會一笑置之嗎？還是認同呢？說不定他會大發雷霆地吼道：我根本不想知道事實！偶然看到藍色公車從眼前駛過，我說：「那輛公車的顏色眞好看。」

「不用拍馬屁。」

「並不是每個人都會說謊。」

「我相信會。」他應了一句乖僻的話。看來安田的粗暴言論還是讓他耿耿於懷。

「全部漆成藍色的公車很稀奇唷。」

「像海豚吧？」

「我也那麼認爲。」

「眞正的海豚與其說是藍色，其實比較接近黑色，不過我還是覺得那是海豚的顏色。天空的顏色、海洋的顏色。海豚的顏色。」

「你對顏色很清楚嘛。」

「因爲我是油漆工啊。」或許是我心理作祟，總覺得說這話時日比野挺起了胸膛。

「園山還在畫畫時，我們經常聊顏色。」

這時，我停下了腳步。

「怎麼了？」日比野蹙眉。

「我知道了。」突然從天而降的「答案」令我後退了一步。

「你知道什麼？」

「他太太去世了。園山先生的太太。」

日比野一臉錯愕。「你在說什麼？園山的太太在五年前就死了。」

「死的是園山先生的太太。」

「她早在五年前就死了。」

「不對。」我斷言道。「昨晚，園山先生的太太死了，百合小姐陪在她身邊。」

日比野湊近我，就像正在嗅聞陌生氣味的狗。「你在說什麼？她早就被殺死了。」

「園山先生說謊。」我朝他攤開雙手說道。

「那當然，那個瘋畫家不會說眞話。」

「我不是那個意思，就更深一層的意義來說，園山先生說了謊。」

「不會吧？」

「不用急，我們先去轟先生家，然後再去那個畫家的家一趟吧。這麼一來，你一定會懂的。」

「不會吧？」日比野又說了一次。

「他一直在說一個『只會說謊』的謊。」我邊說邊確信自己的推測是正確的。

日比野反覆說了好幾次：「什麼意思？」

「別問那麼多，我們走吧。」實際上，我的推測毫無根據，所以無從說明。我只說：「我只是用了減法。如果誰都沒死，剩下來的就是一開始沒被算進去的人。」

「那個人就是園山的太太嗎？」

「沒有證據證明她死了吧？」

「園山獨自將她埋葬了。」

「有人看到嗎？」

日比野搔搔頭，就像漸漸處於劣勢的拳擊教練。「大概沒人看到。隔天，園山的腦袋就怪怪的，他變得只會說反話。」

「對了，你說過吧？園山先生變成那樣之後所說的第一句話。」

「『我太太還活著』。」日比野點頭。

「那是事實。」

「那個人一定是故意說謊。」

日比野悶不吭聲。

「莫名其妙。」

「總之，現在先去轟先生家。我想，園山先生和百合小姐與曾根川遇害無關，那是其他問題，所以不用急。現在，轟先生家的地下室比較重要。」

園山先生的太太之前還活著。這是我個人的假設。不過，我預料得到，即使是假設也是正確的。

這麼一來，我覺得轟先生把人從島外帶回來幽禁在地下室的推測也是正確的，眞是不可思議。誇張一點，我覺得我的預測全會猜中。「快點，轟先生家一定有什麼。」

「你挺有幹勁的。」

「是啊。」我加快腳步，低頭看著自己的鞋子點點頭。「或許我眞的幹勁十足。」

我們一接近轟家，馬上就知道他不在。窗戶被厚重的窗簾遮住，電燈也全熄了。

「大門的把手上掛著牌子，對吧？那就是他不在家的證據。」日比野對我解釋道。在穿越院子的途中，我停下了腳步，將手指抵在唇上，要日比野噤聲，我們豎起耳朵仔細聆聽，我什麼都沒聽見，沒有發自地下室的聲音。我當場跪下，趴在地上，將耳朵貼在地面。

「什麼也聽不見耶。」日比野站著說。

「怪了。」我站起來，拍掉牛仔褲上的塵土。

「會不會是你心理作用？」

「不，我當時確實聽到了。」

「可是，現在沒聲音。」日比野朝我攤著手掌，一副放棄的樣子。「太安靜了。」

「我剛才聽見了。」

「有人被關在地下室，」日比野突然變成了否定我的一方。「未免太奇怪了。」

「不奇怪。」我雖然嘴上反駁，心裡卻感到不安，很奇怪嗎？

「進去看看就知道了。」日比野說道，開始往前走。

那扇大門如同日比野所說的，掛著一塊木板，像是一塊手工名牌。

外出

上面只寫了這兩個字，看來這就是不在家的留言。

日比野確認大門上了鎖，理所當然地沿著牆壁走，他走到拉上窗簾的窗戶前，然後撿起地上的石頭，毫不猶豫地擲向玻璃窗。哐啷一聲，玻璃破了。

「石頭突然飛過來，很可怕喔？」日比野事不關己地說，從外側打開窗戶上的鎖。

就結論而言，地下室裡一個人也沒有。

當我們走到通往地下室的樓梯前，我覺得：「這裡肯定有一座地下監獄。」結果並非如此。

樓梯是冷冰冰的鐵灰色，沒有任何裝飾，並非旋轉梯，而是一條筆直而下的短梯。

「下去看看吧。」我一說，日比野興趣缺缺地說：你去確認就好了，我要檢查一樓。或許他天生害怕黑暗狹窄的地方。

樓梯的盡頭有一扇厚重的門，看起來很堅固，像是用來監禁誰的。我有預感，門的另一側有一個骨瘦如柴的人抱膝坐在地上，因而感到緊張。

這扇門很重，但是將全身重量施於雙手，不太費力就打開了。假如這是一個用來監禁的房間，應該會上鎖。所以當我輕易打開這扇門的瞬間，我的假設就可說是瓦解了。

那只是一間隔音室；一間整理得很乾淨的音響室。說不定是轟的嗜好。裡面有氣派的音響設備、擴大器和揚聲器，還有兩張對放的單人沙發，旁邊的櫃子裡堆放著各種ＣＤ片。

我失望地垂下肩膀。總之，流瀉到外面的聲音可能是這裡播放的音樂，大概是低音貝斯和鼓聲穿透牆壁，擴散到屋外吧。

這個房間約莫三坪大，我確認房裡沒有壁櫥和暗門之後，闔上沉重的門回到一樓。我並沒有確認轟喜歡聽哪種音樂，以及他擁有的ＣＤ種類。

日比野或許打從一開始就不抱期待，看到失望的我也絲毫不以爲意。「有人嗎？」

「我猜錯了。」我的臉部抽搐。「他是個普通的熊大叔。」

「我就說吧。」他笑道，然後聳聳肩。「房子裡什麼都沒有。」

牆上掛著月曆，好像是從島外帶回來的，印著新宿都廳的建築物。那種粗俗的玩意兒，大概是哪家電器行送的贈品。「島外有這種建築物啊？」日比野皺起眉頭，輕輕拍打那張照片。

「也有啊。」

「若無其事地蓋這種東西啊？」

「若無其事？嗯，是啊，沒什麼好大驚小怪的。」

「如果有這種東西，就不用稻草人了吧？」我應道，倒也不是那樣。

「大叔出人意料地一絲不苟吧？那邊的桌子上有一張一覽表，上頭列了所有委託人的委託明細，誰在什麼時候、委託什麼東西、什麼時候買下，全部寫得清清楚楚。那一定是轟家族的傳統吧。」

當我從推測錯誤的失落感中恢復過來時，我再次仔細觀察轟家。牆上貼了幾張地圖；有的是手繪的島嶼周邊，有的是交通部發行的眞正地圖，上面註記了許多箭頭和數字，大概是船隻往來的KNOW-HOW吧，手繪地圖說不定是代代傳承的文物，破破爛爛的，但是用膠帶仔細補強過。

「他會不會跟命案無關呢？」我低喃道。

「在這座島上，每個人都像是跟什麼有關。」日比野含糊不清地回答。

然後，我們離開了轟家。

*

在回程的路上，日比野很體貼，就像狗在觀察主人的心情一樣，之前我一直認爲他不理會別人的心情，或許是我太過武斷。

「別那麼沮喪嘛。直覺總有不準的時候。」他安慰我。

「可是啊，」我皺起眉頭。「我認爲自己發射的箭一定會命中靶心，結果卻插進十萬八千里遠的地面，這教人怎能不失落？」

「眞是那樣的話，」他的腳步輕盈。「只要在箭掉落的地方畫個箭靶就好了。」去園山家吧。日比野宣布下一個目的地。

我心想，眞是不可思議啊。來到這座島以前的我，是個活在常規下的人；那種設計完美無缺的程式，不希望踏錯腳步的人。我瞧不起沉迷於浪費生命的娛樂中，或在出差時搭慢車，欣賞沿路風景的人。但我僅在荻島這塊陌生的土地上生活數日，就開始像個孩子般淨想些愚蠢的事，悠哉地四處閒晃。我想，從前的我一定會嘲笑現在的我。

園山家的屋頂是尖的，看起來簡直像是長矛頭。我先入爲主地認爲，精神失常的畫家一定住在更糟糕的房子裡。在我腦中，他家的窗戶不是破了用瓦楞紙補上，就是牆壁上長滿了雜草。

然而，他家的確清爽怡人，牆壁是漂亮的乳白色，庭院裡的草皮修剪得整整齊齊，那是一個經過整理的家。

我和日比野並肩站在大門前，門上沒有窺視孔之類的裝置。

「園山那天晚上在做什麼？」日比野在敲門之前，望著前方問我。「是園山殺死優午的嗎？」

「他跟那件事一定無關吧。」

「可是，他在不尋常的時間散步。」

「但沒有殺人。」在我說話的同時，腦中浮現模糊的影像。我不確定那是什麼，但我有預感會想起某個關鍵，進而串聯許多事情。

日比野敲了三、四下，但沒有人出來應門。說起來，我們從剛才就一直反覆在做這種事。

「不在耶。」

「眞奇怪。現在幾點？」

我看看手表。「下午四點。」

「這樣的話，他應該在家，那傢伙總是那麼規律，他現在一定在家裡睡覺。爲了在清晨出門散步，他會從現在開始睡覺。」日比野又敲了大門。

「他一定不在。」我知道這一點。

「這幾年來，他每天的作息都一樣喔。」

「所以說，他騙了大家。」他絕對不是只騙你一個。「他現在有事外出，所以採取了和平常不一樣的行動。在優午死掉的那天晚上，一定也是這樣。」

「他有什麼事？」

「一定是因爲他太太去世了。」我直接對日比野這麼說。

「園山先生不在喔。」

聲音從身後傳來，我們連忙回頭一看，是百合小姐，緩緩下沉的夕陽與她的身影交疊，或許是因爲陽光刺眼，身旁的日比野皺起眉頭。

「我剛從警察局回來。」她似乎是看到我們站在園山家門前，所以過來的。她還說：「我聽見你們剛才的對話。」她身上的藍色高領毛衣很適合她。

我做了一個深呼吸，說：「園山先生的太太還活著吧？」

百合小姐一臉爽快，雖然雙眼充血，但神清氣爽。她說：「她今天清晨過世了。」

「那……那是什麼意思？」日比野交互盯著我和百合小姐。

百合小姐並沒有哭。我想對她說「妳很堅強」，但想想還是算了。我有預感這句話一說出口，她強忍的淚水將會潰堤。

日比野有氣無力地說：「解釋一下吧。」可以對我們解釋一下吧？妳告訴我，我也會懂的，我不是笨蛋。

百合小姐的語氣不帶一絲猶豫，說不定她從一開始就打算那麼做了。「我有他們家的鑰匙。」她走向玄關，然後將鑰匙插進門把的鑰匙孔裡。

「園山先生常說，」百合小姐嫣然一笑。「『日比野是個不可思議的傢伙，我不討厭他。』」

「那不是他一向會說的反話吧？」

園山家裡裡外外都一樣，整理得井井有條。鋪著木板的走廊從玄關處向屋內延伸，兩側是通往各個房間的門。百合小姐一直向前走，在盡頭右轉，她似乎知道該帶我們到哪個房間。

「可以擅自進屋嗎？」我內心的膽怯在臉上表露無遺。

「今天早上，我離開這裡時，園山先生對我說：『接下來的事就交給妳了。』所以我想應該沒關係。」

她的神情落寞，但不像是沉浸在感傷中。她指著眼前的門，說：「園山先生的太太之前一直住在這裡。」

我嚥下一口唾液。日比野或許是爲了平靜下來，緊緊地閉上雙眼。

我們打開房門走了進去，正中央有一張床，一張很簡樸的床，蓋被對摺，我們環顧室內，在一旁的沙發上坐下。

「園山夫人在這裡臥病不起。」百合小姐說明道。「她在床上躺了五年。」

「當時，她沒有死於那起事件嗎？」日比野眨了眨眼。

「嗯。」百合垂下頭回答。「當時，園山先生誤以爲她死了，畢竟被人強暴，倒在地上渾身都是血。」

「都是血？」

「她的臉被人用刀子劃得慘不忍睹，我眞不敢相信，居然有人這麼心狠手辣。」她說，園山夫人的臉被劃得像扇百葉窗，這五年的時間似乎沒有平息百合小姐的怒氣，她的聲音僵硬顫抖。

「等一下。」日比野的語氣極度認眞。「園山大叔會不會本來就發瘋了呢？」

她緩緩地眨眨眼，然後開口說。「臉被劃傷的夫人不能出門。」

「因爲她滿臉傷痕嗎？」

「她形同廢人。」她痛苦地嘆了一口氣。

事發後不久，園山馬上去找百合小姐商量。如果是一向交情甚篤的她，或許妻子會對她敞開心胸。園山先生大概是那麼期待吧。然而，他的期望卻落了空。也許園山夫人當時就已經死了，她的心臟雖然在動，心扉卻關上了。她雖然會呼吸、進食，卻不笑了。一定也有那種死法。

「園山先生在事件之後，出門遇到鎮上的人時，不小心漏了口風。」

「『我太太還活著』。」我看著她。

「他眞的是不小心說溜了嘴。在場的人一聽，全都騷動了起來。畢竟，大家都以爲園山夫人被殺死了，大家知道她還活著，都很高興。」

「所以，園山先生就假裝說謊？」

「園山先生在那之後，就變成一個『只會說反話的人』。」這句話聽起來像是在說園山先生是個悲哀的人。

「如果當時一五一十地解釋清楚就好了吧？」我說。「妻子被歹徒弄傷臉，心靈也受創，把這些事情解釋清楚就好了。這麼一來，誰都會接受吧。說不定大家會認爲：『噢，他太太眞可憐，讓她靜養吧。』」

她隔了一會兒才回應。「我也那麼認爲。可是，那是外人才能說得出口。所謂當局者迷，旁觀者清。在當事人眼裡，事情並沒那麼單純。所以……」

「所以？」我重複她的話。

「園山先生選擇『讓自己看起來像發瘋』。」

「爲什麼要那麼做？」日比野趨前問道。

「或許他只是單純地想要抹消『我太太還活著』這句話。」

「就爲了這件事，落得一直說謊的下場嗎？」

「他一定是爲了省事吧，如果大家認爲他發瘋，就不會接近他，這樣也可以專心照顧太太。」

她還說，對園山先生而言，說不定那樣反而幸福。

「他的作息時間爲什麼這麼固定？」我繼續發問。

「如果作息時間固定，萬一大家有急事，也知道何時上門。這樣就不會有人突然在他不在時造訪，他不想讓別人發現他太太。」

＊

「因爲有人不從大門進來，突然闖進房間裡呀。」園山疲憊的臉上勉強擠出微笑。

說完，他看著百合。

兩人坐在沙發上，看著園山夫人的睡容。

「你是指我小時候幹的好事嗎？」

「我當時嚇了一跳。一個少女在我的畫上惡作劇，在藍色畫布上留下紅色痕跡。」

「我以爲會被臭罵一頓，嚇死我了。」

或許是回想起當時的事，園山撫著灰白的落腮鬍說：「我老婆喜歡我的畫。」

「是啊。」

「大家都把我當瘋子，我只能跟老婆相依爲命了。不過，這也是幸福的人生啊。」

百合無法妥善地回應他。

「眞拿她沒辦法。」園山的語氣夾雜了欣喜與落寞。「整張床被她獨占了。」

＊

「園山大叔，」日比野扭動脖子說道。「他沒有放棄作畫嗎？」

「嗯，就某個角度而言。」百合小姐點點頭。

眞是壯觀。床的四周排滿了畫布，從牆上掛的到床上放的，大大小小的畫作令人嘆爲觀止。我看得出神。

驚人的是，它們的畫風迥異，跟百合小姐之前給我看過的畫作完全不同。若說是別人的作品，我還比較能接受。那畫風一點都不抽象，完全是眞實的風景畫。

「和實物一模一樣。」日比野發出驚嘆。

樹木、高山、田園風光和河川的四季景色以寫實的手法描繪，讓人幾乎誤以爲是照片。島上的風景在畫裡、島上的四季在畫裡，其中，還有描繪鳥的畫，想必連鳥啼聲都畫了進去。

看到這些畫，我根本無法想像這個畫家以前的作品充滿了獨創性，當時的他簡直就是畢卡索，不，用畢卡索來形容都嫌太可惜。

我完全不懂畫作和照片的價值有何不同，但並列在眼前的寫實風景畫，卻沒有帶給我在草薙家看到那幅抽象畫的那種感動。如果有一條路名叫藝術，我覺得園山先生在開倒車。

「伊藤先生，你覺得這些畫怎麼樣？」百合小姐問我。

「我，」我支吾了一下。「我比較喜歡妳之前給我看的那幅畫。」

「這些是園山先生爲了不能外出的太太畫的喔。」百合小姐靜靜地說道。

「噢。」我發出了不知是感嘆，還是驚訝的聲音。

與其留下自己憑想像力畫出來的作品，園山先生選擇了讓妻子欣賞風景。他的用意大概是想讓心靈受創、這輩子恐怕出不了門的妻子欣賞島上的四季風景，這些畫作是專爲臥病的妻子畫的。我們絕對無法領悟其中的款款深情。

那不是半調子的風景畫。了不起啊，我在心中發出讚嘆。了不起啊，園山先生。

滿屋子的畫作，我們欣賞了許久。

「園山夫人昨天的病情突然惡化，伊藤先生來過我家吧？」

「我們去找草薙。」

「其實，園山先生隨後也來了。」

園山似乎委託百合小姐說：「能不能握著我太太的手？」園山夫人的身體被蔓延的細菌感染，她臉上的傷口從幾年前開始化膿，當時的情況更嚴重。

「於是我去握著她的手。」

「因爲那是妳的工作吧。」我說。

我們的話題就此中斷，眾人不再說話。「這比照片更寫實啊。」日比野說道，在這之前他一直保持沉默。

沒有人開口，但我們幾乎同時起身。

「妳如果不快點回家，草薙又要擔心了。」日比野說。

「他說不定又在四處找人了。」百合小姐笑道。

「那傢伙是好人。」日比野說。「個性單純。」

「你不覺得他很像花嗎？」

「那傢伙像花？」日比野一副不敢苟同的表情，皺起眉頭。

「優午先生之前那麼說過。他說：『他和花一樣，沒有惡意。』我覺得優午先生說得對。」

「優午說的嗎？」

「是啊。」

她砰地一聲關上房門，一記悶響，封印了園山夫妻一直隱藏在心中的小祕密。

我們從屋裡走到院子，我雙手高舉，盡情地伸了一個懶腰。

「警察的疑慮釐清了嗎？」日比野對百合小姐說。

「我沒有對曾根川先生做任何事喔。」她撥起頭髮。

嗯，是吧。我和日比野如此應道。畢竟，曾根川去世時，百合小姐握著園山夫人的手，不可能是凶手。

「可是，警方也卯足全力在緝凶喔。」她似乎在同情警察。

「因爲這是優午死後的第一起命案啊。明明什麼也查不到。」

「對了。」我擊掌。「其實啊，我在優午去世的那天晚上看到園山先生，凌晨三點唷，妳知道他爲什麼在那種時間散步嗎？」

她顯然不知道，還低頭向我道歉：對不起，幫不上忙。看起來不像是裝的。

「那……園山現在去哪裡？」日比野突然想到似地發問。

「他今天清晨把太太的遺體搬出去了。」

「還沒回來嗎？」

「是的。」百合小姐收起下巴。我看著她認眞的表情，心想：百合小姐大概知道園山的下落。

「是喔。」日比野滿不在乎，接著說：「不過話說回來，優午會不會全部知情？」

「咦？」百合小姐反問。

「他會不會知道園山大叔會裝瘋賣傻，還有演變成這種情況呢？」

「優午先生大概早就知道了吧。」她的語氣強而有力。

「我想也是。」

我只是漫不經心地聽著兩人對話。沒有疏離感，但我深切體認到自己是個外人。

我們目送百合小姐回家之後，往反方向走去，太陽開始西沉，正前方是一輪碩大的夕陽，山的稜線宛如正在延燒，呈現鮮紅的色彩。我心想，究竟有多少年不曾看過如此美麗的晚霞呢？這對日比野而言，或許不稀奇，他絲毫不感興趣。夕陽隨著時光的流逝而落下，緊接著是夜晚的來臨。理所當然的運行，對我們來說卻很新鮮，在我們的城市裡，那種感覺本身已經被打亂了。即使入了夜，便利商店的燈光依然不滅，把街頭照得通亮。

＊

就是因爲有這種商店，人類才會誤以爲自己變得很偉大。日子一久，甚至會說：「沒有太陽又何妨？」

坐在副駕駛座上的祖母曾經望著半夜經過的便利商店那麼說。

我早將這件事忘得一乾二淨，但失去目標終日賦閒的我之所以會下定決心搶便利商店，說不定是受了那句話的影響。總而言之，祖母去世後大概還控制著我。

日比野說：「眞是一對怪夫妻。」他指的應該是園山夫婦吧。

我不懂他這句話指什麼，說不定他至今認爲自己比腦袋有問題的園山先生還正常，說不定他一直那麼安慰自己。或許是失去比較的對象，他的側臉有些落寞。

「結果，園山和命案沒有關係啊。」

「我從一開始就知道了。畢竟，往返優午的水田一趟在時間上根本辦不到。」

「那段時間大概只夠撿垃圾回家吧。」

我想起了兔子小姐也說過類似的話。她說：「既然你來回走一趟，早知道就拜託你替我辦點事情。」

辦事。那一瞬間，我的眼前爲之一亮，或者說我只感覺到閃光，記憶中混亂的要素突然結合在一起，相互碰撞，就像七零八落的拼圖，一口氣拼上了好幾塊。

「園山先生沒有殺害優午。」

日比野說，這剛才就說過了。

「他只是因爲其他事情往返那裡。」

「什麼事？」

「譬如，撿什麼回來嗎？」

「撿什麼回來？」

「他掉了什麼東西。」一個個假設陸續在我腦中成形。

「他掉了什麼？」

「優午的頭。」我下意識地說。說完之後，我有一種豁然開朗的感覺。「優午的頭掉在某處，園山先生去把它帶了回來。那樣的話，就不會花很多時間。」

「什麼意思？」

「意思是我接下來才要思考。」

日比野笑說，那傢伙是個傑作啊。

大概是晚霞使得眼前的景象變得夢幻。白天遇見的少年正背對著夕陽，站在水田正中央。

「他是誰啊？」我問身旁的日比野，他好像這時才看到那個少年。「他是……」過了一會兒，他好像低喃了一個名字，但我聽不見。不知是他聲音太小，還是我耳朵有毛病，如果都不是的話，大概是因爲我不熟悉他的發音。

「那傢伙的母親啊，在河裡溺死了。他在河畔和狗聊天，和狗聊天耶！這也很可笑。總之，當他和狗閒聊時，他的母親已經死了。他以爲只要不說話，靜靜地不出聲，就聽得見母親的慘叫。他母親死後，他連呼吸都有困難，眞是個笨蛋。當時，他還是個小鬼，就算聽見母親的慘叫，也救不了她。」我不知道他說的話有幾分眞實性，甚至分辨不出他的語調是溫柔，還是毒辣。

「那傢伙在做什麼？」

「他一定在豎立稻草人。」

少年曾說，他正在拼命削樹皮。

日比野走進水田，一臉百思不解地沿著水田的對角線，冒冒失失地朝少年走去。我之所以沒有阻止他，並跟在他身後，或許是因爲那個背對著晚霞的少年吸引了我。

日比野舉起手，冷淡地對少年打了聲招呼。我的微笑僵住了。

少年果然不出所料，正在豎立稻草人。白天看到他時，他才做到一半，現在稻草人已經完全成形了。它看起來非常簡單，無法與優午本尊相提並論，感覺就是個手工稻草人。不過，那絕對不是做得不好，感覺不像是孩子的作品，繩子綁得很牢固，木頭的比例也恰到好處，少年還用布片做了一顆結實的頭。

我幫少年把稻草人的腳放進水田裡的洞，少年迅速彎腰，開始將土塡進洞與木頭之間的縫隙。

「你在幹麼？」日比野驚訝地問道。

少年不發一語，瞪著日比野。對了，他的努力不該受到任何人的批判。

「因爲優午不在而感到失落的人，並不是只有你一個。」

「用不著那樣說吧。」我譴責他。「這個稻草人做得很棒，不是嗎？」

我們一旦開始爭吵，少年便轉過身懶得理會，他看著剛豎立的稻草人。

「優……五。」他說。然後又重複說了好幾次。

想必他想要再製作一個優午吧，他做的這個仿製品似乎不只是聊以慰藉，而是眞的希望優午回到大家身邊，說不定他期待地上還殘留著優午的成分，而如果豎立一尊稻草人，那些成分就會滲進稻草人的體內。

我和日比野束手無策了好一陣子，也不知道該對他說什麼，只是站著不動。

夕陽下沉的速度驟然加速，四周開始變暗，似乎還聽得見夜晚的氣息。不久，日比野拍一拍不斷地呼喊優午的少年的肩。

「你一定懶得跟人說話了。」

少年回過頭來，他並沒有哭，臉上的表情堅忍剛毅。他抬起頭看著日比野。

「你叫了那麼多遍，連有耐性的優午也會嫌吵喔。」日比野又拍了拍少年。「不過，你說的話他都聽見了。」

少年目不轉睛地盯著日比野，然後緩緩地、深深地點點頭。

我們懷著一種像是「扔下了被輾斃的貓屍回家」的內疚感，離開了那裡。

我愣愣地看著日比野，他皺起眉頭說：「有何貴幹？」

「沒什麼，只是覺得你剛才說話挺溫柔的。」

「你是在挖苦我嗎？」

*

靜香被門鈴聲吵醒。她拿起床頭上的鬧鐘，時針指著早上七點。我是幾點回家的呢？下班時確實已經過了十二點，是凌晨一點左右到家的嗎？

門鈴還在響。雖然門鈴不可能執拗地響個不停，但不絕於耳的鈴聲還是很煩人。靜香慢慢地從床上起身，在床邊坐了幾秒鐘，等待大腦正常運作，然後起身。她穿著深藍色運動上衣、白色運動褲，她猶豫該不該換衣服，最後還是決定直接走到玄關。

門鈴又響了一聲。「不好意思，」聲音隔著門傳來。「我姓城山。」

靜香在短短的走廊上走著，大吃一驚。伊藤發生了什麼事嗎？

她用手撫著秀髮，悄悄地從窺視孔看出去。

*

城山不知道靜香晚上幾點回家，於是決定在早上進行計畫。上一次她說：「我在系統開發公司上班，回到家很晚了。」而且經常熬夜加班到隔天早上。

城山決定在早上襲擊，他聲稱知道伊藤的下落，靜香勉強讓他進屋。

城山當然穿著制服，或許那麼做是爲了取得靜香的信任。

她看起來還在睡覺的模樣，運動服底下似乎沒有穿內衣。城山佯裝若無其事的視線，幾度盯著她的胸部。

一個小時以後，那名醜陋的中年男子應該會來到這裡。在那之前，必須先捆綁這女人，讓她充分保持清醒，因爲調戲沒睡醒的女人，一點也不有趣，樂趣就在於讓正常人漸漸失去理智。

關於這一點，城山嚴正地叮嚀過男人。如果女人沒醒來，就不准動她一根寒毛！不過，一旦那男人靠近，就算快被凍死的登山客也會被他的體臭熏醒。

靜香端著熱騰騰的咖啡過來，問道：「那……伊藤在哪裡？他已經落網了嗎？」

城山目不轉睛地盯著她的臉，興奮地想：她長得眞漂亮啊，肯定是個心高氣傲，工作上的表現比任何人都優秀的女人。

「他之前在仙台市區，好像躲在酒店裡。」這一段是城山即興編出來的。

「他還沒被抓嗎？」

「還沒。」

「你們明知道他在哪，卻沒逮捕他？」

「他今天大概會被捕吧。不過，他肯定在那家酒店裡。」城山爲了引起靜香的興趣，採取斷定的說法，就算不自然也無所謂。「我今天早上去那家酒店確認過，親眼看到了伊藤。」

「是嘛。」她喝了一口咖啡。城山心想，如果她喝光就糟了，因爲他打算將口袋裡的安眠藥摻進她的咖啡裡。

城山看著女人的反應，覺得她沒有想像中聰明，因而感到失望，看來是自己想太多了。她大概以爲警察進入民宅，是要說一些與案情有關的訊息吧。他心想，眞是荒謬，這女人也沒大腦。

這時，門鈴響起。靜香狐疑地望向玄關，聽到門鈴再度響起，起身低頭抱歉地對城山說：「不好意思，好像有人來了。」

哪裡哪裡，城山回以笑容，慶幸眞是好運，這是將藥摻入咖啡裡的絕佳良機。他確定靜香背對著他朝玄關走去，便從口袋裡拿出一個小塑膠袋，將粉末倒進靜香還沒喝完的咖啡裡。

準備工作大功告成，接下來就等她回來了。

他聽見靜香在玄關說話的聲音，好像發生了爭吵，但聽不見對方的聲音。

城山感到有點好奇，起身朝玄關走去。

「噢，城山先生，這個人……」靜香一臉困惑地轉過頭。

一名中年男子站在玄關外面，他看起來不髒，但不管怎麼看，都覺得他像一頭熊。

＊

「那道光是什麼？」

日比野發現一個發光的物體，前方聚集了一大群人。那道光是從揮舞的手電筒發出來的。

一股不好的預感掠過心頭。優午遇害那天、曾根川死掉那天、笹岡的葬禮，只要這座島上有人群聚集，就是有人死掉了。我不禁懷疑，這次會不會又發生那種事。

從柏油路筆直地向前走，眼前聚集了十幾個人，右邊是通往一座大山丘的入口處，太陽已經下山了，每個人都用手電筒照明。

「有什麼東西嗎？」我問日比野，他也只是傾著頭表示不清楚。

有如巨大螢火蟲般的光線想要照亮某處，我漸漸走近，也開始有把握了。

監視塔。早就失去作用，在梯子上面只有瞭望台。

人們只是靜靜地照亮梯子，他們照明的位置各有不同，有人照著塔上，有人照著梯子中間。

即使我們走近，他們也沒有停下照明動作。

我跟他們一樣抬頭望著塔，矗立在夜裡的老舊監視塔，散發出怪異的威嚴。

這時，我聽到很大的聲音，那是小山田，他說話像單字般簡短，但我聽不清楚。

日比野也察覺到了，穿越人群前進，小山田朝著監視塔上面呼喊。

「他在呼喚月亮嗎？」日比野快步前進，如此說道。

「有人爬上梯子。」我想到這種情形。

小山田又叫了一次，這次我清楚地聽見內容。

「田中！」他高聲喊道。「田中，下來！」

「爬上去的人是田中嗎？」日比野一把抓住小山田。

小山田穿著西裝，感覺像個武士，說他是個優秀的業務員也說得通。「日比野。」他臉上的表情變了，看起來很平靜，又像在生氣。

這是怎麼回事？日比野接著問。他的呼吸出乎意料地急促。

「是田中。剛才辰先生報警，我一過來就看到這種場面。」

「剛才天色比較亮，還看得比較清楚。」旁邊有個駝背男子，想必就是那個叫辰的目擊者，他在一旁插嘴。「我看到他的時候，他才開始爬。可是，你們也知道，田中先生的腳不方便，我說危險啊，要他別上去，但他愈爬愈高。」

原來如此，以那位辰先生的駝背情況看來，大概不可能追上田中再把他拖下來，所以才報了警。

「那個田中爲什麼要爬監視塔？」日比野說。「那個田中」這種說法隱含著何種情感？日比野和田中雖然不肯承認彼此之間有一種異於其他人的奇特關聯，但我卻強烈地感覺到。

「因爲一面用單手抬著彎曲的腿，一面爬梯子，速度會很慢。」

「那樣的話，不用勉強拖田中下來，讓警察去處理就行了吧。」

小山田搔搔耳朵。「但是田中說如果有人想追他，他就馬上跳下來。」

「田中到底想做什麼啊！」日比野愕然地說。「事到如今，爬上監視塔還有什麼意義？而且是在黑漆抹烏的晚上耶。」

「所以我很傷腦筋啊。田中不斷往上爬，這樣下去的話，不知道會發生什麼事。」

「總之，就連你這個警察也束手無策了吧？」

「是啊。」小山田爽快地承認。他原本就不是那種愛慕虛榮、逞強好勝的人吧。圍觀民眾也扯開了嗓子，大聲呼喊田中。我心想，他們在期待什麼呢？他們希望田中爬下來，還是摔下來呢？我搖搖頭。至少從他們臉上的表情，看不出等著看別人發生不幸的惡意。別再胡亂猜測了，畢竟這裡不是我住的城市。

小山田看著我，總覺得他會當場罵我：「你就是凶手。」因而採取警戒。

「果然沒錯。」他說。

「什麼果然沒錯？」

「我之前說過船的事吧？」

「嗯。」我點點頭。「把海上漂流的木頭誤認成落難者搭的船嗎？」

日比野正想插嘴問，小山田卻不理他。「眼前的情況就跟那個一樣，你不覺得嗎？我們被困在這座島上。」

「而且是從好幾百年以前開始。」

「即使是下意識，這裡的人還是會想知道外面的世界。」

「是啊。」

他接下來拋出的話對我造成了莫大的衝擊。

「那個叫優午的稻草人會不會一開始就不存在？只是我們深信不疑罷了。」

「也就是說……」

「這只是群眾心理。」他說道。

我太驚訝了，聽到這句話差點暈倒，因為這可能就是眞相。

關於ＵＦＯ，我也曾經聽過類似的說法。那麼多人目擊ＵＦＯ，卻沒有發現任何實體的證據，然而集體的心理作用，使得人們認為眞的「看得見」。

小山田接著說，稻草人會不會只是一根埋在田裡的木頭呢？

島上的居民將木頭誤認為稻草人，就像集體受到催眠一樣，大家深信「稻草人會說話」。

因為大家渴望得知外來的資訊，所有人基於共通的欲望看到了相同的幻象。

這不是不可能。

那麼，爲什麼那個幻象現在會消失呢？答案很簡單，因爲我來了，曾根川也來了，由於島外的人進入這個團體，使得共通的心理瓦解了。有沒有這種可能？優午的頭不是不見了，而是打從一開始就不存在。「會說話的稻草人」只是單純的心理現象。

不過，我心中也馬上浮現一個疑問，我自己不是也見過優午嗎？

我再次看著小山田，他也一臉苦惱，不知道該相信書上的知識還是親身的體驗。

「你覺得怎樣？」刑警說。

「我不知道。」我老實回答。

我再次抬頭望著監視塔。比起群眾心理的問題，我認爲當務之急應該先救田中再說。不過話說回來，田中爲什麼要爬上去呢？一面抬起彎曲的腿，一面攀爬數十公尺高的梯子，究竟有什麼意義？

我不知不覺地閉起眼，應該好好思考一下。總覺得答案就隱藏在記憶裡，所以我閉上眼睛尋找。假如記憶是汪洋大海，爲了抓住深海中的「答案」，我必須屏住呼吸，潛入海底。那是一種潛入記憶中的感覺，我閉上雙眼，調整呼吸，然後一口氣潛入。

『要救他喔！』

那聲音在耳畔響起。是誰說過的？是優午，那個稻草人對我說過，或許他眞的不存在，但我聽過那句話。

『假如有人無法判斷自己做的事情是對還是錯，想要跳樓的話，要救他喔！』

我好像還聽過這句話，這果然是預見未來的稻草人說過的話。

我猛然驚覺。對啊，田中現在不就想跳樓嗎？

這個念頭像觸媒一般，在我腦中開始急速運轉，我感覺所有事情逐漸串聯在一起。猛一回神，我睜開眼說：「我去，我去帶田中先生下來。」

不要胡說八道！小山田立刻反對。「如果你那麼做，那傢伙就會跳下來。」

「放心，我去。」

日比野目不轉睛地看著我的眼睛，他那張臉依舊像黃金獵犬。「優午說的嗎？」他突然說了一句。

小山田用不同於剛才的視線看著我。

我默默點頭，管他是不是群眾心理，至少優午的話清楚地留在我的記憶中。我走到梯子口，抬頭向上看，高聳的監視塔宛如穿入夜空，我對著背後的日比野說：「好像穿入了雲層耶。」

他聽了聳聳肩。「田中爬上去一定是爲了撕碎雲朵。」

我擺出的姿勢跟小山田刑警剛才的一樣，朝著看不見身影的田中呼喊。

田中先生，我叫喚他的名字，沒有回應，不過他應該聽見了。

「我是伊藤，我現在要上去，你不會有事的。」我大聲呼喊，好讓他聽得清楚。

「是優午要我這麼做的。」我不忘補上這一句。這樣就沒事了，田中不會跳下來。

優午早就知道會發生這種事，能夠預知未來的稻草人曾經存在，我是這麼相信的。

「去救他！」優午對我說過。一切都在他的掌握之中。

能夠預知未來的優午爲什麼不知道自己會被殺？對我們而言，這是個謎。不過，我現在知道答案了，我攀著梯子。

快，上去吧。我用腳蹬著地面。

田中殺死了優午，而現在他在等我。

我摸著梯子，手上感受到一股冰涼，不過還不至於抓不住，那梯子摸起來生鏽了。

我只爬了一階，梯子就在搖晃。「日比野，這梯子不會垮下來吧？」

「你爬爬看就知道了。」他不負責任地說道。

我下定決心，再往上爬一階，眼前的風景重重地晃了一下，但似乎是錯覺，我規律地移動身體。

我想起昨天有個女孩拿奶油和菜刀給我。她洋洋得意地說：「是優午拜託我的。」

當時，她臉上的表情充滿了成就感，看起來很幸福。

我抬起右腳，用左手抓住上一級的階梯，大概爬了十公尺左右的高度，我一點都不想往下看。

優午對我說：「去騎腳踏車！」我遵從他的命令。不論我是否像那個馬尾少女般自豪，我還是遵從了他的命令。

優午很難得會說未來的事，所以島民們應該很高興遵從。

腳底一滑，嚇得我以爲心臟會直接掉落地面，我不禁往下看了一眼，點點燈光宛如火球。我重新調整呼吸之後，再度踩在梯子上。

我想起了在市場遇見的兔子小姐所說的話。她一邊晃著身體，一邊聊起自己祖母的事，最後她說：「優午明明是個稻草人，卻偏袒鳥類。」

我往上看，卻看不見人影，這座塔很高。我說：「田中先生，我快到了，快到你那邊了。」

那還用說，他肯定在等我。

我又爬了一級、兩級。優午爲什麼無法預測自己會被殺？當我和日比野討論這件事時，我說：「或許他知道，卻悶不吭聲。」「或許優午早就告訴某人了。」

我漸漸聽到急促的呼吸聲，那不是我的呼吸聲，田中大概就站在上面幾級。我並沒有因爲接近終點而放心，不禁看了看腳邊，這是令人害怕的高度，恐懼感襲上心頭，彷彿內臟全被晾在風中。我俯視下方，可見小小的光點和燈光映照的人影。

如果一放鬆，可能會直接摔下去，我總覺得自己會嚇暈。

實際上，我因爲太害怕而差點鬆手。

一旦切身感受到恐懼，內心的恐懼感就會像汗水般流出來。我緊緊抓住梯子，卻無法移動自己的雙手雙腳，我想試著往上爬，身體卻動彈不得，完全不聽使喚，深信只要一動就會摔下去。

田中好像已經坐在監視塔最上面的平台部分。

「田中先生。」我大聲喊道。連手指都變得僵硬，頂多只能由口裡出聲。「田中先生，你在嗎？」

我側耳傾聽。

「是優午拜託你的嗎？」聲音不大，但不至於聽不見。田中的聲音從上面傳來。

我聽見他的聲音，鬆了一口氣。「優午要我來救你。」

「優午什麼都知道啊。」他像是在說去世的朋友。

我下定決心再度往上爬，我緊緊抓住梯子，仰起湊近梯子的臉，朝上面說：「田中先生，是你把優午弄成那樣的吧？」

他這次一語不發，但我確信說的沒錯。優午曾經存在，並非像小山田說的「群眾心理」。背負殺害稻草人罪名的男人，現在就在我前往的塔頂，那應該不是錯覺。將優午從水田裡拔出來的，肯定是田中。稻草人曾經存在過。

「是優午拜託你那麼做的吧？」我問道。

優午想自殺。只有這個可能。

田中還是沒有回應。我嚥了一口口水，然後下定決心，我緊閉雙眼，馬上又睜開，移動握住梯子的右手。

「旅鴿沒事嗎？」我開始往上爬的同時，問道。

過一會兒，傳來了田中的聲音。「我在這裡等你。」他說。

那句話再度掠過耳畔。『優午明明是個稻草人，卻偏袒鳥類。』

那就是答案。

＊

靜香馬上認出此人是昨天在樓下信箱前面遇見的男人，將伊藤的明信片交給她的那個陌生男人。

「這位是？」城山看著那名男子，詢問靜香。

靜香只是搖搖頭。

「我叫轟，我有急事找她。」蓄鬍男人說話的速度緩慢，他對於屋內出現制服警察似乎也不太驚訝。

「我來送這個。」男人再度將明信片遞給靜香，靜香收下明信片，翻過來一看。

是伊藤的筆跡沒錯，內容只有兩行字。

我有急事想要告訴妳。

正文就這麼一句話，又補了一句附記：對了，我想聽妳演奏低音薩克斯風。他想說什麼？對了，靜香想起昨天收到的明信片也還沒看，放進皮包之後就完全忘了，或許該看看那張明信片。

「那是什麼？」城山不容分說，從靜香手中搶過明信片，目露凶光地看著內容。

「伊藤在哪裡？這是從哪裡寄出來的？」靜香追問帶來明信片的男人。

接著，她腦中浮現疑問。這張明信片爲什麼會寄到這裡來？城山說伊藤躲在仙台市區內，但是不管怎麼看，這張明信片都不像是從城裡寄來的。

「伊藤不在這裡，他在島上，有急事吧？他要我把那張明信片火速送來，我已經送到了。」像頭熊的男人緩慢地說完以後，一副任務結束、打算閃人的模樣。

「島。」城山脫口而出。

男人反射性地回頭看著警察的臉。「城山先生？」靜香怯生生地開口。「這是怎麼回事？」

「什麼怎麼回事？」城山粗魯地把明信片還給她。

「伊藤躲在仙台市區吧？可是，這個人卻說他在別的地方。」

「我說，伊藤在一座小島上，從這裡搭船才到得了。」熊男說。

「那座島叫什麼名字？」

「荻島，妳沒聽過吧？」他習以爲常地說道。

「他現在還在那裡？」靜香又問。

「嗯，他現在還在那裡，我沒有載他過來，就是那樣。」

靜香的腦袋一片混亂，這究竟是什麼情況？她不知不覺蹲了下來。或許是因爲事情剛發生，她感到一陣暈眩，她在警察和陌生男子之間，看著那張內容莫名其妙、只有兩行字的明信片。這是怎麼回事？靜香不斷地要自己冷靜，說不定她已經將「冷靜」兩字說出口了。

「帶我去！」靜香聽見了一個低沉的聲音。

靜香緩緩地睜開眼，抬頭看著城山。那句話好像是出自城山口中，但那嗓音和他之前的聲音完全不同。

一種充滿惡意的低沉嗓音，雖然不咄咄逼人，卻有一股令人不寒而慄的氣勢。

「帶我去那座島！」城山指著那個像熊的男人，命令道。

靜香抓著雙腿，企圖抑制顫抖。熊男震懾於城山的氣勢，結結巴巴吐不出半個字眼。

「城、城山先生。」靜香想說什麼，卻欲言又止。

那幅情景令人窒息。城山舉起手槍，卻一點眞實感都沒有，感覺像一幕滑稽的電影場景，原本想要後退的男人停下腳步，他微微舉起雙手，一頭投降的熊。

「城山先生。」靜香緩緩起身。「你……你該不會騙人吧？」

靜香看到城山當時的表情，心生恐懼，他既非笑，也不像在懊悔，更不是發火。他只是面無血色，淡淡地說：「帶我去找伊藤！」那並非警察的表情。

「妳也一起來吧。」他對靜香如此說道。

「你……你眞的是警察嗎？」

「不好意思，我眞的是警察。」他不苟言笑。「不過，我和伊藤是老朋友。」

「什麼意思？」

城山不回答靜香的問題。「伊藤在那種鄉下地方正好，我就在伊藤面前將妳剝光吧。」他泰然自若地說道，由於太過冷靜，靜香過了好一陣子才明白那是什麼意思。

或許是完全放棄掙扎了，熊男只是鐵青著臉，在原地佇立。城山用槍口指著他，又說了一次：「帶我去那座島！」

接著，城山湊近靜香說：「對了，那張明信片上寫了什麼薩克斯風，妳也順便帶去！妳一面吹，我一面上妳也不錯。如果吹錯的話，我就折斷妳的手指。」

「你在說什麼？」

「閉嘴！」城山悄聲地說。此時，靜香發現自己無法呼吸。

城山掐住她的脖子下方，她喘不過氣，扭動身體卻逃不了。恐懼感從胃部湧至喉嚨，她拚命掙扎，設法抓住城山的右臂，卻奈何不了對方。她想用指甲抓他，他卻無動於衷，反而微微一笑，像是同情她似地，露出充滿憐憫的笑容。他突然放開手。

靜香大力地吸了一口氣，晃動著肩膀，撫摸喉嚨。

「很遺憾，」城山沒有抑揚頓挫地說。「我眞的是警察。」

你幹麼！即使如此喊道，靜香還是發現自己在抽搐，像發病似地彎曲上半身，當場吐了出來，嘔吐物在玄關處濺了一地，酸味四溢，更加令人作嘔。

「我不知道那座島在什麼地方，不過鄉下城鎮正合我意，鄉下人比較信任警察。」城山看到靜香吐了，依舊面不改色。

「那座島沒人知道。」熊男突然說了一句。

「那樣也好。快走吧。我要在那裡把你們整得慘兮兮。」城山踢著靜香的腿。「我也會給伊藤好看。順利的話，說不定在那種偏僻地方，幹什麼都不會有人知道。」

靜香不懂城山的意思。總之，她擦拭嘴角，搓揉腹部。

「廢話少說，快去準備！」城山加重語氣。「把那片髒東西也擦乾淨！不然的話，就給我舔乾淨！」說話的同時，他用腳踩著靜香的頭，靜香的臉就貼著地板上的嘔吐物。「舔啊！」

靜香將臉轉開，嘔吐物沾在臉上，或許是因爲城山的言詞與態度冷靜到了非現實的地步，靜香的恐懼勝過了屈辱。

「這樣不是愈來愈有趣了嗎？」她聽見城山這麼說。

*

與其說是景色，不如說是世界。這世界在我眼前擴展，夜裡能見的景物有限，但我感覺視野遼闊。

我坐在監視塔的頂端，我之所以正襟危坐，並不是因爲舉止端正，而是現場的空間有限，台面的寬度只容納得下兩名大人並排而坐。

田中一腳彎曲，一腳伸向梯子而坐。

這裡的地勢很高，感覺和夜空之間的距離似乎比地面還近。

夜裡，應該比這裡還高的山丘看起來只是黑漆漆的影子，我甚至覺得自己浮在空中，我們浮在夜空，我好像聽見日比野的聲音：我們要欣賞夜景。

「優午全都知道。」我說道，雖然想要靜靜地享受夜景與黑夜，但總不能一直這樣下去。

「是喔。」田中說，他的語調堅定，沒有一絲動搖。「你知道多少？」

「優午主動要求你那麼做的嗎？」

他跟我一樣眺望遠方，他似乎認爲稻草人就站在黑色大海的另一端。

「是啊，優午拜託我那麼做的，眞不可思議。他說，稻草人不會動，所以即使腳有殘疾的我，要殺他也是易如反掌。」

田中當然拒絕了稻草人的請求。他說，他絕對辦不到。

「不過，優午很固執。他對我說了好幾次：『請你答應我的請求。』他看起來好像在哭泣。」

『如果要被人從這裡拔起來，我希望由田中先生動手。』

田中說，讓他決定動手的關鍵是優午的這句話。

「被他那麼一說，我也只好動手了。」他自我解嘲似地說道。

「優午一定是受不了了，所以想要解脫。」

「你懂嗎？」

「我想過。再說，優午的話語充滿了那種感覺。」

稻草人拒絕透露未來的事，他雖然說：「未來的事說出來就沒意義了。」但心裡一定感到不勝其煩。

「他一定覺得很煩吧。」田中也說，一百多年都處於那種狀態。

肯定是那樣。每次發生命案，大家就會跑來問他：凶手是誰？每當有人下落不明，人們就會來詢問他：那人跑去哪裡？能夠預見未來的稻草人被眾人視爲珍寶，或許大家依賴他的同時也會譴責他。

「曾根川一死，大家又會去逼問他吧。『凶手是誰？』『殺死這個重要訪客的凶手到底是誰？』」

「優午已經厭煩了那種問題。」他不是神，只是一個普通的稻草人，所以他選擇了死亡。

我試著將這個反覆思考無數次的問題在腦中攤開。

問題很單純，優午知不知道自己會死？

答案是『知道』。

他明明知道，卻沒告訴我們。那他到底想不想告訴我們呢？

答案是『不想告訴我們』。

理由很簡單，因爲他本來就想死。

「是我殺了優午。」田中說。

「優午自己決定要死的。」沒有人知道誰說的是事實，或許兩者都是事實，只不過答案會因爲看事情的角度有所不同。就連我和田中仰望的新月，若從旁邊觀看，一定是一條細長的直線。

「曾根川帶著一把愚蠢的獵槍來打獵。」

「他是來獵旅鴿的吧？」我一說，他一臉高深莫測地點點頭。我不知道這種應該早就絕跡的鳥類，爲什麼會出現在這座島上。不過，這種鳥卻飛來了這座島。

我想不出優午拚死也要保護牠的理由。他的死，是爲了保護原本因人類而絕種的鳥類倖存者。

「優午說，當他站在島上的水田裡時，鳥兒們對優午低聲說：『我們的同伴在大海對岸的國家遭到屠殺。』當美國駁回旅鴿保護條例時，優午從鳥兒們口中聽到幾十億、幾百億隻旅鴿陸續遭到殺害，因而坐立難安。」田中說道。

我默默地聆聽。

這是我們人類犯下的罪行，像之前聽到的一樣，「帕托斯基的大屠殺」這句話在我耳畔迴盪。

「後來發生了那件事。」他的聲音很平靜。「帕托斯基的大屠殺。」

當時，他一定對人類死了心。

「一九一四年，最後一隻旅鴿馬莎在動物園裡死了，這件事還是鳥兒告訴優午的。優午說，當時湧上心頭的不是悲傷而是憤怒。個性溫和的優午，大概只有那時候發過火，我們人類成功地讓稻草人動怒了。」最後一句話像是在諷刺。

「不過，馬莎不是最後一隻旅鴿。」

「幾個星期前，我發現了其他旅鴿。」

我猛然回神。

我很驚訝，自己居然一邊聽田中說，一邊出聲應和。

難道我會相信這種話？真是太令人驚訝了。

這世界上有一座沒人知道的島，而且就在日本國內，島上站著一個會說話的稻草人，而幾十年以前就該絕種的旅鴿飛到這座島上。我打算相信那種事嗎？

我問自己：喂！你當眞嗎？

你相信嗎！你毫不懷疑地相信那種狗屁不通的童話故事嗎？

你曾經是一名優秀的工程師，工作認眞，卻被同事看不起，認爲你乏味無趣，然而你竟然會仔細聆聽這種荒唐可笑的事情?!

哪有這種荒誕無稽的幻想?眞實性呢？一點眞實性都沒有！

你站的地方是冰冷的柏油路，絕不可能是不可思議的孤島。

我再次搖頭。

不，另一個我像是放棄掙扎地舉起雙手，這次我眞的投降了。「如果這是作夢，相信這一切又何妨？」

「就算旅鴿飛來這座島也不奇怪。」我低喃道。

田中笑道：「我一開始也沒發現，在森林裡看到一對鴿子，以爲牠們只是普通鴿子。可是，我把牠們帶回家，才發現不太對勁，我不敢相信，於是拿出那幅奧杜邦的畫來比對，居然一模一樣。」

我試著回想那幅畫，畫裡也是一對鴛鴦鴿。說不定那幅摺妥的畫作現在就放在他的褲子後面口袋裡。

我心想，說不定那只是普通鴿子，但是沒有說出口，沒人知道的事情就不該說。

田中說，他讓優午看了那一對鴛鴦鴿，優午相當吃驚。「哎，說不定優午早就預測到了，他也知道我會把鴿子帶去給他看。」

「他也知道曾根川會來嗎？」

田中說，當時的優午看起來非常痛苦，因爲他無法阻止曾根川來到這座島。

曾根川是爲了獵旅鴿而來，據說是轟找他來的。「轟看到我在養那對鴛鴦鴿，可是我並沒有將那件事放在心上，我以爲轟不可能發現。但你別看那個大叔一副少根筋的模樣，其實他的直覺準得不得了，因爲他看過奧杜邦的那幅畫，他猜那眞的是旅鴿。」

「於是他出島時，在酒店或其他地方告訴了曾根川吧？」

「大概吧，轟說有辦法賺大錢，這引起曾根川的興趣，他才會帶著獵槍過來。」

「他打算獵殺旅鴿嗎？」

「他說他想獵殺珍奇鳥獸，好像打算將牠們做成標本再賣掉。」

有一件事我一直很好奇，那對我而言是一個很重要的問題。「你的腿不方便，你殺得了曾根川嗎？」

田中困惑地說：「有人拜託我的。」

「是優午嗎？」

「嗯，他要我那天晚上約曾根川在河邊見面。結果，曾根川馬上就來了。我說要用鴿子和他談一筆生意，他馬上就來了。」

「然後呢？」

「當時天色很暗，我拿著一塊附近撿來的水泥磚。如果曾根川對我施暴，我根本無力反擊。到底還是有點害怕，於是下意識地抓起腳下的水泥磚。」

「你用水泥磚打他嗎？」我總覺得田中能以那條彎曲的腿輕易逃走。

這時，田中打探似地問我：「那是你嗎？」

我心想，果然是他殺的。「應該，」我答道。「應該有一道光吧。」

「嗯，當時有一道光。我跟曾根川面對面，完全搞不清楚那是什麼玩意兒，我只是受優午之託，把他約出來罷了。當時有一道光，那是什麼？是手電筒嗎？」

「那是腳踏車的車燈。」原來我並非局外人，那件事也使我成了局內人。就是那麼回事。

「是嗎，腳踏車啊。那道光照到曾根川，也照到了我。那傢伙不知道在哼什麼，絆到了坑洞還是什麼，然後就摔倒了。他倒在我腳邊，我馬上放開了手中的水泥磚。光線弄得我睜不開眼，我一放手，水泥磚就掉在曾根川頭上。」

我馬上想到，是若葉。曾根川中了那女孩的陷阱，優午一定也把「任務」告訴了她。實際上，若葉說過：「我有非做不可的事情。」她得事先做好讓人跌倒的陷阱。

「說不定那也是優午自殺的原因。」我自言自語地說道。

因爲優午死了，所以每個人都下定決心，要完成「任務」。爲了實現稻草人最後的願望，被吩咐的人都認眞以對。他們認爲優午的吩咐就像是他的遺囑。優午料到這一點，他希望自己一死，島民都會確實地完成「任務」。

若葉依約用雜草製作陷阱，曾根川果然掉進去。

「很難相信吧。我不是因爲想殺害曾根川才待在那裡的，我也沒有打算用水泥磚打他，雖然這聽起來像藉口，但我說的是眞的。」

「我相信你。」優午也對我下了指令，只不過同樣的事情也發生在田中身上罷了，我們就像是優午布下的棋子。

說到任務，我想到另一件事——日比野的約會。佳代子小姐爲什麼會突然約日比野？如果那也是優午下的指令，我就能接受。

對了，她說：「我被選中了。」那種語氣不就是因爲優午拜託自己而感到沾沾自喜的表現嗎？

如果沒有那個約會，我也不會去騎腳踏車。這麼一來，我也不會晃動燈光。如果沒有燈光，曾根川大概也不會摔倒吧。

「啊，水泥磚。」我脫口而出。

「是啊，我手上的水泥磚就砸在那男人頭上。」田中平靜地說道。

我想起第一次見到轟時，他在河邊撿水泥磚。當時，他說是優午拜託他撿的。說不定那也是事前準備。轟將水泥磚從那裡搬到河邊的另一處。所以那應該就是凶器。我開始感覺拼圖一片片地拼上了。

「曾根川一聲不吭地死了。」田中彷彿在腳下看到曾根川，他說：「當我知道曾根川死掉時，一點感覺也沒有，我沒有後悔。」

「水泥磚掉下去是因爲地心引力。」

「當時，我在想優午的事，當我將優午分屍之後，開始感覺強烈的後悔。」

我聽他結結巴巴地說，想起自己看到的景象。

田中帶著鳥，朝著優午原本站立的水田鞠躬。那應該是發自內心，再恭敬也不過的心情，其中摻雜了謝罪、感謝、敬意及後悔的心情。我無法判斷他做的是對還是錯。

「我的心好痛好痛。」田中說。「我覺得愈來愈痛苦，感覺自己好像做出了無可挽回的事。」

正因如此，他才會拖著腳，爬到這麼高的地方。

「你爲什麼要爬到這裡來？」

我只是回答：「我想看風景。」當然，我是來看夜空，來看這片猶如藍色布幕般的深邃夜空。

「是啊，我也是第一次到這裡來，這裡很棒。」

「田中先生覺得日比野是個怎樣的人？」

他稍微想了一下，然後回應：「他是個怪人。」

「今天，有一個男人對他說：『島上的人都覺得你很礙眼！』」

田中沒有否定，只說：「我也一樣。大家都是多餘的。」

「下去很辛苦喔。」

「差不多該走了吧。」

他既沒有要求我不准說出眞相，也沒有自暴自棄地說，跳下去算了。

最後，「優午說不定是在向人類報仇」這句話湧到喉嚨，但我硬生生吞下去。

或許優午是在對人類因爲好玩就濫殺旅鴿或砍伐森林的行爲，展開一項小小的報仇。他想藉由這項幼稚的報仇行動，控制人類去殺人。說不定那對鳥也不是旅鴿，優午只是單純地想要完成人殺人的目的罷了。就像櫻用槍殺人一樣，稻草人選擇了只有稻草人才辦得到的手段。說不定那個稻草人不是人類的夥伴。但是，我並沒有告訴田中這個想法。

「等一下。」他說。他窸窸窣窣地不知道在做什麼，旋即從褲子後面的口袋裡拿出一張紙，是那張奧邦杜的畫：一對鴛鴦的求愛圖。

田中將那張畫放在腿上，摺了起來，他默默地摺成一架紙飛機。

我來不及開口，田中搖一搖摺好的紙飛機，確定能飛，就毫不猶豫地輕輕射了出去。從監視塔飛向漆黑夜空的紙飛機優雅地盤旋，緩緩地落下，一下子就不見了。我瞄了田中一眼，他的側臉很美，就連我這個男人都看得出神。

「田中先生年輕時是個大帥哥吧？」我一說，他不知所措地笑了，指著自己的腳。天色昏暗，看不清楚風景，我瞇起眼睛。

我拜託田中先爬下梯子，我擔心他能不能安然下去，不過我並不想先下去。他慢慢地爬下去，下一級要花上十幾分鐘，這種速度剛剛好。田中用一隻手抱住右腳，將腳搬到下一級。他的動作很謹慎。

「不用急喔。」我對他說了好幾次。下去比上來還要恐怖好幾倍，感覺就像是被丟到空中，昏暗的景色彷彿置身於洞窟裡。

爬到一半，我聽見田中說：「我能變成鳥的夥伴嗎？」我沒有回應。不知道經過了一個小時還是兩個小時，總之，下去時開始下起小雨，我看到在地面上等待的人們，他們都撐著傘。

「你怎麼處理優午的頭？」我問下面的田中。

「我裝在袋子裡，放在回家的路上。」

「那也是優午拜託你的嗎？」

「嗯。可是，很奇怪，隔天就不見了，說不定被狗叼走了。」

撿走頭的應該是園山，園山只是將地上的袋子撿回家，往返不用花太多時間。

我爬到一半，抬頭仰望天空，我看到了月亮。往下爬的田中也停止動作，他果然也盯著月亮。

「你不是這座島上的人吧？」田中問道。我沒有回答，之所以裝假沒聽見，是因爲正好吹來了一陣風。我很想乾脆應他一句：田中先生，你不是凶手。

聚集在監視塔四周的人們揮舞著手電筒，迎接田中，紛紛放心地說：你總算下來了。還以爲你會怎樣呢。

「沒事吧？」小山田湊到我身邊。

「我發現即使兩個人爬上去，監視塔也不會倒。」我用大拇指指著背後的梯子。

日比野將毛巾丟給我。好像是因爲下雨，他跑回家拿的。

「你爲什麼要做這種傻事?!」日比野相當激動，怒氣沖沖地逼問田中，不理會其他人要他閉嘴讓田中休息，扯開嗓子吼道：「要是監視塔因爲你倒下來的話，伊藤豈不是當場死亡啊！害大家急得半死！」

田中微微地俯身點頭：嗯，是啊。他的個性陰沉，再加上我看不清楚他的臉，但他好像在笑，似乎正甘願接受日比野的教訓。我將毛巾丟還給嘮叨的日比野，他閉了嘴，然後對著我說：「回去吧。」

「那條毛巾用了很久吧？」老實說有股霉味。

「從很久以前一直用到現在，它是古董。」

他說，當場攤開那條毛巾，白色部分泛黃，上面還有藍色線條，右上方用某種墨水寫了「德」字，雖然暈開了，但不會消失。

「這是從我爺爺的爺爺那一代傳下來的傳家寶。」

「那個『德』字是什麼意思？」

「天曉得。」日比野聳聳肩。「回溯歷代祖先，可能有哪個祖先的名字裡有個『德』字吧。」

「請小山田先生送我們回去吧。」我一說完，日比野一臉遭到背叛的表情說：「爲什麼要跟那傢伙同路？」我湊近他撒了一個謊：「因爲發生曾根川那件事，我半夜回家有點怕，還是跟警察一起走比較安全。」

＊

因爲轟說是「小船」，靜香以爲是一艘很小的船，但實際上不是。那是一艘大船，足以容納二、三十人享受乘坐遊艇的樂趣。

從甲板進入船艙，是一片寬敞的空間。地上鋪著塑膠地磚，沒有任何東西，令人聯想到冷清的體育館。轟說，貨物都放在這裡。確實，偌大的空間可以停放幾輛車。掌舵室位於前方高出一階的地方。剛才只是害怕的轟，現在臉上展現掌舵員的威嚴。

城山命令靜香在寬敞空間一角的欄杆旁坐下，薩克斯風盒子倒在旁邊。城山則站在她身邊，拿著手槍，不時往舵的方向看一眼，然後低頭看著靜香。

「妳覺得有那種島嗎？」他的聲音聽起來不像毒癮者或醉漢。換句話說，他處於正常狀態。照理說他很正常，但實際上他瘋了。

看來這個男人眞的是警察。他也跟派出所聯絡過了。

這個制服警察爲什麼能夠獨自遠行呢？眞是令人匪夷所思。那個派出所好像是在他的掌控之下。

「我要把偏僻的小島變成樂園。」城山一臉認眞地低喃，用舌頭舔著嘴唇。「首先，我要在島民面前槍斃那個像熊的男人。」

「咦？」靜香抬起頭。

他似乎在想一個新的遊戲。「轟在那座島上好像是個重要人物。所以，我要在島民面前，槍斃那個重要的轟先生。」

突然，靜香感到憤怒，想站起來揍城山，然而馬上就被制伏了。靜香和剛才一樣無法呼吸，城山掐住了她的脖子，使得她無法呼吸。就在她差點暈過去時，城山放開了手，就像是看準時機似的。

靜香當場跌坐在地上，她發現城山的目的並非讓她窒息，而是要讓她打從心裡感到害怕，她沒想到無法呼吸竟然是如此痛苦、不安。

「下次再反抗的話，我就打斷妳的牙齒！我會用槍柄揍妳，把妳整排牙齒都敲下來，然後再把拳頭塞進妳嘴裡，到時候就算妳下巴裂開也不關我的事。我會把手伸進妳的喉嚨。」

那口吻與其說是誇張的威脅，更像他過去曾經做過的事。

靜香瞭解了，這個叫城山的男人並不是那種迷失自我的笨蛋，他很冷靜，比一般人更有常識，他是一個藐視、嘲笑常識與道德的人，他是一個比誰都聰明、冷靜、懂得如何運用惡意的男人。靜香皺起眉頭，心想：搞什麼，這樣就天下無敵了嘛。船身搖晃，她將背靠在船柱上，放棄掙扎地閉上雙眼。

*

我和小山田走在黑暗的小路上，這一路上連個人影也沒有。我想起了那個叫安田的青年，那是今天下午的事，但感覺好像是很久以前的事，今天發生了太多事情。不知道小山田心裡在想什麼，他沒有問我，只是默默地走在我身旁。

打破沉默的人是我，我本來就打算那麼做，才拜託他送我回家的。我沒有勇氣把事實直接告訴日比野，不知不覺中我察覺他比外表看起來更細膩敏感，我認爲如果可以的話，應該告訴小山田，而不是日比野。

「我問過田中先生爬上去的原因。」我一說，小山田的眉毛挑動了一下。「是喔。」他說。

接著，我快速說明在監視塔上與田中先生對話的內容，一口氣說完，連換氣都忘了。我已做好了心理準備，說不定他會一笑置之，但事實證明他沒有。小山田沒有出聲應和，但也沒有打斷我或嘲笑我。

我跟他說明，田中把水泥磚砸在曾根川頭上，那是優午想出來的點子，園山的太太之前還活著，園山至今仍故意說謊，以及他可能將優午的頭帶回家。

「你認爲我會相信嗎？」他聽我說完之後，問了一個奇怪的問題。

「不曉得，我沒有證據。」

「那你覺得警察會相信嗎？」

「怎麼可能，」我馬上笑了。「這種事情不能告訴警察。」

「我是刑警。」

「我不是在對小山田刑警說。」

我們同時嘆了一口氣。

「優午完成了他的計畫。」我認眞地說道。

「他是個了不起的稻草人。」刑警聳聳肩。「你把那件事告訴日比野了嗎？」

「我沒時間跟他說，而且我不方便說。」

「那你是要我告訴日比野嗎？」

「我想，他信賴優午的程度大概遠超過他自己所想的，如果知道眞相如此，他的情緒一定會跌到谷底。」

「優午一定也很喜歡那傢伙。」小山田應道。然後，他嘟囔道：「日比野大概會想知道眞相吧。」

我在內心自言自語：不，他討厭聽到眞相。我不太相信那些公然表示討厭虛僞的人，我覺得人生若活在一個漫天大謊中，反而比較幸福。

日比野應該也不希望有人把島民的眞心話當面告訴他。

「可是，園山帶優午的頭回家要做什麼？」

「一定是優午拜託他的，優午想道歉。」

「向誰道歉？」小山田用那雙細長的眼睛看著我。

「應該是向大家道歉吧。他想爲至今絕口不提未來的態度向大家道歉。」

「那跟園山有什麼關係？」

「總之，優午想向園山太太道歉。」雖然我不確定自己的想法是否正確，但還是說了出來。我想優午應該也知道園山太太的死期將近，他一定很害怕，連句抱歉都來不及說，對方就那麼走了，所以才會拜託園山。畢竟稻草人不能走路。

「優午想見她。」我說。

「稻草人會去見她嗎？」

兔子小姐在市場裡說過類似的話掠過我腦海，她很想聽聽丈夫說話，於是她說：「至少把我的耳朵帶去。」雖然那是一句玩笑話，卻近似於懇求。

「至少優午希望自己的頭能被帶過去。」我說。「埋在地面上的稻草人，無法見到臥床的園山太太。所以，他請人將他從地面上拔出來，至少把他的頭帶過去。」

這只是我的想像。不過，還是有這種可能。只剩下一顆頭的優午，去見了園山夫人。小山田並沒有笑，「所以，他請園山把他的頭帶過去嗎？」

「大概。」

「兔子親眼看到了園山吧？」他說。

「那是巧合。」

「眞的是巧合？」

「怎麼？」

「兔子是在半夜被她老公叫醒的吧？那是巧合嗎？因爲她醒來時剛好看到園山，所以園山才沒有嫌疑。」

確實，如果還有其他島民看到園山，而且沒有兔子小姐的證詞，說不定人們會更懷疑他。

「那眞的是巧合嗎？」與其說小山田在問我，反倒像是在問我頭頂上那坨看不見的東西。「優午會不會是我們的幻覺？」

「我覺得不是。小山田先生還是主張那是島民的錯覺嗎？」

「優午是我們最重要的稻草人。」他用的不是過去式，這一點讓我覺得很溫暖。

不過，此時我內心湧起一個疑問。我說：「櫻……」雖然警方無視「櫻」的存在，但我非問不可。「會不會是因爲沒辦法交給櫻去辦呢？」

「什麼意思？」

「優午無法將這件事交給櫻去辦嗎？就算田中沒有特意殺掉曾根川，但那個任務應該還有櫻能負責。就算放任曾根川來島上獵鴿，說不定櫻也會槍斃他。」

這時，小山田或許可以裝傻地說：「我不認識叫什麼櫻的男人。」但他沒那麼做。

「櫻不一樣。」

「不一樣？」

「櫻只槍斃那些做了什麼壞事的人。所以，如果他要殺曾根川的話，一定是在曾根川獵殺旅鴿之後。」

我想通了，等悲劇發生之後再動手就太遲了。等他獵殺了旅鴿之後才殺他就沒有意義了。說不定那兩隻鴿子是世界上最後一對鴛鴦鴿，絕對不能失去，非得在曾根川獵殺鴿子之前設法阻止他。因此，就算櫻能夠制裁犯罪者，也無法防範於未然。

我來到公寓前面。不可思議的是，我感覺好像回到了眞正的家，我想起日比野第一次出現的那個早晨，我看著他那張像狗的側臉，讓他帶我參觀整座島。雖然我當時不安又疑惑，但那還算是個愉快的經驗。

「佳代子小姐那些人嘲笑日比野。」我原本並不打算打小報告，但我討厭將瑣事放在心上，於是忍不住脫口而出。

小山田說從一開始他就知道了。「那傢伙大概今後也會一直是那種調調。」

「日比野受傷了。」

「不過那傢伙到了明天，只要一站在佳代子小姐面前，還是會高興地嘻皮笑臉。應該不會錯，我想就算他隱約感覺對方可能不喜歡他，還是不會討厭對方。」

「爲什麼？」

「他好像少了某個重要東西，少了成爲人最重要的東西。」

「田中先生會怎麼樣呢？他會被逮捕吧？」

「警方也許會逮捕他。」

「你怎麼好像一副事不關己的樣子。」

「誰會認爲殺害曾根川的人是田中呢？說出來只會被笑而已。」

「我認爲那不只是田中先生個人的行爲。優午派給大家任務，而且說不定從很久以前開始，這座島就有一個目標。」我想說，這是全島的責任。這麼一來，會不會一切就這麼含糊地一筆勾銷呢？

「警察眞沒用。」這好像是我第一次看到小山田的笑容。「你不覺得嗎？」

「這世界上有能幹的人嗎？」

「頂多就是稻草人。」

我不瞭解他那句話意謂著什麼。在即將告別時，小山田到了最後一刻才回頭，再也忍不住問我：「這座島怎麼樣？」

我發出「啊」地一聲，他好像早就知道我是外來者了，一副打從一開始就了然於心的口吻，似乎很早就聽過預知未來的稻草人說過似的。

「你知道名偵探嗎？」我問道。

「那是什麼？」

「我們住的城鎮裡有那種類型的小說，故事中會出現一種人物叫做名偵探。」

「書裡的角色啊？」

「對，名偵探。」

「名偵探。」他像是在背誦似地低喃。發音有點奇怪，也許他以爲「名偵探」是專有名詞。

「小說裡會發生命案，譬如有人被殺。然後，名偵探最後就會破案，找出凶手。」

「那，他會猜對嗎？」

「應該這樣說，他所決定的人就會變成凶手。不過，他無法防止犯罪發生。」

小山田沉默了一下，然後說：「就像優午一樣。」

「我也那麼認爲。」

無法防止犯罪發生，但是能指出眞相。如果我是偵探，應該會這麼叫：「簡直是胡鬧！」我會揪著頭髮苦惱不知道要救誰。

「這對優午來說是個重擔吧。」小山田說。

「你知道破解任何命案的名偵探會怎麼想嗎？」

「怎麼想？」

「『會不會是因爲自己的存在，才會導致命案發生。』」我想名偵探應該會這麼想，猜測自己是不是因爲另一個世界才有這些舉動。「優午說不定也思考過相同的事，或許他也想過：『會不會是因爲自己，這個世界才無法改善。』」

「什麼意思？」

「優午知道，就算不把未來告訴某人，結果還是不會改變。即使他思考過任何可能性，這個世界還是不會變好。漸漸地，他開始懷疑，問題出在預知未來的自己。」

「就算優午不在了，這世界也不會有所改善。」

「我也那麼認爲。」不過，我稍微能夠理解優午選擇自殺的心情了，他想離開，離開神明的位置。

「我聽到了一段有趣的話。」小山田向右轉，就此漸行漸遠。他挺直的背影看起來還眞像個武士。

＊

我打開公寓大門，心想今天可以馬上入睡了吧。我脫下襪子隨手一扔，打算洗把臉，然後在床上躺平。

一到早上，我會強烈地感覺自己是在仙台陰暗的房間裡。果眞如此，我大概會對什麼狗屁稻草人一笑置之，何況早就絕種的鳥類怎麼可能今天還會出現。我大概會氣憤地吼道：別鬧了！我會高聲笑道：什麼抽象畫畫家！大喊：「櫻花凋謝吧！」然後，我一定會後悔，爲什麼不住在那座島上。

我走進一片漆黑的房間裡，吸進潮濕的空氣，感覺睡意從腳趾頭往頭頂慢慢攀升。睡吧，我期待日比野明天也會敲門叫我起床。

讓日比野的敲門聲叫我起床吧，然後回仙台去。

＊

大概是早上抵達的吧，靜香連手表也沒戴。

天氣很好，日照在冬天算是強烈的，令人心曠神怡，感覺不像有一名警察用手槍指著自己。冷冷的風，舒服得有點諷刺。

轟走在前頭，靜香和城山緊跟在後，城山的步伐從容穩重。船隻停在崖下的小海岸，隨興的停泊方式簡直令人難以置信。「帶我去伊藤那邊！」城山一下船，馬上命令轟。

轟只發出低吟聲，然後默默地前進。半路上，轟頻頻望向靜香手上的低音薩克斯風，一臉怨恨，彷彿想說那是他最痛恨的樂器。

城山無法想像伊藤是在怎樣的因緣際會下來到這座島。島上的風光明媚，放眼望去淨是一片片稻田，光是想像稻田在初夏呈現翠綠，在收割期一片金黃覆蓋一整片土地，心情就平靜了下來。

「沒有計程車嗎？」城山霎時一臉認真地說，然後咋咋舌。「不可能會有吧。」

不協調的景色吸引了靜香的目光。就鄉村的房舍而言，它們顯得雅致，正方形的白色房子有著四方窗，陽台向外突出，並非只有老舊磚瓦和鐵皮。說這裡是歐洲歷史悠久的城鎮，看起來也有幾分神似，西式風格的房子零星散落各處，有些牆壁刷上配色新穎的油漆，也有些木造平房，採用日本自古以來的建築形式。

靜香注意到一路上幾乎沒有電線桿和廣告招牌。或許是這個緣故，感覺和仙台的田園地區格格不入。遠方只看得見幾個小小人影，好像還沒有人察覺到靜香他們。

繼續走了五分鐘左右，沿路上出現民房。

「要不要去看看那房子？」城山對轟說，用詞客氣，卻沒有商量餘地，給人一種沉重的壓力。靜香感覺那聲音的震動，心想：這警察大概一直用這種口氣命令過許多人吧。如果有一種行爲叫做「精神屠殺」，他肯定毫不在乎地反覆幹過許多回。

轟起先搖搖頭。「往前走吧，伊藤就在不遠處。」他彎著腰，簡直就像一頭懼敵的熊，然後不知道是不是失去平衡，當場跌倒。那一瞬間，靜香看到城山用鞋子踢砂，彷彿對跌倒的人潑砂是一件理所當然的事，靜香看著看著，感覺渾身寒毛直豎。

「廢話少說，快走！向那戶人家要杯茶吧，我可是特地從都市來的。」城山並沒有用手槍威脅人，但他的聲音氣勢十足。

轟臉上充滿痛苦的表情，起身拍一拍屁股上的砂，乖乖地改變方向。

那是一棟小平房，外觀說不上是西式或日式，有一個圍著白色柵欄的小院子，那裡坐著一個男人。轟走進院子，城山和靜香也跟著進去。

「早安。」轟一副提心吊膽的口吻，向男人打招呼。他動作僵硬地舉起手說：「櫻。」

這個季節應該沒有櫻花吧？靜香對於那個單字感到不可思議。

男人並沒有起身，也沒有將視線轉向靜香他們。

「呃……可以打擾一下嗎？」城山改用以往對待市民的客氣語調。「我想向你請教幾件事。」說完，他向前踏出一步，像是在強調自己身上的制服。

「這、這兩個人好像是伊藤的朋友。」轟湊近男人耳邊吞吞吐吐地說道。蹺著一雙長腿的男人，這才把正在閱讀的書本放在圓桌上，抬起頭來。

他有一張俊俏得令人驚豔的容貌，長髮隨風飄逸，看起來猶如細絲，臉頰清瘦。靜香發現城山也有點震驚，還聽到他吞嚥口水的聲音。

靜香心中閃過一個不好的預感。城山看見那個美男子，會不會心生不良意圖呢？這種不安襲上了靜香心頭。

若是徹底分析城山的慾望，是不是打算玷污所有美麗的事物呢？

城山的雙唇此刻愉悅地微微扭曲。

男人蹺著二郎腿，一語不發地盯著靜香一行人，他也像是瞇起雙眼，正在眺望遠方的景物。

「我有點事想要問你。」城山又往前走了幾步。轟一臉不安，像是要仰倒似地節節後退。

「你……」男人開口說。

靜香感到不可思議，因爲眼前的男人發出來的聲音，竟然和城山酷似，一種低沉、冰冷的聲音。這場景看起來很夢幻，就像一對雙胞胎。

「我是警察。」城山從口袋裡亮出警察手冊，讓對方看。

「你……」男人似乎對警察手冊毫不感興趣，又重複了一次。「你踩到了。」他指指城山的腳底。

城山望向自己的鞋子，將腳抬離地面，以確認自己踩到了什麼，但似乎沒有。「我踩到了什麼?!」他生氣地說。

「那裡埋了花的種子。」男人緩緩地說。

靜香點頭。聽他這麼一說，城山四周有翻過土的痕跡，顏色呈現微妙差異。

「那又怎樣?」城山不耐煩地加強語氣。

下一秒鐘，靜香因爲驚嚇過度而發不出聲音。

男人架起了手槍。令人完全摸不著頭緒，他是什麼時候掏出手槍的?像是突然一眨眼就出現了，這種舉動不應該出現在萬里無雲的晴空下；一個普通男人坐著，用槍指著警察。

「你竟敢用槍指著警察?!」城山聲如洪鐘地嚷道，但是聲音大歸大，卻不帶一絲情感。「槍放下!」他吼道。「我是警察，槍放下!」

靜香半帶佩服地認爲，說不定城山是那種會讓人乖乖順從的人類，他發出的命令聲具有可怕的效果，讓人聽了想發抖，馬上唯命是從。

「槍放下！聽到沒！」

明明那句話不是對自己說的，靜香卻直打哆嗦。這是個令人害怕的聲音，不同於流氓勉強擠出來的狠話，而是抹殺精神的聲音。一種強勁粗暴的聲音，雖不會震動地面，卻能經由聽覺一把揪住心臟。靜香一屁股跌坐在地。接下來的劇情發展可以預期。

美男子或許會遵從城山的命令，放下手槍吧？他不可能反抗城山，反而對於自己有眼不識泰山，想跟城山道歉吧。

城山會對拚命謝罪的男人微笑嗎？他大概會和氣地對那男人說：抬起頭！然後慢慢地展開殘酷的折磨。一定是那樣。

靜香怯生生地睜開眼，雖然可以想像即將會發生什麼事，但她非得親眼瞧瞧。

那男人真的長得很美，那張臉出乎意外地沒有扭曲變形。

他的表情彷彿在眺望樹枝下的結草蟲（註），槍口依舊對準了城山。

「那不是理由。」

靜香聽見男人那麼說，旋即響起了震耳欲聾的槍聲。

註：節肢動物門昆蟲綱鱗翅目結草蟲科。體形圓長，呈灰褐色，喜食梅茶等的嫩葉。

在那之後，眼前的景象彷彿是無聲的黑白電影。

一個人倒在地上，那是身穿制服的城山。男人擊出的子彈並沒有瞄準城山的腦部或心臟。城山按著胯下，在地面上痛苦地翻滾，他拱起身體俯臥地面，然後暈了過去。

男人面不改色，只是瞄了城山一眼，那幅景象簡直荒謬極了。男人再度拿起書，彷佛什麼也沒發生過似地讀了起來。

城山還在呻吟，他咬牙試圖站起來，口中冒出泡沫，扭動身體的模樣幾近醜陋。

靜香甚至懷疑，男人是否認識城山。不然，那麼近的距離，沒理由不射穿他的胸膛或腦門。他這樣，只讓人覺得他是故意要折磨城山才瞄準胯下的。城山齜牙咧嘴地抽搐著，好像有個看不見的人在輕撫他的背，不願讓他輕易死去。

一陣睡意襲來，靜香不知不覺地閉上了雙眼。

醒來時，她仰躺在樹影處，看到轟不耐煩地走過來。她原本想問城山怎麼了，但還是放棄開口。眼前的情景變了，她不在剛才城山中槍的地方。

她完全弄不清楚究竟發生了什麼事。

「妳要見伊藤嗎？」她聽見熊一般緩慢的聲音。

＊

我滿心期待那個敲門聲，我在十分鐘前醒過來，陽光從窗簾外穿透進來，今天是個晴天。

日比野指著我笑道：昨天眞是累死人了。人只要活著就會發生許多事。

安田的事、私闖轟家、園山的事，還有田中爬上監視塔，接連發生了許多事。

我突然想起祖母臨終前的最後一句話。祖母去世時，我不在她身邊，因爲我當時逃走了，所以不可能見到她最後一面。

一名皮膚白皙的護士事後告訴我，猶豫地說：你祖母還講過這種話喔！由於祖母說話尖酸刻薄，護士有時候很怕她，卻沒想到她會講出那種話，還反覆問了她好幾遍。

「我當然愛他。」

她說祖母受到癌症的百般折磨，死前最後一刻的表情變得很平靜，甚至不時露出無所畏懼的微笑。

那句話是對誰說的呢？日比野現在站在我面前，我看著他爽朗的表情，清楚地想起了祖母的那句話。

「今天又有什麼事？我已經做好心理準備，又發生什麼莫名其妙的事吧？」

「是啊。」他爽快地承認，我一點也不驚訝。

「一個叫靜香的女人來到這座島。」日比野說。

我傻住了。這座島是一塊驚奇的土地，遠遠超乎我想像。

他告訴我，是轟帶靜香來的。我們又在細細的田埂上奔跑，陽光瞄準我們的頭，從很高的角度照射下來。

「轟大叔到我家，要我帶你過去。」

「她爲什麼會來？」我邊跑邊說，聲音高亢，呼吸紊亂。

「因爲寄出了那張明信片，所以她來了。對吧？因爲我要你編個急事把明信片寄出去，所以事情演變成這樣。對吧？」日比野頻頻窺視我的表情，彷彿在向我確認：我有幫到忙吧？我不是累贅吧？

我心想，就算再緊急也用不著帶她來吧。

與她重逢變成一件非常愚蠢的事。

靜香伸直雙腿坐在樹蔭下，舉起右手向我打招呼：「辛苦你了。」那種打招呼的方式，和我在那家公司上班時並無二致。

日比野在我身後，轟站在靜香身旁。

「這到底是怎麼回事？」我不知道該要求誰解釋清楚，但還是姑且那麼一問。

「我們受到一個怪警察的威脅。」轟快速地回答。

我聽到警察，感覺心臟像被捏碎般的痛楚。「城……城山。」

「沒錯，那人就是姓城山。」靜香的嘴唇微微顫抖，她肯定見過城山。

「那傢伙在哪裡？」

靜香低著頭，像是要嚥下不想說的話。

「櫻殺了他。」轟點點頭說。「櫻斃了那個警察。」

「櫻？」這時，我感覺肩膀放鬆了。「那，城山呢？」

「被射到那個部位，應該會死吧。」轟低吟著。

我放心地吐了一口氣，深深的一口氣，緊張的情緒獲得解放，差點跌坐在地上。

「那就好。」

「不報警行嗎？那個警察被槍殺了。」靜香柳眉微蹙，加強語調。

「沒關係。」我只說了一句：「那是好事。」

「那叫什麼好事？」

「改天我會慢慢解釋給妳聽。」

她的口氣尖銳，但我以四兩撥千金帶過，我還說：按照目前的情況看來，我們會一起回仙台，有時間我會告訴妳的。反正她看起來也累了，我們決定先回我的公寓。

「你的公寓？」

「不，只是我擅自借用而已。」

「擅自借用是犯法吧？」

「不是。」我期期艾艾。「就說了那是好事嘛。」我只能這麼說。

她責難我：搶劫便利商店是怎麼回事？

我老實說：我自己也不知道爲什麼，妳要跟我一起想原因嗎？她就生氣了。這種相處模式跟以前一樣。

如果回到仙台，我一定會被逮捕吧，警方打算以哪種程度的懲罰來對付這小家子氣的搶犯呢？罰就罰吧，我要接受懲罰重新做人。

日比野將臉湊近我，問道：「她是伊藤的女朋友嗎？」

我簡短地回答：不是。於是他換個方式問我：她接下來會成爲伊藤的女朋友嗎？

「我們只是一起到島上觀光。」

我將日比野介紹給靜香。他出乎意料之外地害羞，連個招呼也沒辦法好好打。

「他長得很像狗吧？」我對她咬耳朵，她似乎同意我的看法，輕輕點頭。

「那就是明信片上的山丘？」靜香指著右邊，我轉頭便看到那座山丘。

接著，靜香說帶來了低音薩克斯風。果然，她拎著那只和我交往時就愛用的箱子，似乎是因爲我在明信片上寫了這件事，但我已經忘記內容了。

這時，走在前面的轟突然回頭瞪我，然後才將視線移向靜香，接著又盯著她手上的薩克斯風。

「你怎麼了？」我出聲問道，轟不回答，滿臉通紅地繼續往前走。

我的腦筋開始運作。霎時，各種景象交錯，人的對話倒轉，推測一個接一個地出現。我想起了若葉躺在地面聆聽心跳的聲音，她感覺心臟「噗——噗——」的跳動聲，並引以爲樂。

接著，我想起了轟紅通通的臉，我不請自來地跑去他家，他極力隱瞞著什麼。可是，在我潛入地下室以後，卻只發現了普通音響。

「呃……」我停下腳步。

轟回過頭來，日比野一臉不可思議地看著我。我和靜香面面相覷。

「我知道了。」

眼前又是一片模糊的景象，我腦中猶如蒙上一層濃霧，我有預感，如果說出答案，這團謎霧大概就會散了。

靜香皺起眉頭。知道什麼？

我轉向轟，朝他比出萬歲的手勢，我雙手投降，對他說：被你擺了一道。轟有祕密，我現在知道了，而且我覺得很不可思議，只有他與外界往來，卻沒有獨占任何東西。

並不是只有音響，而是他隱藏了音響。

「日比野，我知道了。」我清楚地說，我解開謎底了，我知道轟爲什麼充滿了優越感，他獨占了一樣重要的東西。

「知道什麼？」

「那個傳說啊，這座島上少了什麼。」我的語音顫抖，興奮之情漸漸湧現心頭，我變得情緒激昂。

日比野也一樣，他一開始皺著眉頭，一副睡眼惺忪的模樣，現在眼中逐漸散發光芒，彷彿開始搖起了尾巴。

只有靜香像個局外人，一臉不悅地站著。

「我們去那座山丘吧。」我神采奕奕地伸直手臂，指著那座山丘。

日比野低聲歡呼。說不定他馬上就會哭出來。

「什麼意思？」靜香問道。

「妳要在那座山丘上演奏低音薩克斯風。查理派克或是妳隨興編的披頭四都好，妳要在那裡盡情吹奏。」

「吹就吹。」

「大家都在等妳。」

她一臉錯愕。

「大家一直在等妳，大概……」我回頭看看日比野。「多久了？」

他立即用亢奮的聲音回答：「一百多年。」

「一百多年。」我也說。「大家都在等妳。快啊，如何？」

我的心情簡直像在挑戰般，看著她的臉。這樣如何？

說不定她也終於開始認爲這只是個惡作劇。

於是我再也忍不住地高聲大喊。

「這座島上少了音樂！」

*

少年抱膝坐在空無一物的水田裡，他和親手製作、豎起的稻草人面對面。

少年閉著雙眼，他期待優午開口說話，但是叫了好幾次，稻草人都沒有回應。

或許自己做的稻草人還是不行吧。當這個念頭閃過腦海，一抹不安驟然襲上心頭，那感覺就像是猛然回神，發現在廟會最熱鬧時，全世界只有自己忘情地跳舞，全身因孤獨感而僵住。

後面傳來一陣腳踏車的停車聲，煞車「嘰」地一聲，感覺有人下車。他睜開眼睛往後一看，是郵差草薙和百合。少年當然認識那兩人，有些靦腆地朝他們低頭行禮。

他們直接走到少年身後，問道：「這是你做的嗎？」

少年點點頭。

「這是優午吧？」百合微笑道。草薙和百合閉上眼睛，佇立俯首。少年心想：這兩人也跟我一樣在祈禱吧，如果是的話就好了。

這時，有隻鳥飄然地在眼前降落，那隻不知名的灰鳥輕輕地斂起羽翼，直接停在稻草人的手臂上。

「啊！」少年下意識地輕呼一聲。

「啊！」草薙和百合也有相同的反應。

過了一陣子，三人之中有人說：「歡迎回來。」

*

我們在晴空下，踩著輕快的腳步朝山丘前進。

「會被櫻槍斃喔！」轟湊近我，一臉擔心地低聲說道。

「咦？」

「那傢伙討厭吵鬧。」

我理解了，原來是那個原因啊。轟怕櫻，雖然他把音響藏起來一定是想要獨占，但還有其他理由。

轟怕櫻。櫻也對我說：「人很吵，所以我討厭人。」說不定那是他的口頭禪。或許轟是怕私藏音響被公開的話，也會被櫻盯上。

「他曾經嫌吵，就槍斃了一個小孩。」轟唐突地說。

「那是誤會啦。」我應道。櫻或許討厭噪音，但他喜歡詩。你用音響播放的音樂，和我們接下來要做的事，說起來都是與讀詩屬於相同範疇。「放心。沒問題的。」我對他點個頭。

通往山丘的坡道並不陡，但是很漫長。我們排成一列，我領頭走在最前面，走到一個大轉彎處，我們看到山丘的頂端。我說：我們打算爬到那裡。靜香翻了一個白眼說：要爬到那麼高的地方？

我們自然地停下了腳步，一個令人感興趣的東西映入眼簾。

「那個。」我指著那個引起我注意的山丘。

「什麼？」我身後的轟悠哉地問道，他說話總是從容不迫。

「那是頭嗎？」我半信半疑地問道。因爲有些距離，它看起來只有一根大拇指大小，我看到一個球形物體在樹底下，沒有戴帽子。「會不會是優午的頭？」

轟探出了臉，目不轉睛地盯著那東西，然後搖搖頭說：「不可能。」

我再次瞇起眼睛確認。「不，果然是優午的頭。」明明視力不好，我卻一口咬定，有人把優午的頭帶來了。

大概是園山吧。那天夜裡他爲了讓優午見到他太太，所以把優午的頭帶回家了。然後，想必園山又將優午的頭帶到那座山丘上。

只剩下一顆頭的稻草人不可能還活著。即使如此，優午還是想去見園山的太太，他也想去山丘吧。

日比野過了一會兒才從後面趕了上來，他急躁地說：「快走啊！」

我與佇足的靜香四目相交。

雖然我只在這座島上待了幾天，卻不想忘記這裡的事。我這麼一說，她冷冷地「哼」了一聲。

然後她說：「那不重要。重要的是，我今天還沒向公司請假。」

我覺得很好笑，忍不住笑了出來。「當然，工作比較重要。」

＊

小雅赤著腳不再奔跑。田埂上長滿了雜草，草尖弄得她癢酥酥的，水田裡擠滿了金黃色稻穗，所以沒辦法踩進田裡。

「優午。」小雅伸出雙手拱在嘴邊喊道。

站在一塊水田中央的稻草人，面向著小雅站立的田埂。

小雅看見稻草人的表情。「我家的德之助究竟跑去哪兒了？」她大聲喊道，那口吻簡直像是稻草人也有責任。「我公公到家裡來了。」

一開始，什麼也聽不見，只有風吹拂過稻穗時發出「咻」的聲音。

「他一定在祿二郎先生的墳地。」

正當小雅想再度出聲詢問時，稻草人回答了。

「他到底在搞什麼啊？」

「德之助先生喜歡在那裡看書。」

她一邊聽優午流暢地說，一邊笑道：「你真的很清楚耶，你該不會連接下來會發生什麼事都知道吧？」

「未來的事我也知道喔，我知道接下來會發生什麼。」小雅聽見優午這麼說。

「少臭屁了。」她再度對稻草人笑了。心想，會說話的稻草人眞饒舌。她傾著頭不解，祿二郎那麼寡言，爲什麼做出來的稻草人會那麼多話呢？

「這麼說起來，你也知道那件事嗎？這座島上少了什麼東西。你知道是什麼時候誰會帶那個東西到這裡來嗎？」小雅一副「你明明不可能知道，少自以爲是」的口吻。

稻草人回答：「我知道啊。」他的模樣像個意氣用事的孩子。

了不起，小雅調侃地應和。「既然如此，那你說說看呀。」

稻草人想了一下，然後說：「不過，我不能理解那是什麼，就算我知道會發生什麼，也聽不見。」

她笑道：哎呀呀，那是藉口吧？

「話說回來，那用聽的嗎？不是東西？根據傳說，我以爲那一定是某種東西耶。」

「那東西沒有形體，只能用聽的。」

「那樣的話，感覺挺無聊的。」

優午苦惱地說：「我並不擅長聽，因爲我的構造使然。」

「那個傳說中的日子是哪一天？」

「恐怕是一百多年以後吧。」

「隨你怎麼說。」小雅愕然地說道。

稻草人還想說話。

「到時候，妳能不能將我搬到那座山丘上？如果不是站在這裡，而是在更近的地方，說不定我也能理解那是什麼。站在這裡的話，一定聽不見，什麼也無法理解。」

「過了那麼久，我早就死了。再說，如果把你從土裡拔出來，你也會死掉喔。」

「沒那回事。」小雅覺得優午動怒地說這話的模樣很好笑。

「你一定會死的，你連這個都不懂嗎？我真不知道你是聰明還是無知。」

「稻草人又不能走路。只好請人將我從土裡拔出來移動位置囉。」

「你那麼做的話會死掉。你明明說能預知未來，還說那種話，真是笨蛋。」

小雅聳聳肩。

後來，稻草人打算逐一解說未來會發生的事，於是小雅舉手制止道：「等一下、等一下。」

「最好不要知道未來的事情，這樣比較有趣。如果有人問起，你最好告訴他：『那樣就沒意思了。』」

優午愉快地笑了，但他的笑聲只有停在手臂上的幾隻蜻蜓聽得見。

小雅優雅地將細瘦的雙腿跨出水田，背對著優午愈跑愈遠。盤旋天際的鴿子們聽見她呼喚德之助的聲音。

沐浴在逐漸西沉的火紅夕陽下，優午肩上的櫸樹落葉彷彿現在才受到驚動似地飄落地面。

解說

盡情感受一場空前絕後的超現實之旅

吉野　仁

多麼超現實的一本小說啊！

這是我第一次閱讀伊坂幸太郎值得紀念的處女作《奧杜邦的祈禱》時的感想。伊坂筆下所描寫的明明是一個不太可能存在的世界，但是劇情卻充滿吸引力，趣味十足，令人不忍釋卷。新潮社這次推出文庫本，我再度拾起這本小說重讀，沉浸在特殊的作品世界中，心中再度產生一股類似暈眩的感覺。

說起來，本作是榮獲第五屆新潮推理俱樂部獎的作品。由於我曾任該新人獎的初選委員，因此當時捧在手中的是尚未印成鉛字的手稿。大部分的應徵作品都與既有的推理小說型態一樣，亦即描述至今被寫過的劇情設定與世界觀，相對於此，唯有這本小說大放異采。我從來不曾讀過這樣的推理小說。

主角伊藤來到「荻島」這一塊奇妙的土地：一座從仙台附近的牡鹿半島一直往南走的小島。但是這座島不僅一百五十多年來與世隔絕，島上還住著一群怪胎，包括只說反話的畫家、讀詩集的劊子手、將耳朵貼地聆聽的少女等等。其中，格外脫離現實的是一個站在水田裡會說話的稻草人，而且這個叫優午的稻草人竟然能夠預知未來。如果這不叫超現實叫什麼呢？

一般談到超現實主義，大部分人的腦中浮現的若不是日常中不可能存在、脫離現實的奇特事物，大概就是描寫潛意識世界的藝術作品。但是，這個「超」除了意謂「超越」，也用來強調後續詞彙的接頭語。誠如超快車是指比快車更快的列車，這個「超」正好相當於近年流行的年輕人用語「超」。「超帥」自不待言，意指非常帥氣。因此，超現實可以解讀成強調現實的意思。那麼，非常現實究竟是什麼意思？

從前，我曾經遇上一起小車禍。當朋友開車行經冬天的山路時，由於山坡路面凍結，對向車道的來車在前方五十公尺處打滑翻覆。於是對向的來車堵住了我們的車道。朋友緊急煞車，但爲時已晚，直接「砰」地撞了上去。幸好朋友原本就減速慢行，所以沒有釀成重大車禍，但仍然是一個相當駭人的體驗。

我當時坐在副駕駛座上，從對向的來車打滑翻覆，到我們的車子撞上爲止的一連串狀況，簡直就像是在看慢動作影片。這絕非比喻，而是眞實感受。人們常說人腦平常只用到了一小部分，一旦面臨生死攸關的狀況，大腦的感受性就會全面啓動，運作活絡起來。如果沒有在瞬間掌握一切，迅速判斷下一秒該怎麼做的話，自己就會死亡。因此，人腦爲了應付非日常性的危機，就會引發下意識的反應，發揮應變能力。這時，我們確實是活在「極度現實」中。

我想各位應該了解，這不只限於生命受到威脅的極限狀況。舉例來說，在陌生國度，獨自走在陌生的道路，或是和家人一起窩在被爐邊吃橘子時，感受性的強弱程度和大腦的使用方式應該會有明顯差異。在日常生活中，對於現實的認知也有強弱之分。

這段解釋似乎冗長了些，但是當我閱讀《奧杜邦的祈禱》時，有一種被丟進至今從未見過、不曾經歷過世界的感覺，這正是所謂的超現實感受。

此外，這本小說中隨處隱含著推理小說的醍醐味，充滿了魅力十足且不可思議的謎題、解決謎題的懸疑場景，以及合理卻令人意外的眞相。

整本小說幾乎就只是一個主角在島上四處尋訪奇人異士的故事。即使如此，主角的行爲就是不斷地做一些單純的事情，但是結果卻無法預料，正如混沌理論一般，而且詼諧的對話中語帶諷刺。作者不斷地引用、研究各種知識，巧用比喻，使人如墜五里霧中，但又瞭解作者想說什麼。這種筆風也是伊坂才有的個人特色。

劇情開始沒多久稻草人就遇害了，主角伊藤這時想到，爲何稻草人能夠預知未來，卻無法避免死亡的命運？爲什麼他沒有試圖告訴大家這件事呢？

這個疑點可說是本作中最大的謎題，刺激讀者的好奇心。除此之外，作者在介紹劇中每個人物的各篇插曲中都隱藏了伏筆，隨著劇情而呈現意外的風貌，邁向令人意想不到的眞相。某項解釋在不知不覺中又具有另一層涵義，就像是在看艾雪（註）的幻覺藝術。若是只看一個圖樣，就會意識不到底圖。若是注視那個圖樣，整幅構圖的面貌就會消失。到目前爲止，文壇出現過基於這種創意所寫成的推理小說嗎？

此外，劇中人物反覆問到一個奇妙的問題。好比說，他們常問：「這座島上缺少了什麼？」令讀者非常好奇究竟是什麼。而這部作品中的世界即使不是你我熟悉的現實世界，肯定也是另一個現實世界，令人在閱讀的過程中，經常一不小心就脫離現實，思考我們本身的生活或目前社會中欠缺的東西是什麼。

再者，對於推理迷而言，研究這部作品中提及的名偵探非常有趣。名偵探並不是爲了防止命案發生，而是爲了解開案情而存在，終究救不了任何人。這樣眞的好嗎？

與其解開荒誕無稽的謎題，反倒應該先拯救蒙受苦難的人。這種殷切的想法在多篇插曲的背後隱約可見。看來本作中濃厚的詩意，並不單純只是來自稍微脫離現實世界的奇幻風格。無論是支倉常長或是奧杜邦，他們都是過去實際存在的人物。爲了傳達他們的「祈禱」，稻草人誕生在這個世上，繼而死去。這是爲什麼？爲了訴說這個充滿魅力的謎題而寫的故事，並沒有畫下句點。它的背後存在一個堅定的主題。若以音樂形容，就像是在心中縈繞，令人無法忘懷的主旋律。

從文庫本開始接觸作者作品的讀者，接下來一定會感到更驚豔，並且察覺到伊坂的作品之間，有時相互連結，有時具有共同元素。會說話的稻草人會出現在《Lush Life》，而《Lush Life》中的某個人物也會在《重力小丑》再度登場亮相。本作的主角是一名便利商店的搶匪，但是在《搞怪流氓》中，則聚集了一群具有個性張力的小偷，企圖成爲獨樹一格的銀行強盜。

伊坂的作品中出現了神明、小偷與藝術家，大家都喜愛爵士、電影和動物，擁有共同經歷的過去，他們發表的長篇大論有時與現實相左，從混沌理論說到DNA雙股螺旋，再扯出進化論，劇情時而顯得支離破碎，時而情勢逆轉，結合成一篇完整的故事。最令人痛恨的是強暴、霸凌與人類的傲慢，絕對不能原諒。

作者在《搞怪流氓》的後記中提到：「雖然這篇小說像是與現實世界有關，但其實無關，而且感覺上或許像是寓言故事，卻不帶寓意。這篇小說就是這麼一個故事。」

就這一點而言，除了本作《奧杜邦的祈禱》之外，其他作品亦然。

《重力小丑》名列直木獎候補作，責任編輯一讀之下，不禁大呼過癮，高喊：「搞什麼，小說仍大有可爲嘛！」他會這麼說不是沒有道理的，《重力小丑》繞著奇妙的謎

註：Maurits Cornelis Escher，一八九八～一九七二年，荷蘭畫家。其作品包含了不少數學內容，如無限、對稱、不可能物件、密鋪平面和多面體等等。

題打轉，令人無法預測的劇情與對話帶給讀者的樂趣更顯精鍊。遺憾的是，作者卻與直木獎失之交臂。不過，這絲毫不減這部作品的無窮魅力，作者運用嶄新的創意，引用豐富的知識，使劇中人物以首尾一貫的輕快節奏，一邊耍寶一邊涉入嚴肅的事件。希望今後還能欣賞到這樣的故事。

話說回來，出現在伊坂作品中的角色明明將「A等於B」、「C就是D」的台詞掛在嘴上，卻全都表明他們「討厭定義」。說到這個部分，有人指出如下這一點：「既然是讀了就懂的小說，爲什麼還需要解說？」

如果短短幾頁就能說明清楚，那麼一篇好幾百頁的故事從一開始就沒意義了。這樣說得一點都沒錯，眞的有必要瞭解內涵嗎？即使不懂音樂理論、不會讀樂譜、無法演奏樂器，還是能夠感受音樂。只要像聆聽美妙音樂般閱讀就好了。屆時，想必讀者還是能夠五感全開，大腦全速運作，盡情享受超現實故事的樂趣。

伊坂幸太郎雋永的小說世界還有很大的發展空間，潛力無限。希望讀者能夠繼續欣賞，如本作般從單純事物累積的複雜社會中所產生的超現實，亦即奇蹟的故事。

作者簡介

吉野　仁，一九五八年生於東京，中央大學理工學院畢業，文藝評論家。其著作有《mystery best 201 日本篇》（合著，新書館出版）。

伊坂幸太郎作品集 01

奧杜邦的祈禱

原著書名　オーデュボンの祈り
原出版社　新潮社
作　　者　伊坂幸太郎
翻　　譯　張智淵
責任編輯　詹凱婷（三版）
行銷業務部　徐慧芬、陳紫晴
版 權 部　吳玲緯
編輯總監　劉麗眞
總 經 理　陳逸瑛
榮譽社長　詹宏志
發 行 人　凃玉雲
出　　版　獨步文化
城邦文化事業股份有限公司
104台北市中山區民生東路二段141號5樓
電話：(02) 2500-7696　傳眞：(02) 2500-1967
發　　行　英屬蓋曼群島商家庭傳媒股份有限公司城邦分公司
104台北市中山區民生東路二段141號2樓
讀者服務專線：(02)2500-7718；2500-7719
24小時傳眞服務：(02)2500-1990；2500-1991
服務時間：週一至週五　上午09:00～12:00　下午13:00～17:00
讀者服務信箱E-mail：service@readingclub.com.tw
劃撥帳號：19863813　戶名：書虫股份有限公司
香港發行所　城邦（香港）出版集團有限公司
新址：香港灣仔駱克道193號東超商業中心1樓
電話：(852) 25086231　傳眞：(852) 25789337
E-mail：hkcite@biznetvigator.com
馬新發行所　城邦（馬新）出版集團　Cite(M)Sdn Bhd
41, Jalan Radin Anum, Bandar Baru Sri Petaling,
57000 Kuala Lumpur, Malaysia.
電話：(603) 90578822　傳眞：(603) 90576622
email:cite@cite.com.my

城邦讀書花園
www.cite.com.tw

封面設計　蕭旭芳
排　　版　游淑萍
印　　刷　中原造像股份有限公司

初　　版　2008年（民97）3月
三　　版　2022年（民111）2月
定價　499元
ISBN 978-626-7073-17-9（平裝）
ISBN 9786267073230（EPUB）

國家圖書館出版品預行編目資料

奥杜邦的祈禱 / 伊坂幸太郎著，張智淵譯. 三版. -- 台北市：獨步文化，城邦文化事業股份有限公司出版：英屬蓋曼群島商家庭傳媒股份有限公司城邦分公司發行，民111.01
面；　　公分. --（伊坂幸太郎作品集：01）
經典回歸版
譯自：オーデュボンの祈り

ISBN 978-626-7073-17-9（平裝）
ISBN 978-626-7073-23-0（EPUB）

861.57　　110020002